中华
智慧
经典

益智编

【明】孙能传◎编著
王玉亮◎译注

中華書局

图书在版编目(CIP)数据

益智编/(明)孙能传编著;王玉亮译注. -北京:中华书局,2010.9(2011.2 重印)
(中华智慧经典)
ISBN 978-7-101-07505-2

Ⅰ.益… Ⅱ.①孙…②王… Ⅲ.笔记小说-作品集-中国-明代 Ⅳ.I242.1

中国版本图书馆 CIP 数据核字(2010)第 133072 号

书　　名	益智编
编 著 者	〔明〕孙能传
译 注 者	王玉亮
丛 书 名	中华智慧经典
责任编辑	王守青
出版发行	中华书局 (北京市丰台区太平桥西里 38 号　100073) http://www.zhbc.com.cn E-mail:zhbc@zhbc.com.cn
印　　刷	北京瑞古冠中印刷厂
版　　次	2010 年 9 月北京第 1 版 2011 年 2 月北京第 2 次印刷
规　　格	开本/880×1230 毫米　1/32 印张 11½　插页 2　字数 200 千字
印　　数	8001-12000 册
国际书号	ISBN 978-7-101-07505-2
定　　价	21.00 元

前言

一、作者生平

在今浙江省奉化市萧王庙镇建成区，有一个依山傍水、风景秀美的村庄，20世纪50年代，村民们因村中有“联步青云坊”，改村名为“青云村”。孙能传即出生、成长于此村。

孙能传，明代学者、目录学家，字一之，号心鲁。明神宗万历十年(1582)中举，但二十多年后，即万历四十四年(1616)才中进士。曾任内阁敕房办事，负责缮写文书，对当时朝政多有建言，后迁工部员外郎。

青云村北临剡江，西傍泉溪，南望同山。据《泉溪孙氏宗谱》记载：孙氏居此“起自唐时，始祖原甫以奉化令择居泉溪之东”。到宋代，村庄名为泉口，筑有萧公堰，引剡江水灌田。到明代，出了两个名人：一是孙胜，为明朝弘治年间进士，官至刑部主事。一生嗜好书籍，特意修筑竹庄书屋用来藏书。后来因倾慕诗人杜甫“联步趋丹升，青云羡鸟飞”中的意境，在村中建造了联步青云坊；二是孙能传，即本书作者。到清代，孙氏名人辈出：孙云村在金鼓

岭筑有云村书屋；孙上登主办了湖澜书塾；进士出身、任内阁中书的孙锵建有藏书楼，著名学者俞樾曾为其题额“七千卷藏书之楼”，而实际藏书达八千多卷。民国时期，孙鹤皋兴办奉北小学，并广购书籍藏于故宅的天孙阁。可见孙氏家族嗜好购书藏书。清代时就有孙氏后人写诗称颂说：“剡水径泉口，文澜绕竹庄。吾宗多绩学，此地有储藏。”

可以说，孙氏家族的家学及其藏书嗜好，与孙能传不无关系。孙能传在任官期间，曾与张萱、秦焜等人共同编校内阁藏书，于万历三十三年(1605)编纂了《内阁书目》4卷。该书目仿私人藏书家陆深《江东藏书目》、孙楼《博雅堂藏书目录》、沈节甫《玩易楼藏书目录》等三家分类体例，废除了小类，略加变通，一律以“部”相称，共分圣制、典制、经、史、子、集、总集、类书、金石、图经、乐律、字学、理学、奏疏、传记、技艺、志乘、杂部等18部类。仿私人藏书分类法，将宫廷内阁藏书分为18类，实属孙能传的一大创举。

孙能传所处时期，恰为万历年间，当时政治黑暗，社会矛盾全面激化。1596年，明神宗派出大批宦官充当收税吏和矿监，到各地搜刮钱财。收税吏到处设立税卡，所有过卡通行的米麦粮食、家禽耕畜，一律征税；矿监以开矿为名，任意拆民屋、占良田、掘坟墓，以此敲诈勒索。收税吏和矿监无恶不作，激起民变。当时任漕运总督、淮凤巡抚加户部尚书的李三才，多次上疏，极言矿监、税吏的罪状。宦官势力诋毁“民变”和李三才等人的上疏，致使明神宗大怒。据《奉化县志》记载：“税珰横楚，以急变闻，上震怒，欲尽夺抚按以下官，能传谓执政曰：‘踏实召来，夺多官以快踏，非所以崇国体，杜乱萌也。’遂密草以呈，事竟得寝。大司马李三才方总楚臬，因入觐诣谢，能传曰：‘密勿秘议，省郎何功？’辞不见。”孙能传为李三才等人辩护，使“尽夺抚按以下官”一事得以化解。虽然他没有接受李三才的致谢，但当时东林党人、浙党与宦官阉党之争势同水火，阉党耳目密布，不可能不知道孙能传曾为李三才等人辩护，而东林党人极力支持李三才，孙能传又是浙江人，因此备受排挤。

孙能传后来以守父丧为由，回到青云村，从此不再出仕为官，闭门著书，常常吟诵隋代诗人卢思道的《劳生论》聊以自解，借以抒发自己对明朝官场中趋炎附势之徒丑态的鄙夷。一生中著有《谥法纂》、《益智编》、《剡溪笔谈》等，而《益智编》是其代表作，最能反映其思想。

二、本书思想内容

孙能传编纂《益智编》，是感时而作。万历年间，宦官把持朝政，东林党、浙党与阉党纷争不止，东南沿海倭寇和北方后金的威胁等外患越来越严峻，矿税和赋税不断增加，内乱和民变频繁发生……明朝已到了积重难返、病入膏肓的地步。孙能传已察觉出“时局日非，当事者有功成之危矣”。他怀抱一腔爱国热情，几次上书进言，怎奈身微言轻，“秩卑言微，自以不获见诸行事”。于是苦编此书，希望在“天下大变大纷”之时，能够为当政者所借鉴。古代知识分子忧国忧民、匹夫天下责的风范和气节炯然而现。

明代邬鸣雷在《益智编》序中写道：“（孙能传）敦德博古，渊宏广肆，于书无所不窥，而尤好谈古今成败得失，如指诸掌。”说明孙能传博览群书，学识渊博，喜好谈论古今成败得失。综观《益智编》一书，可以看出孙能传的如下思想：

首先，“极古今，穷事变，举以为经世之用”。王家振在重刊《益智编》序中，概括了孙能传本书的思想，即“极古今，穷事变，举

以为经世之用，而使蹈常处顺者皆知范我驰驱；即遘遇非常，亦不至纬繣而偾事”。可见，孙能传传承了司马迁的“究天人之际，通古今之变”的思想，而且更加突出和强调“经世之用”。但他并不刻意追求所谓的“一家之言”，而是“若已经效于世间，不必皆以于己出，何况集众人之长，以资一己之策，斯为效也大矣”。也就是说，全书的事例篇章都有出处，并非孙能传自创，然而在编纂中，又不完全依照原书原著，在故事情节方面有的不如原出处详细、生动，但在益智致用方面着重笔墨，以凸显“用智实用”之效。他强调对待古人的经验要圆活变通，灵活运用，反对泥古不化，希望世人能借鉴古人的智慧，致用于当世。

其次，书中一直渗透着作者对君主治国理政的期盼。孙能传对古代各类文献典籍中所记载的有关治国理政的大小事例，分门别类地加以编定。全书“大至全君定策，细及器仗琐屑，近若宫廷秘密，远暨边微四夷，罔不括其全而握其络”。其中，最重要的卷目是帝王类、政事类、财赋类、兵戎类，共计二十卷、三十九目。作者着力从这些“大政”方面，择选古今之“谋猷”，“作后人之刑范”，为“君上之采听”。如全君、定策、翼储、外戚、阉寺、用人、爵赏、政术、治体、宰相、台谏、理财、赋役、将帅、节镇、守御、定乱、制叛逆、镇人心、安边、驭夷等，全是明朝末年所面临的问题。出于解决这些现实问题的目的，孙能传从古代文献中，择选古代解决此类问题的奇智良谋，供当世与后世人借鉴、效仿。“使神宗能用于万历之时，则国势立振；使思宗能用于崇祯之代，则流贼可息。自来经营大业，与夫继体守文之主，盖未有不师古而克有济者也。”只可惜，明朝没有“究于用”。此书最早刊行时是 1613 年，而 1644 年满清就入关了。

第三，正统思想贯穿全书。如中原与四边少数民族政权之间的夷夏意识，“李广上郡遭遇战”“虞诩智胜羌兵”“刘锜大败兀术”“也先智取东京”，敌对的少数民族被视为蛮夷凶残之人，阅读这些篇章就可以明显看出作者的情感倾向。再如乱臣贼子与忠臣贤将的“彼我”之分，在兵戎类设间目中，“杨玄感以诈胜敌”“史思明计杀唐骁将”中的杨玄感、史思明被视为“彼”，是乱臣、是叛逆；“田单救齐”“陈平反间除范增”“宋太祖杀林仁肇”等篇章中的田单、陈平、宋太祖被视为“我”。这种区分在杨玄感以诈胜敌的按语中表述得最为明白。

第四，《益智编》中间夹附许多评语，即“按语”。这些评语，大多是孙能传自己撰写的，如果有前人评语的思想和自己的看法相和，孙能传也会直接借用。这些按语，大多倾注了孙能传的心神精髓，也渗入了他的苦心孤诣。从按语中，我们可以读出孙能传的思想情感倾向，尤其是治国理政、夷夏之别等思想。

此外，孙能传注意到了营造、城池、河渠、舟梁、器仗和刑法、谳议、折狱、迹盗的治国之用，这也是难能可贵的。

三、《益智编》的体制、版本

《益智编》初刻于万历四十一年(1613)，入《四库全书》存目，至清末藏刻已片板无存。光绪十七年(1891)，孙氏子孙根据家藏本再次翻刻，并由著名学者俞樾题签。此次整理校译，即以光绪年间翻刻本为底本，参照其他版本，并对校于相关史书。

《益智编》全书四十一卷，按前后顺序分为帝王、宫掖、政事、职官、财赋、兵戎、刑狱、说词、人事、边塞、工作、杂俎等共计十二类。孙能传主要择取治国安邦、平叛定乱等经世实用的事例，列入各类之中。此次译著没有保留所有篇章，而是择选那些最能代

表作者思想的、有关治国安邦、平叛定乱的事例；如果相同事例有多个，则选取最有代表性、最易为读者认知的。由于时间仓促，错误在所难免，祈望读者批评指正。

王玉亮

2010.3

目录

中华
智慧
经典

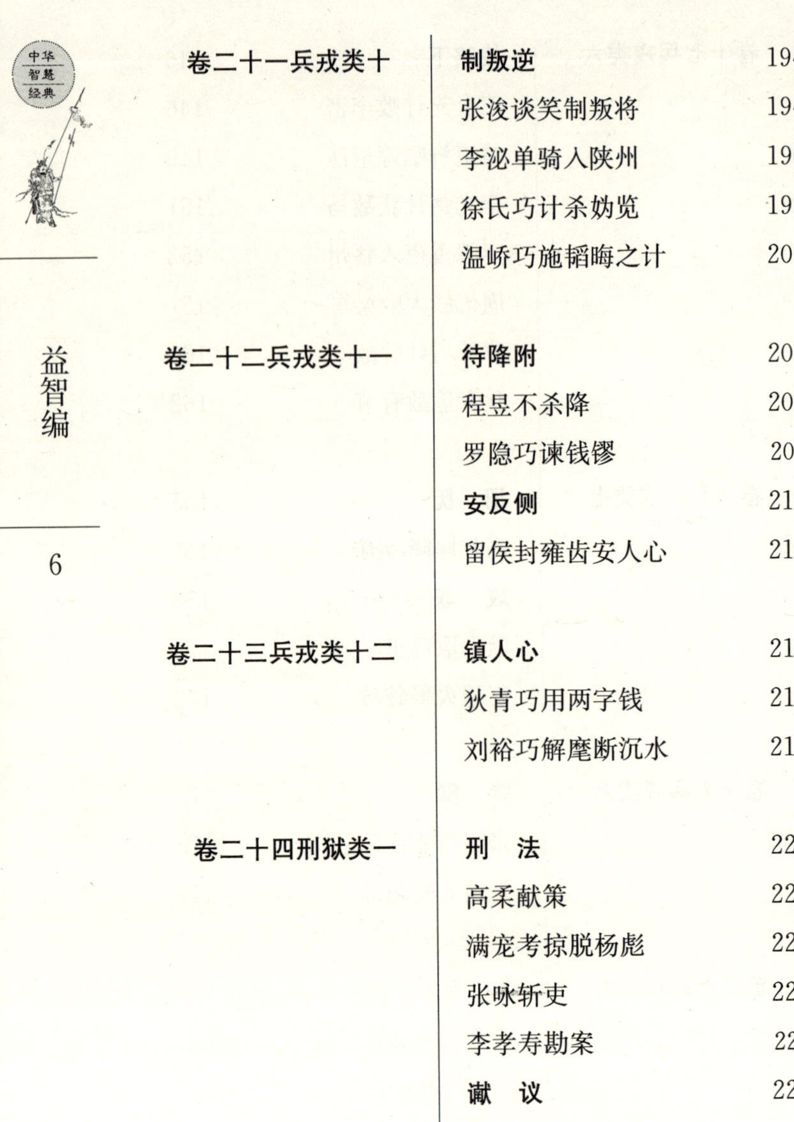

中华
智慧
经典

卷一帝王类

定　策

宋太祖之姊

【题解】

公元959年，周世宗柴荣去世，即位的周恭帝柴宗训仅七岁，只能由太后辅佐。当时担任殿前司官职的赵匡胤握有兵权，是后周王朝的重臣。唐朝末年以来，握有兵权的大将篡位早已是司空见惯的事情。这时京城盛传要拥立赵匡胤为王的流言。所谓无风不起浪，在这种压力之下，赵匡胤举棋不定，回家和家人商量，于是就有了“宋太祖之姊”的精彩言辞。从宋太祖赵匡胤姐姐的这番话我们可见，这位女性性格豪爽，心直口快，真可谓巾帼英雄。显而易见，她是支持赵匡胤称王的。文中“太祖默然而出”，估计已经下定决心要采取行动了。后来赵匡胤果然发动陈桥兵变，同其弟赵匡义和掌书记赵普等人自导自演了一出“黄袍加身”的好戏。宋太祖的最终成功即皇帝位，可以说和其姐的激将与鼓励不无关系。对于这件极富戏剧性的历史事件，很多人都是把它当作一次比较成功的“和平篡位”，但赵匡胤确实也是一位拥有雄才大略的明君，这些都是无法否认的事实。

宋太祖英武有度量[①]，屡立战功，将士皆归心焉。及将北征，京师喧言："出军之日，当立检点为天子[②]。"富室或挈家逃匿外州，独宫中不之知。太祖惧，密以告家人曰："外间汹汹如此[③]，将若之何？"太祖姊方在厨，引面杖击之曰："丈夫临大事，可否，当自决胸怀，乃来家间恐怖妇女何为？"太祖默然而出。

【注释】

①宋太祖(927—976)：即赵匡胤，北宋王朝的创建者。陈桥兵变后建立宋朝，以"杯酒释兵权"解除重要禁军将领的兵权，又采取先南后北战略，平定各地势力，加强和巩固了专制主义中央集权统治。

②检点：官名。五代后周殿前司的长官，下设有殿前副都检点、殿前都指挥使等。北宋初，因为此官职权太重，逐渐取消。

③汹汹：形容争论的声音或纷扰的样子，也作讻讻。

【译文】

宋太祖赵匡胤当年英俊威武有度量，他在后周任职时屡立战功，将士们全都甘心归附于他。等到他要率领后周军队向北征讨南侵的北汉及契丹军时，京城中到处沸沸扬扬传言："出兵的那一天，应当拥立检点赵匡胤做天子。"在这种情况下，有些富人带领全家逃跑到外地去了，只有皇宫中还不知道。宋太祖害怕了，暗暗地告诉家里人说："外面流言四起，应该怎么办呢？"宋太祖的姐姐这时正好在厨房做饭，听后拿着擀面杖打了宋太祖一下说："男子汉大丈夫遇到大事，究竟该如何处理，应当在自己的心里做出果断的决定，只跑到家里来吓唬我们这些妇女又有什么用呢？"宋太祖默默地走出去。

吕端奉立宋真宗

【题解】

宋太宗的长子赵元佐被贬为庶人，除李皇后，朝中拥立赵元佐的大臣也不在少数。其中宦官王继恩，因为在宋太宗即位的问题上起过极为关键的作用，所以宋太宗派王继恩代天子巡视天下，这是宋朝立国以来首开重用宦官的先河。王继恩权重一时，他一直密谋拥立赵元佐为帝。

当太宗临危、宫廷剑拔弩张之际，名臣吕端被推到了风口浪尖，从而上演了一场精彩的扶助太子即位的好戏。由于吕端处置得当，一场蠢蠢欲动的宫廷政变被消解，太子赵恒得以顺利登基为帝，是为宋真宗。

吕端本人信奉黄老思想，奉行清静无为的政治策略，并无显著政绩。因此，曾有不少人反对宋太宗任用吕端为相，说他为人糊涂。宋太宗当即反驳说："吕端小事糊涂，大事不糊涂。"宋太宗曾以周文王自诩，而将吕端比作姜太公，显然对其寄予了很高的期望。此次奉立真宗一事，吕端确实没有辜负太宗的厚望。

太宗不豫[①]，宣政使王继恩忌太子英明[②]，阴与李昌龄、胡旦等谋立故楚王元佐[③]。宰相吕端问疾禁中[④]，见太子不在傍，疑有变，乃以笏书"大渐"字[⑤]，令亲密吏趣太子入侍。及帝崩，皇后令继恩召端。端知有变，即给继恩入书阁检帝先赐墨诏[⑥]，遂锁之，亟入宫。后问曰："宫车已晏驾[⑦]，立嗣以长顺也，今将何如？"端曰："先帝立太子，正

为今日，岂容更有异议！”后默然，乃奉太子即位。真宗既立[8]，垂帘引见群臣，端平立殿下不拜，请卷帘升殿审视，然后降阶率群臣拜焉。

【注释】

①太宗：即太宗赵光义（939—997），宋朝的第二任皇帝。曾参与陈桥兵变，拥立其兄赵匡胤为帝，参与太祖统一四方的大业。本名赵匡义，后因避其兄宋太祖讳改名赵光义。在位共二十一年，庙号太宗。治政有为，但不善武功。他两度伐辽失败，导致王小波、李顺农民起义，转而施行守内虚外政策。晚年循规蹈矩，使宋朝渐渐形成“积贫积弱”局面。豫：安乐，顺适。

②宣政使：淳化五年（994），宦官王继恩镇压王小波、李顺起义后，特意设置此官奖励他。王继恩（？—999）：北宋陕州陕县（今属河南）人，宦官。宋太祖死后，皇后命他召回贵州防御使赵德芳继位，而他却召晋王（即后来的宋太宗）入宫，于是得到宋太宗的宠遇。王小波、李顺起义时，王继恩率兵镇压，太宗特意专为他设立宣政使一职。他手握重兵，骄横恣肆，放纵部下。宋真宗时更加专权，并泄露朝廷机密，最后被抄没家产，死在均州。

③元佐（965—1027）：宋太宗长子，封为楚王。按宋初金匮之书的约定，太宗死后应该由四弟秦王赵廷美即位。但太宗借故将赵廷美废为平民百姓，只有元佐一人为他四叔鸣不平。赵廷美死后，元佐就精神失常了。

④吕端（935—1000）：北宋幽州安次（今河北廊坊西）人，字易直。后周时累迁著作佐郎、直史馆。入宋，任开封府判官、判太常寺兼礼院，曾出使契丹与高丽，颇受敬重。993年任参知政事，995年拜相。为相持重，识大体，以清简为务。太宗说他小事糊涂，大

事不糊涂。太宗死，力主太子继位，真宗得立。

⑤大渐：病势加剧。渐，加剧。

⑥绐（dài）：欺哄。

⑦宫车：在这里喻指皇帝。

⑧真宗：宋真宗（968—1022），名赵恒，宋太宗第三子。在位二十五年，社会经济繁荣，国家治理比较完善，史称咸平之治。1004年御驾亲征，在澶渊同辽签订和约，开创了以输岁币求苟安的先例。统治后期，以奸臣王钦若和丁谓为宰相，信奉道教和佛教，伪造天书，封泰山、祀汾阳，修建了许多寺院。

【译文】

宋太宗病重濒危之际，宣政使王继恩害怕太子赵恒英明，暗地里与李昌龄、胡旦等人谋划拥立原来封为楚王的宋太宗长子赵元佐继位。宰相吕端去探望太宗的病情，发现太子不在太宗身旁，怀疑有变故，于是就在自己上朝的笏板上写了“大渐”两个字，命令自己的亲信赶到太子住处催他立刻进宫服侍太宗。等到太宗皇帝病逝后，皇后命令王继恩召见吕端。吕端知道事情有变，就骗王继恩到书房中检查太宗预先留下的手笔，于是趁机将他锁入书房中，然后赶紧入宫。皇后问道：“皇上已经去世了，继承人理应按长幼顺序决定吧，如今你看该怎么办？”吕端说：“先帝当初立太子的用意，正是为了今日可以有人继承帝位，哪里还允许有什么不同的言论！”皇后听了默默无言，于是才拥立太子继位。真宗登基后，在皇宫中垂帘接见朝中大臣，吕端平稳地站在宫殿下不肯跪拜，他请求真宗卷起帘子后，又走近殿前仔细检查，等到确定帝座上的人真是真宗皇帝赵恒后，才走下殿阶，率领着大臣们一同跪拜。

翼 储

解缙诗解父子怨

【题解】

解缙5岁便能吟诗作对,有金榜神童的美誉,学富五车又善于应对,平生历明太祖、建文帝、明成祖三朝,担任《永乐大典》的总编纂。解缙博学睿智,深受明成祖喜爱器重。明成祖曾经对解缙说:"我和你名义上是君臣关系,实际上你我情同父子,咱们俩说话可以知无不言。"由这句话就可看出成祖对解缙的欣赏绝非一般。解缙也极善于揣摩体会皇帝的用意心思,当成祖和太子因为一点小事闹得不愉快,群臣惶惑却束手无策时,解缙发挥自己才能,巧妙地以一首题画诗中虎与子的关系为喻,解开了明成祖心中的疙瘩,不能不令人钦佩。

国朝仁庙在东宫[①],偶失成祖之欢[②],群臣悚惧莫敢进言。适成祖发一轴画到阁[③],命解缙题诗[④]。缙展视之,乃大虎顾小虎图也,遂恭题以进,其诗云:"虎为百兽尊,谁敢撄其怒[⑤]?惟有父子情,一步一回顾。"上览之,大感悟,大叹赏，父子恩爱更加于平日焉。

【注释】

①国朝：指明朝。《益智编》的作者孙能传为明朝人，所以把当朝称为国朝。后文称“国朝”与此相同。仁庙：指明仁宗。

②成祖(1360—1424)：即明成祖朱棣，太祖朱元璋第四子，受封为燕王。长期参与北方军事，评书“燕王扫北”生动地讲述了朱棣对蒙元的战争。1399 年，以反对建文帝削藩为名，在北平(今北京)起兵，号称“靖难”。1342 年，攻入南京，夺位登极，改年号为永乐。

③阁：指明代的内阁。明朝时期综理国家政务的最高行政机构。

④解缙(1369—1415)：明朝江西吉水人，字大绅，洪武年间进士。曾任总裁官，监修《永乐大典》、《太祖实录》及《古今列女传》等书。

⑤撄(yīng)：接触，触犯。

【译文】

明朝仁宗在做东宫太子期间，因为偶然的小事失去了成祖对他的喜爱，朝中的大臣全都害怕得不敢向成祖进谏。恰巧有一天成祖发一幅画到内阁去，命解缙题写一首配画诗。解缙展开画幅一看，原来是一幅大老虎回头看小老虎的图画，于是就恭恭敬敬地题了一首诗呈献给成祖，他的诗是这样写的：“虎为百兽尊，谁敢撄其怒？惟有父子情，一步一回顾。”成祖看了解缙的诗，心中深有感触，对诗歌大加叹赏，他和太子的父子恩爱之情也比以往更加深厚了。

卷二帝王类二

宗　藩

耿纯尽诛刘杨兄弟

【题解】

本篇事见《后汉书·耿纯列传》。耿纯在建立东汉王朝的过程中，发挥了重要的作用，是东汉王朝的开国功臣之一。刘秀在河北发展势力时，耿纯率领部下两千余人破釜沉舟追随刘秀。刘秀拜耿纯为前将军后，在耿纯扶植下，刘秀的队伍迅速成长壮大，势力逐渐强盛。当刘秀率兵走到今石家庄赵县时，耿纯认为时机成熟，力劝刘秀称帝，他主张“天人亦应”、“时不可留，众不可逆”。公元25年6月，刘秀称帝，后定都洛阳，史称“东汉”。刘秀称帝后，封耿纯为高阳侯。公元26年，真定王刘杨散布流言，蛊惑百姓，并借机谋反，刘秀密令耿纯前去平定这一叛乱。耿纯与刘杨斗智斗勇之后，摆下“鸿门宴”。刘杨自恃兵强马壮，公然前往，结果被一举歼灭。耿纯的大智大勇、临危不惧在这一过程中表现得淋漓尽致。

东汉真定王杨谋反[1]，光武使耿纯持节收杨[2]。纯既受命，若使州郡者，至真定，止传舍[3]。杨称疾不肯来，与纯书，欲令纯往。纯报曰："奉使见侯王牧守，不得先往，宜自强来。"时杨弟让、从兄绀皆拥兵万余，杨自见兵强而纯意安静，即从官属诣传舍，兄弟将轻兵在门外。杨入见，纯接以礼敬，因延请其兄弟皆至。纯闭门悉诛之，勒兵而出。真定震怖，无敢动者。

【注释】

①真定：汉代治所在今河北正定县南，辖境包括今河北石家庄、正定、藁城等市、县。杨：指刘秀的妻舅真定王刘杨。西汉末年，社会动荡，刘秀到河北发展自己的势力。在河北，迫于时局，刘秀与真定王刘杨联姻，娶其外甥女郭圣通为妻，即后来的郭皇后。刘杨借给刘秀精兵，统一了河北。东汉建立后不久，刘杨谋反被诛。

②光武（前6—57）：即东汉王朝的建立者刘秀，谥号光武，南阳蔡阳（今湖北枣阳）人。新朝王莽末年，起兵反对王莽，昆阳大捷，以少胜多，一举成名。后来赴河北，平王郎、降铜马，奠定基业。统一天下后，定都洛阳，史称东汉。讲求清静俭约，兴建太学，提倡儒术，尊崇节义，成为汉代中兴明主。耿纯（？—37）：字伯山，巨鹿宋子（今赵县东北）人，东汉开国功臣。原受封为高阳侯，后来改封为东光侯。公元32年，又任东郡太守，病逝于东郡太守任上。汉明帝感念他的功劳，把他列为云台二十八将之一。节：古代用以证明身份的凭证。汉末与魏晋南北朝时，掌管地方军政的官员往往再加上"使持节"、"持节"或"假节"的称号。"使持节"可以诛杀中级以下官吏，"持节"可以诛杀无官职的人，"假

节"可以诛杀违犯军令者。

③传舍(zhuàn shè):古时供驿长、驿夫以及往来官吏休息食宿之地。

【译文】

东汉初年,真定王刘杨企图谋反,光武帝派遣耿纯持节去收服刘杨。耿纯接受任命后,就如同往常出使州郡地方的朝臣一样,来到了真定,住在驿馆里。刘杨假称自己有病不肯前来,并给耿纯写信,想叫耿纯到他那里去相见。耿纯回信告诉他:"我是奉了君主之命,会见各地诸侯郡守,不能先去看望您,大王您还是应当尽量坚持病体到我这里来。"当时刘杨的弟弟刘让和堂兄刘绀都拥有万余兵马,刘杨见自己兵强马壮,而耿纯态度平稳安静,于是就从自己居住的官府来到驿馆,他的弟弟和堂兄带领着轻装士兵守候在门外。刘杨进入驿馆与耿纯相见,耿纯以礼相待,态度非常恭敬,并邀请刘杨的兄弟一起进来相见。等他们进来,耿纯这才令人关闭驿馆的大门将他们全部诛杀,然后统领兵马出来。真定城的军民无不震惊害怕,没有一个人敢轻举妄动。

沈景为河间王相

【题解】

汉顺帝时大臣沈景因为性格强硬不屈,能力过人而为世人称道。因此,顺帝提拔他担任河间相,执行弹劾、督察以及外出处理特殊任务等使命。文中沈景面对傲慢凶狠不行礼法的河间王,作为一介微臣,竟然能够据理力争,最终逼迫河间王也无计可施,败下阵来。沈景又能依法行事，将刘政手下一干人等按罪论处，使得河间府政治面貌为之一变。沈景真是不辱其“强能”的美誉，有胆有识，可谓是东汉年间一位典型的“硬骨”臣子。

汉河间王政傲狠不奉法①，顺帝以侍御史沈景有“强能”称，擢为河间相②。景到谒王，王不正服，箕踞殿上③。侍郎赞拜，景峙不为礼，问王所在，虎贲曰④：“是非王耶？”景曰：“王不服，常人何别？今相谒王，岂谒无礼者耶？”王惭而更服，景然后拜。出请王傅责之曰：“前陛见受诏，以王不恭，使相检督，诸君空受爵禄，而无训导之义。”因捕诸奸人，奏按其罪，政遂改节。

【注释】

①政：即河间王刘政（？—102）。东汉时期藩王之一，受封于东海国，谥号东海靖王，任藩王四十四年，德行很不好。

②侍御史：官名。简称御史、侍御。西汉时期是御史大夫的下属官吏，掌管公卿奏事，监察文武官员，或者可以临时差遣，监管郡国，收捕、审讯有罪官吏等。沈景：东汉乌程余不乡（今浙江德清）人。汉顺帝因为他以强能著称，所以任他为河间相。任官期间，并不携带家眷，每五天才做一次饭，常常只吃干粮。强（jiàng）能：强硬不屈，固执，有才能。

③箕踞：两脚张开，两膝微曲地坐着，形状像箕。这是一种轻慢傲视对方的姿态。

④虎贲（bēn）：官名。汉代属于中央禁卫军。原名期门，汉武帝时设置，汉平帝时改名为虎贲郎，由虎贲中郎将率领，职掌宿卫，禁卫皇宫。除担任侍卫外，也常常奉命出征，或赐给大臣充作

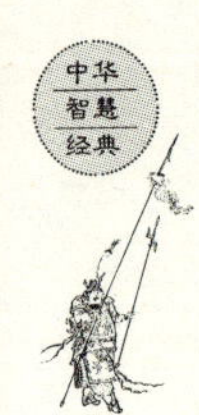

仪仗，作为对大臣的特殊待遇。

【译文】

东汉时期，河间王刘政凶狠傲慢不遵守法度，汉顺帝因为侍御史沈景享有“强能”的称誉，所以提拔他担任河间相的官职。沈景到任后去拜见河间王，河间王却衣冠不整，两只脚分开直伸着坐在殿上，一副轻慢无礼的样子。旁边的侍郎连忙唱拜行礼，沈景却不向河间王刘政行礼，只是问侍郎大王在哪里，旁边的卫士回答说：“这不就是大王吗？”沈景说：“大王没有穿戴好衣冠，这又与普通人有什么区别呢？今天是我辅相正式拜见大王，并非拜见一个不懂礼节的人！”河间王听了十分惭愧，更换了衣冠，沈景这才正式拜谒了河间王。沈景出宫后派人请来了河间王的师傅指责道：“前些日子我被天子召见，因为河间王不恭敬，所以天子派我为相进行督察，你们白白地坐拥爵位空领俸禄，却没有尽到引导大王向善的责任。”于是沈景逮捕了许多奸邪小人，按照他们的罪行奏明圣上，河间王刘政从此改变。

李迪墨笔搅清水

【题解】

此事见《宋史·李迪传》或《皇宋通鉴长编纪事本末》卷28。李迪是贤相，善于处理刑狱案件。真宗素闻亳州盗贼横行，于是命李迪知亳州。李迪明察暗访，很快平息盗贼。真宗病危时，诏命太子祯即皇帝位，且面嘱刘后道：“太子年幼，寇准、李迪，可托大事。”当仁宗初立，章献皇后挟仗自己的才能，想临朝称制，李迪义正词严加以阻拦。因此使仁宗皇帝的声德逐渐树立起来，章献皇后也保全了名声。后来元昊攻延州，宋军损失惨重，李迪自请戍边，仁宗不许。李迪病逝于家中，享年77岁。皇帝亲自题其墓碑曰“遗直之碑”，又改其乡曰“遗直乡”。“李迪墨笔搅清水”鲜明表现了李迪刚直不阿的品质和临事机敏的聪明智慧。

真宗不豫，时太子幼冲[①]，八大王元俨有威名[②]，以问疾留禁中，累日不肯出，执政患之[③]，无以为计。偶翰林司以金盂贮熟水[④]，曰：“王所需也。”李迪取案上墨笔搅水中尽黑[⑤]，令持去，王见之大惊，意其有毒也，即上马去。

【注释】

①幼冲：幼小，年轻。

②元俨(985—1044)：宋太宗第八子，是个文学家、书法家、藏书家，同时又是政治家，他汇集了一大批文官武将，如寇准、包拯、范仲淹、杨六郎等，对宋朝的安邦治国作出了贡献。朝野内外、老幼妇孺都知道他，称他为“八大王”、“八贤王”。

③执政：专指宰相以外的执政大臣，包括参知政事、枢密使、枢密副使、签书枢密院事、知枢密院事、同知枢密院事、尚书左丞、尚书右丞、中书侍郎、门下侍郎等，地位仅次于宰相。

④偶：原本作“遇”，据《资治通鉴长编》卷98修改。翰林司：官署名。宋代设置，属光禄寺。掌管供应酒茗汤果，以备帝王游幸、饮宴之用，同时掌管翰林院各种杂役差使。

⑤李迪(971—1047)：北宋濮州鄄城(今山东鄄城北)人，字复古。景德二年(1005)进士第一。继寇准之后任宰相，因与丁谓不和，被排挤。刘太后记恨前仇，在听政期间，又将他贬官。宋仁宗亲政后，与吕夷简不和，再遭排挤。

【译文】

宋真宗病重期间，当时太子的年龄还很小，八大王赵元俨久负威名，他以问病探视为理由留宿在宫中，连续多日不出来，朝中的执政大臣们为此感到忧虑，却也想不出什么办法来。遇到翰林司用金盂盛了开水，声称：“八大王所需要的水。”李迪听到后立即取下桌上的笔墨在金盂中一搅，盂中的水全都变成黑色，李迪命令给他端去，八大王见到这盆黑水后大惊失色，以为这水里肯定有毒，当即上马离宫而去。

卷三宫掖类

后　妃

李夫人不见汉武帝

【题解】

汉武帝有位宠妃李夫人。李夫人的哥哥李延年，通晓音律，能歌善舞，汉武帝很喜爱他。有一次李延年一边跳舞，一边唱道："北方有佳人，绝世而独立，一顾倾人城，再顾倾人国。宁不知倾城与倾国，佳人难再得！"汉武帝长叹一声说："难道世间真有这样的美女吗？"平阳公主趁机介绍说李延年就有一个这样的妹妹，汉武帝于是下令让她进宫，一见果然生得国色天香。这就是成语"倾国倾城"的由来。

这位深得汉武帝宠爱眷顾的倾国倾城的美女，在病重容貌消损时坚决不肯与汉武帝见面。这种极为理智的聪明做法反而引得武帝无限怀念，她死后，武帝在甘泉宫里挂起她的肖像，但这肖像不言不笑，毫无生时的灵动。于是，武帝又命方士炼成灵丹妙药，为李夫人招魂，虽然依稀见到李夫人的音容笑貌，但是来去匆匆，不知是真是幻。汉武帝曾为她做诗："是耶？非耶？立而望之，偏何姗姗其来迟？""姗姗来迟"一词也正来源于此。

李夫人仙逝之后，武帝以高官厚禄授予她的弟弟们。她恰恰是正确地把握了古代女性的角色地位，尤其是皇宫中女子以容貌取得恩宠的实质，因此以“不见”确保自己和自己的家族不会失宠。

汉李夫人病笃[1]，武帝自临候之[2]，夫人蒙被谢曰：“妇人貌不修饰，不见君父，妾不敢以宴堕见。”上曰：“夫人病甚，殆将不起，宜见我，嘱托兄弟，将加赐千金，而与兄弟尊官。”答曰：“尊官在帝，不在一见。”上固欲见之，夫人转向壁歔欷不复言，上不悦而起。夫人姊妹让之，夫人曰：“所以不见帝者，乃所以深托兄弟也。夫以色事人者，色衰则爱弛，爱弛则恩绝。上所以恋恋我者，乃以平生容貌，今见我颜色毁坏，必有吐弃我意，尚肯追悯录其兄弟哉！”及卒，上以后礼葬之，图其形于甘泉宫，而尊重其兄弟。

【注释】

①李夫人：孝武皇后李氏，西汉人，生卒不详。乐倡出身，由平阳公主推荐给汉武帝。李氏被封为夫人，给汉武帝生了第五子，即昌邑王。后来追封为皇后，有兄弟李延年、李广利。

②武帝：即汉武帝刘彻（前156—前87），是汉景帝刘启的第十个儿子，4岁时被册立为胶东王，7岁时被册立为太子，16岁即位，在位五十四年，统治期间达到西汉王朝的鼎盛阶段。

【译文】

汉武帝的李夫人病重之际，汉武帝亲自前去探病问候，李夫人把头蒙在被子中道歉说：“妇人外貌没有修饰时，不能见君王父亲，臣妾不敢以未经修饰的面貌拜见皇上。”汉武帝说：“夫人你已经病得这么严重，恐怕很难再会好转，你应当见我一面，嘱托一番你兄弟们的事情，我将赐给他们千金财富，并让他们做上高官。”李夫人回答说：“能不能让他们当高官在于皇帝，而不在于和我见不见面。”汉武帝一定要见李夫人一面，李夫人把头转向墙壁哭泣起来，再也不说一句话了，汉武帝非常不高兴地起身离去。李夫人的姐妹们责怪她，李夫人说：“我之所以不肯见皇帝的原因，就是想把兄弟深深地托付给皇帝。凡是以容貌美丽侍奉别人的人，等到她容貌变丑就会导致宠爱减少，宠爱减少后就会使两人情义断绝。皇上所以对我恋恋不舍的原因，就是因为我以往容貌的美丽，如今看见我的容貌已经变得难看了，必然会产生舍弃厌恶的想法，这样一来他还怎么肯追念从前的情义，重用我的兄弟呢！”等李夫人去世后，汉武帝以皇后的礼仪厚葬了她，并在甘泉宫的墙壁上画了她的画像，而且还重用她的兄弟让他们当了高官。

文德皇后贺唐太宗得直臣

【题解】

唐太宗皇后长孙氏的贤德历来为史书所称道。她自己日常的服饰用具都非常简朴，对太子也提出了同样的要求。甚至直到病危之时，长孙氏念念不忘的仍然是“生无益于时，死不可以厚葬”。长孙氏常常站在一国之母的角度考虑问题，比如，当唐太宗准备起用皇后的哥哥长孙无忌来辅政的时候，长孙氏就明确表示反对，她认为这样会重蹈前代重用外戚的覆辙，给朝廷和自己的家族带来无法估量的损失，她的这种做法真可谓“母仪天下”。此外，长孙皇后还机智过人，本文中她正是运用以退为进的方法，一

方面消解了唐太宗的怒气，另一方面解救魏徵于危难之中。

唐太宗尝罢朝怒曰[①]："会须杀此田舍翁！"文德皇后问为谁[②]，上曰："魏徵每廷辱我[③]。"后退，具朝服立于庭。上惊曰："何为若是？"对曰："妾闻主明臣直，今魏徵直，由陛下之明故也，妾敢不贺！"上意乃释。

【注释】

①唐太宗（599—649）：即唐代皇帝李世民。唐高祖李渊次子。隋朝末年，随父起兵太原，领军攻克长安。曾率军平定薛仁杲、刘武周、王世充等割据势力，镇压窦建德、刘黑闼等起义。玄武门之变后，即位为帝，开启"贞观之治"。

②文德皇后：河南洛阳人，隋左骁卫将军长孙晟之女。13岁时嫁给李世民，太宗即位，立为皇后。享年36岁，谥号为文德。

③魏徵（580—643）：唐代魏郡内黄（今河南内黄西北）人，字玄成。少年时贫困好学。隋朝末年，曾经做过道士。初次任职时是魏郡郡丞的幕僚，跟随郡丞投奔李密，后来又随李密降唐。曾主动请缨平定山东，被窦建德俘获，任命为起居舍人。窦建德被灭后，再入唐任太子洗马，多次劝太子李建成提防秦王李世民夺权。太宗即位，不计前嫌，任他为谏议大夫。性刚直，知无不言，常以历代兴亡为鉴，劝太宗任贤去佞、兼听广纳、轻徭薄赋、明赏慎刑，成为千古名臣。

【译文】

有一次，唐太宗罢朝回宫后怒气冲冲地说："我总有一天要杀了这个乡下佬！"文德皇后问太宗是哪一个，唐太宗说："魏徵老是在朝廷之上让我难堪。”文德皇后听后退了下去，穿戴着整齐的朝服站在庭院中。唐太宗惊讶地问：“你为什么要这样呢？”文德皇后回答说：“臣妾听说君主贤明，大臣就会正直，如今魏徵正直，正是因为陛下贤明的缘故啊，臣妾怎么敢不为此祝贺陛下呢！”唐太宗的怒气这才得以消除。

曹后临事有主张

【题解】

曹氏于宋仁宗景祐元年（1034）被立为皇后，质朴节俭，喜欢种田，在宫中栽种五谷，喂养桑蚕。庆历八年，卫卒发动叛乱，面对一触即发的紧张形势，曹后临危不乱，处事果断，使仁宗得以安然无恙地脱离险境。后来仁宗突然去世，曹后也能沉着应对，帮助英宗即位，被尊为皇太后。英宗生病时，由曹皇后垂帘听政。英宗病愈可以亲政时，曹太后又把政权归还了英宗。神宗即位后，尊曹后为太皇太后。曹皇后是历史上少数具有政治头脑的女子之一。元丰二年冬，曹皇后去世，享年64岁。

宋仁宗时[①]，亲从官颜秀等谋为乱，夜入禁中，越屋叩寝殿。曹后方侍帝[②]，闻变遽起，帝欲出，后闭阁拥持，趣召都知王守忠，使引卒入卫。贼伤宫嫔于殿下，声彻帝所，宦者以乳妪殴小女子绐奏，后叱曰：“贼在近杀人，敢妄言耶！”阴遣人挈水踵后。贼果举炬焚帘，水随灭之。所遣宦侍，后皆亲翦其发，曰：“以是征赏。”故争尽死力，守忠兵至，贼就擒灭。

【注释】

①宋仁宗(1010—1063):即北宋皇帝赵祯。1022年即位,1033年亲政。1040年宋、夏交战,宋军在三川口之战、好水川之战和定川砦之战中都惨败。1043年以"岁赐"银、绢、茶等与西夏议和。

②曹后(1016—1079):北宋真定灵寿(今属河北)人,宋仁宗的皇后,英宗时尊为皇太后,神宗时尊为太皇太后。曾亲自处理军政大事,干预王安石变法。

【译文】

宋仁宗时,亲从官颜秀等人图谋作乱,半夜进入宫中,越过其他屋宇攻打宋仁宗的寝殿。曹皇后正在服侍仁宗休息,听到变乱急忙起身,宋仁宗想逃出寝殿,曹皇后紧闭屋阁,拦阻住仁宗皇帝,并催促侍从召集都知王守忠,派遣他带领卫士入宫保卫仁宗。乱贼在殿外杀伤了宫中嫔妃宫女,叫喊之声响彻宋仁宗的殿宇,宦官哄骗仁宗说是宫中的乳母在殴打宫女下人,曹皇后怒声叱责:"贼人就在近处杀人,你还敢胡言乱语!"曹皇后暗中派人提着水跟在后面。乱贼果然放火烧着了帘幔,曹皇后指挥提着水的人随即将火扑灭。所有被派遣出去的宦官侍从,曹皇后全都为他们亲手剪发作为标记,说:"凭借这个标记领赏。"因此这些人全都尽心竭力拼死保卫圣驾。王守忠率领军队赶到,乱贼们全都被擒了。

卷六政事类三

弭 盗

张敞治偷

【题解】

“张敞治偷”事见班固的《汉书·赵尹韩张两王传》。张敞是西汉时的一位名臣，“张敞画眉”的故事被传为美谈，但他惩治盗贼的本领却很少有人知道了。张敞儒法并重，用法又不拘于法，以贼治贼是他治盗之术的鲜明特点。在任京兆尹之前，张敞曾主动请缨治理胶东、渤海盗贼，他宣布盗贼只要捕杀到同伙，就可以免罪，而且对缉捕有功的官吏加以重赏。由于盗贼互相捕杀，官吏们积极踊跃，于是此地的盗贼很快被肃清了。当时京城盗贼也很猖獗，几任京兆尹都无能为力，包括有名的能臣黄霸也束手无策，朝廷对此非常头疼。因而，汉宣帝特地委派张敞任京兆尹治理贼盗。张敞擒贼先擒王，然后以贼治贼，一举成功。由于治贼得力，张敞名声大振，深得汉宣帝的赏识。

汉张敞守京兆尹①，长安市偷盗尤多，百贾苦之。敞既视事，求问长安父老偷盗酋长数人。居皆温厚，出从童骑，闾里以为长者。敞皆召见责问，因贳其罪[②]，把其宿负，令致诸偷以自赎。偷长曰："今一旦召诣府，恐诸偷惊骇，愿一切受署。"敞皆以为吏，遣归休。置酒，小偷悉来贺，且饮醉，偷长以赭污其衣裾。吏坐闾里阅出者，污赭辄收缚之，一日捕得数百人。穷治所犯，或一人十余发，尽行法罚。由是枹鼓希鸣[③]，市无偷盗。

【注释】

①张敞（？—前47）：西汉河东平阳（今山西临汾西南）人，字子高。任京兆尹期间，整顿京师治安，很有成效。每议朝政大事，也多为帝王采纳。但因"张敞画眉"，被人非议，不得升迁。京兆尹：官名，相当于今日首都的市长。在汉代也是政区名，因为地属京师畿辅之地，治所在长安，所以不称为郡。

②贳（shì）：宽纵，赦免。

③枹（fú）鼓：枹指鼓槌，鼓在这里指衙门前击鼓鸣冤告状的鼓。

【译文】

汉代的张敞担任京兆尹时，长安城的盗贼特别多，许多商人深受其害。张敞上任后，就向长安城中的老人们打听几个盗贼首领的情况。这些贼首平时都表现得温良敦厚，进进出出也都跟随着童仆、车骑，街坊邻居也都认为他们是忠厚的长者。张敞把这些人全都召集起来，加以责难审问，于是赦免了他们的罪行，免除了他们以前的犯罪行为，命令他们把其他盗贼召集在一起用以赎免自己的罪责。盗贼首领说："如今我一下子把他们全都召到衙门来的话，恐怕这些盗贼会感到惊骇而不来，希望您能授予我们一些官职。"于是张敞就把他们全都委任为衙吏，然后让他们回家休息。贼首回到家中以后，以得到官职的名义宴饮宾客，那些小偷闻讯后全都前来祝贺，一个个喝得酩酊大醉，贼首乘机用红颜料弄脏他们的衣服。衙吏们坐在街巷口检查那些出来的人，看到衣服上沾染红颜料的人就捉拿起来，一天之内总共抓捕了几百人。然后张敞彻底追查这些盗贼的罪行，有的一个人竟犯了十多次偷窃案，张敞对他们全部按照法律予以处罚。从此以后，衙门里用来告状的桴鼓很少被擂响过，长安城中也没有了偷盗案件。

韩褒以贼治贼

【题解】

"韩褒以贼治贼"，事见《周书》。韩褒对盗贼实行分化瓦解的策略，他任命盗贼首领为官侦察地方盗窃案件，如果有盗窃行为而没有及时破获，就以放纵罪论处，这一策略收到了奇效。盗贼首领因为熟悉本地治安状况，又熟知盗贼同伙详情，所以，不但本人不敢再犯，而且还能及时侦破其他盗贼的偷窃行为。另外，韩褒实行严明的奖惩措施，对自首者宽容为怀，减免罪责；对亡命者加以严惩，以重罪论处，这样既促使贼盗尽快自首，又给了他们自新改过的机会。因此，韩褒的治贼奇计，得到后人的诗赞："盗贼顽疾久难愈，韩褒赴任有奇计。擒贼还须先擒王，北雍贼绝民安居！"

西魏韩褒为北雍州刺史①，州多盗贼，褒密访之，并豪右所为，而阳不知之②，厚加礼遇，谓曰："刺史起自书生，安知督盗，所赖卿等共分其忧耳。"乃悉召桀黠少年素为乡里患者③，置为主帅，分其地界；有盗发而不获者，以故纵论。诸被署者莫不惶惧首伏[4]，曰："前盗发者并某等为之。"所有徒侣[5]，皆列其姓名，或亡命隐匿者，亦悉言其所在。褒乃取盗名簿藏之，因大榜州门曰："行盗者可急来首，即除其罪，尽今月不首者，显戮其身，籍没妻子，以赏前首者。"旬日之间，诸盗咸悉首尽。褒并原其罪，许以自新，由是群盗屏息[6]。

【注释】

①西魏：朝代名。534年，北魏孝武帝元修被高欢胁迫，逃奔大都督宇文泰。535年，宇文泰杀孝武帝，立元宝炬为帝，建都长安，史称西魏。韩褒（？—572）：北朝时颍川颍阳（今河南登封西南）人，字弘业。北魏末年，投奔夏州刺史宇文泰，任录事参军。西魏时，任北雍州刺史。546年，任西凉州刺史时，能抑制豪强，招抚贫穷。后来以年老致仕。北雍州：十六国时期前秦在汉代池阳县北设置三原护军。北魏时改为三原县。528年，设置北雍州（今陕西淳化县东）。533年，迁到华原县（今陕西铜川东南）。

②阳：假装。

③桀黠（jié xiá）少年：性情倔强狡猾的年轻人。

④首：自首认罪。

⑤徒侣：同伙。

⑥屏息：不敢出大气，意思是谨慎小心，不敢再犯。

【译文】

西魏的韩褒担任北雍州刺史时，州中有许多盗贼，韩褒秘密查访，了解到全都是豪强所为，便故意装作不知道，对他们都一律加以礼遇厚待，对他们说："我这个刺史是一介书生，哪里知道什么抓贼捕盗的事，还得依赖诸位出力分忧啊。”于是就把那些平日里凶残狡诈为祸乡里的年轻人全部召集起来，都给他们封了主帅的职衔，分管一定的地域范围；如果该地域内发生盗窃案而不能及时破获，就以故意放纵罪犯论处。那些被委派的人，没有一个不感到惊惶恐惧的，都自首认罪说：“以前发生的案件，都是我们干的。”并把所有的盗贼及其同伙，全都列出姓名，有的已经逃走隐藏起来，也全都说出他们现在的藏身之地。韩褒把盗贼的名册取过来收藏好，随即在州门前张榜声明：“干过偷盗的人可以赶快前来自首，自首后可以减除他的罪行，超过这个月不来自首的，将依法处以死刑，抄没家产妻子，用来赏赐给那些先来自首的人。”结果不到十天时间，所有的盗贼全都前来自首了。韩褒也一并原谅了他们的罪行，允许他们改过自新，从此以后，北雍州的盗贼全都平息了。

虞诩平朝歌贼

【题解】

公元110年，东汉政府在与少数民族的战争中腹背受敌，军队节节败退，形势非常紧张。大将军邓骘想放弃凉州，集中力量对付北方的南匈奴，其他官员都唯唯诺诺，只有虞诩向李修提出合理化建议，推翻了大将军邓骘的意见。因此，虞诩得罪了当朝权贵邓氏兄弟。后来，朝歌流民揭竿而起，举兵反叛，闹得天翻地覆，州郡官府都无能为力之时，邓骘派虞诩去作朝歌令。面对邓骘的阴谋，虞诩的朋友也觉得他此去凶多吉少。虞诩却非常乐观，认为国家危难之时大丈夫就应该挺身而出，以身报国。到任后，虞诩正确分析了战略形势，采用妙计分化瓦解了乌合之众，轻而易举地取得了胜利。邓骘不仅没能借刀杀人，反而使虞诩的声名大作，以至连深宫里的邓太后也知道虞诩有将帅的才略。

邓骘恶虞诩[①]，会朝歌贼数千人攻杀长吏，州县不能禁，乃以诩为朝歌长。故旧皆吊之，诩笑曰："事不避难，臣之职也。不遇盘根错节，何以别利器乎！"始到，谒河内太守马棱曰[②]："朝歌者，韩、魏之郊，背太行，临黄河，去敖仓百里，而青、冀之民流亡万数，贼不知开仓招众，劫库兵守成皋，断天下右臂，此不足忧也。今其众新盛，难与争锋。兵不厌权，愿宽假辔策，勿令有所拘阂而已。"及到官，设三科以募壮士，自掾吏以下，各举所知：攻劫者为上，伤人偷盗者次之，带丧服而不事家业为下。收得百余人，悉贳其罪，使入贼中诱令劫掠，乃伏兵以待之，杀贼数百人。又潜遣贫人能缝者佣作贼衣，以彩綖缝其裾为帜[③]，有出市里者，吏辄擒之。贼由是骇散。

【注释】

①邓骘(zhì，？—121)：东汉南阳新野(今属河南)人，字昭伯，妹妹是汉和帝的皇后。107 年镇压羌族起义，大败而归。却因为是皇亲国戚，任大将军，总揽朝政，弟弟们都身居高官显位。崇尚节俭，爱惜民力。后遭人陷害，绝食而死。虞诩：东汉陈国武平(今河南柘城南)人，字升卿。曾经镇压过宁季领导的农民起义。126 年任司隶校尉，因弹劾中常侍张防，被排斥贬官。一生中多次得罪权臣贵戚，九次受到谴责拷问，三次入狱受刑，然而刚正不阿的性格始终不改。

②马棱：东汉扶风茂陵（今陕西兴平东北）人。任广陵太守时，曾罢免盐官，减轻赋税，为百姓谋利。也曾镇压过农民起义。

③綖（xiàn）：同“线”。

【译文】

邓骘非常厌恶虞诩，恰巧朝歌县有几千名盗贼聚集起来攻破城池杀了官吏，附近的州县都无法予以制止，于是邓骘就委任虞诩担任朝歌县长。虞诩的老朋友闻讯后全都赶来与他诀别，虞诩自己却笑着说：“遇到大事情而不避开困难，这是做臣子的职责。不遇到盘根错节的缠绕，怎么能区别出锐利的武器呢！”虞诩刚刚到达朝歌后，就去拜访了河内太守马棱并对他说：“朝歌这个地方，是从前韩国和魏国的郊远之地，背靠太行山，面临黄河，离储存大量粮食的敖仓只有百里路程，而青州、冀州等地的流亡民众多达数万人，这些盗贼却不知道打开敖仓招集民众，抢夺府库中的兵器守住成皋县，折断天下的右臂，可见这些盗贼并不足以引起朝廷的忧虑。如今他们正处在盛头上，官府很难与他们一决高下。用兵打仗并不怕暂时避开敌人的锋芒，所以我希望暂时缓发兵马征讨，不要让他们感到有什么拘束阻碍就行了。”等虞诩正式上任后，他设置了三个部门来招募壮士，从衙门中的官吏开始，各人都可以指出自己知道的恶人的姓名：能够攻战劫夺的人为上等，能伤害别人偷盗财物的人次一等，而穿戴丧服在家不干任何事情的人为下等。这样一来共招集到了一百多人，虞诩全都免去了他们的罪名，命令他们到盗贼中去引诱盗贼到各处抢劫，而预先埋伏下官兵等待盗贼来作案，结果杀掉了数百名盗贼。虞诩又暗地里派遣贫穷人家能够缝补衣服的人到盗贼队伍中去做衣服，用一种特别的彩色线缝制衣服作为标志，如果有哪个盗贼穿了这样的衣服混入集市中，官吏发觉后就可以立即予以擒获。结果盗贼们竟因此而吓得散了伙。

王敬则治偷

【题解】

王敬则的身边颇具神秘色彩。他的母亲是一个女巫，传说王敬则生下来胞衣是紫色的，长至成年，两腋各长出一个几寸长的乳。20岁时，王敬则来到京城闯荡，凭借一身武功，被录为宫廷卫士。他有一手“拍张”绝技，“拍张”又称“跳刀”。一次，王敬则为南朝宋前废帝刘子业表演跳刀，他手持数把短刀，依次抛向空中，高达五六尺，再依次接住。刘子业看得高兴，便升王敬则为卫队长。王敬则到吴兴郡任太守，此地的盗贼非常嚣张，他严格执法，抓住盗贼绝不手软，严加惩处，让小偷在自己家人和众人面前“出丑”，让其因受到众人和家人的指责而感到羞耻。这种做法产生了极大的震慑力，其他小偷望而却步，不敢轻举妄动，收到了极好的惩戒效果。

齐王敬则迁吴兴太守①，郡旧多剽掠，敬则录得一偷，召其亲属于前鞭之，令偷身长扫街路。久之，乃令举旧偷自代。诸偷恐为所识，皆逃走，境内以清。

【注释】

①王敬则（435—498）：南朝齐临淮射阳（今江苏宝应东）人，侨居晋陵、南沙（今江苏常熟北）。自幼喜好弄刀舞剑，以屠狗卖肉为生，曾到高丽经商。刘宋王朝时任直阁将军，成为萧道成的

心腹。萧道成建立萧齐王朝后，他任侍中。齐明帝时举兵反叛，被杀。

【译文】

南朝齐时，王敬则被调任为吴兴太守，当时吴兴郡有不少偷盗案，王敬则逮捕了一个小偷，把小偷的亲属全都召来当面施以鞭打之刑，并勒令小偷每天要清扫大街。过了好长一段日子，这才命令他举报其他犯有偷窃罪行的人来代替他。那些小偷恐怕被他认出，全都逃离了吴兴，因此吴兴郡境内得以清静安宁。

破妖妄

赵凤斧劈假佛牙

【题解】

后唐庄宗、明宗时，一些术士拿妄言妖术蛊惑皇帝，受到宠信。赵凤性格耿直刚烈，善于劝谏，因势利导，经常劝导皇帝，使他们改变了对待术士的态度。面对西域归来的游僧，赵凤在众人目前果断地斧砍"佛牙"，用事实说话，清者清，浊者浊，谎言自然就不攻而破了。赵凤性格之耿介可见一斑。

后唐天成中①，有僧游西域，得一佛牙以献，其牙大如拳，明宗以示大臣。赵凤曰②："世传佛牙锤锻不坏，水火不能伤，请验其真伪。"因以斧斫之，应手而碎。时宫中施物已及数千，因凤碎之，乃止。

【注释】

①后唐：923年，李存勖建立，国号唐，都城洛阳，史称后唐。疆域包括今河南、山东、山西、河北、北京、天津等省市和陕西北

部，宁夏、甘肃各一部分，湖北汉水流域，安徽和江苏的淮河以北。936年，为石敬瑭所灭。

②赵凤（？—935）：五代时期幽州（治今北京西南）人。年轻时他的才学就已知名。唐朝末年，因逃避刘守光征兵，逃亡太原。后追随后唐庄宗李存勖。性情豁达，常常周济他人。

【译文】

后唐天成年间，有一个僧人远游西域诸国，得到了一枚佛牙贡献给朝廷，那枚佛牙大得像一个拳头，明宗皇帝把它拿给大臣们观看。赵凤说："世间传言说佛牙无论怎么锤击锻打都不会损坏，无论什么水淹火烧都不会损坏，请让我来检验一下这枚佛牙的真伪。"因此当场就用利斧砍击，不料佛牙马上就破碎了。当时宫中已布施了几千件东西给这个僧人，因为赵凤击碎了佛牙，才止息了这件事。

李泌谏新立白起庙

【题解】

李泌从小聪敏过人，过目不忘。《三字经》中就把李泌当成一个典范来启发孩子早学："莹八岁，能咏诗；泌七岁，能赋棋。彼颖悟，人称奇，尔幼学，当效之。"李泌辅佐玄宗、肃宗、代宗、德宗四朝，德宗时，官至宰相，封邺县侯，世人因称李邺侯。李泌爱好佛道，他是南岳第一个钦赐的隐士。肃宗为他在南岳烟霞峰兜率寺旁边修建房舍，名之为"端居室"，后人称之为"邺侯书院"，是中国书院史上最古老的一所书院，也成为中国最早的私人藏书馆。李泌善于协调统治集团内部的关系，胸怀阔大，处事机敏，具有传统

士大夫的死节精神。他善于出谋划策，辅翼朝廷，考虑问题周详全面。在兴建“白起庙”的问题上，能做到既不违背皇帝的意愿，又合理有效地利用了旧有的庙宇，同时，还达到了安抚边疆将士、增强朝廷凝聚力的目的。

贞元中，咸阳人上言见白起令奏云[①]：“请为国家捍御西陲，正月吐蕃必大下[②]。”既而吐蕃入寇，边将败之。德宗以为信然，欲以京城立庙，赠起为司徒。李泌曰[③]：“臣闻国将兴，听于人，今将帅立功，而陛下褒赏白起，臣恐边臣解体矣。臣闻杜邮有旧祠，请敕府县修葺，则不至惊人耳目。”上从之。

【注释】

①白起（？—前257）：战国时期秦国著名将领。前294年攻占韩国新城（今河南伊川西南）；前293年在伊阙（今河南洛阳西）大破韩、魏联军，斩首二十四万，攻克五座城池；前289年攻打魏，夺取六十一座城池；前271年攻破楚国都城郢（今湖北荆州江陵西北）；前260年，在长平（今山西高平西北）大败赵军，坑杀降卒四十余万。后来因为与秦相范雎有矛盾，被迫自杀。

②吐蕃：吐蕃一词，始见于唐朝汉文史籍。6世纪时，兴起于今西藏山南地区的藏族先民雅隆部，其领袖达布聂赛、囊日论赞父子，将势力扩展到拉萨河流域。7世纪初，囊日论赞之子松赞干布以武力降服古代羌人苏毗（今西藏北部及青海西南部）、羊同（今西藏北部）各部，将首邑迁至逻些（今拉萨），正式建立吐蕃王朝。

③李泌（bì，722—789）：唐朝京兆（治今陕西西安）人，字长源。

年幼时非常聪颖，7岁就能做文章。成人后，自负有辅佐帝王的才能，闲游于嵩山、华山、终南山，不屑于参加科举。天宝年间，任待诏翰林，侍奉东宫太子。唐肃宗时，事无大小都征询他的意见，他对肃宗也常有劝谏，权力超过了宰相。一生辅佐过三朝四位君王。

【译文】

唐朝贞元年间，咸阳的百姓向有关衙门报告说有人见到了秦国的名将白起，白起让他们奏报朝廷说："请允许我为国家捍卫西部边疆地区，吐蕃大军必然会在正月里大举进攻。"后来吐蕃兵马果然入侵边地，当地官军击败了吐蕃军队。唐德宗闻讯后认为这件事是真实可信的，就想在京城中建立一座白起的庙宇，追封白起为司徒。李泌说："臣下听说国家将要兴旺时，会听取人的意见而不是神的意旨，如今边疆的将帅们立下了战功，而陛下却去褒扬赏赐白起，臣下担心边疆的将帅听到这样的消息后都会与朝廷离心离德。臣下听说咸阳附近的杜邮亭有一座白起的旧庙，请皇上颁布命令让当地的府县对它重新修葺整理一下，这样就不至于惊动众人的耳目了。"唐德宗听从了李泌的建议。

李德裕杜绝"圣水"

【题解】

李德裕在浙西做官期间，江南地区的经济、文化相对落后，百姓中存在不少陈规陋习和迷信思想。李德裕都极力劝导，采用多种手段，取得了很大实效。他对迷信的百姓不是武断地明令禁止，而是让百姓亲眼看到事情的真相。同时还以古人的正确做法

为榜样劝导皇帝，使出售“圣水”这种欺世害人的作法很快得到了遏制，病人们开始正常地求医问药。李德裕对浙西文化的发展、道德风俗的建设做出了很大贡献。可以说，在扫除唐朝的封建迷信方面，李德裕功不可没。

李德裕在浙西[①]，时亳州浮图诡言水可愈疾[②]，号曰“圣水”。转相流闻，南方之人率十户僦一人使往汲。既行，若饮病者，不敢近荤血，危老之人率多死，而水斗三十千，取者益它汲转鬻于道，互相欺訹。德裕严勒津逻捕绝之，且言：“昔吴有圣水，宋、齐有圣火，皆本妖祥，古人所禁，请下观察使令狐楚填塞[③]，以绝妄源。”从之。一云：圣水获利，人转相惑，德裕命于大市集人，置釜，取其水，令取猪肉五斤煮，云：“若圣水也，肉当如故。”逡巡肉熟烂，自此人心稍定，妖者寻而败露。

【注释】

①李德裕(787—850)：唐朝时赵郡(治河北赵县)人，李吉甫的儿子。自幼苦学，擅长文章。822年，遭宰相李逢吉排挤，任浙西观察使，改革弊政，端正民俗。有《会昌一品集》、《文武两朝献替记》等。

②浮图：佛教名词，也称浮屠、佛图。即“佛”(佛陀)的别称。

③观察使：官名。唐肃宗时设置，又称为观察处置使，掌管监察属下官员的清浊善恶。令狐楚(768—837)：唐代文学家。宜州华原(今陕西铜川)人，贞元七年(791)进士。宪宗时，曾任中书侍郎，后来因亲信贪污而被贬官。

【译文】

李德裕在浙西做官期间，当时的亳州有些佛教徒假称有水可以治疗疾病，号称“圣水”。结果辗转流传越传越远，南方人家大约十户就雇佣一人前去取水。取水之人已经出发了，那些在家等待饮用“圣水”治病的人就再也不敢接近荤腥食物了，一些危重年老的病人大多数没有等到饮用“圣水”就死去了，而所谓的“圣水”每斗要价三十千，一些取水者往往改用其他的水在道路上转卖，互相欺骗。李德裕严令在渡口要道上巡逻的军士逮捕这些人，并且上疏朝廷说：“从前吴国出现过所谓的‘圣水’，南朝的宋、齐时出现过所谓的‘圣火’，这些全都是妖异骗人之说，古人就列为禁止的范围，请求朝廷下令由观察使令狐楚派人填塞亳州的‘圣水’，杜绝它的源头。”朝廷采纳了李德裕的建议。另有一种说法是：由于所谓的“圣水”能够使人获得利润，因此人们互相蛊惑，李德裕命令在集市中聚集百姓，设置了一口大锅，拿来所谓的“圣水”，让人取来五斤猪肉，当众说道：“如果真的是圣水，锅里的猪肉应当是烧不熟的。”仅仅过了一会儿的工夫，锅里的猪肉被烧得又熟又烂，从此以后当地的人心平静下来，那些兴风作浪的妖孽之人不久就败露了。

卷七职官类一

宰　相

李沆忧及身后事

【题解】

李沆才华横溢，气宇不凡，时称"圣相"。他的曾祖、祖父和父亲，都是兢兢业业、奉公守法的官员。李家世代为官清廉，有良好的家风承传。李沆从小非常好学，志向远大，以圣贤的道德标准来要求自己。担任宰相之后，李沆讲话简明扼要，处理国家大事慎重周密，严格遵循制度办事。虽居高位，但非常尊重朝廷的纲纪，识大体，不徇私情，从来不向皇帝呈报密奏。有一次，宋真宗问李沆："大臣们人人都有密奏，唯独爱卿没有，这是为什么呢？"李沆回答："我当宰相，公事就在朝廷公开谈论，还用密奏干什么呢？凡是密奏，不是诬陷别人，就是对上献媚，我一向厌恶这种做法，怎么能去效仿呢？"李沆去世后，宋真宗非常伤心，对身边的人说："李沆是国家一位难得的大臣，忠良纯厚，始终如一。"李沆一生刚直不阿，处事正大光明，为官清廉，为国事鞠躬尽瘁，针对李沆的高尚品行和严谨修为，朝廷赐予他"文靖"的谥号。

真宗初，李沆为相[①]，王旦参知政事[②]，沆日取四方水旱盗贼奏之，旦以为细事，不足烦上听。沆曰："人主少年，当使知四方艰难，不然血气方刚，不留意于声色犬马，则土木、甲兵、祷祠之事作矣！吾老不及见，此参政他日之忧也。"及旦亲见王钦若等所为[③]，欲谏则业已同之，欲去则上遇之厚，不忍去，乃叹曰："李文靖真圣人也！"

【注释】

①李沆(hàng,947—1004)：北宋洺州肥乡(今属河北)人。任宰相时，遵规守矩，反对好大喜功、心浮气躁的人，不变更祖宗法度。

②王旦(957—1017)：北宋名相。字子明，大名莘县(今属山东)人。王旦为相十余年，知人善任，任人唯贤，朝中大部分官员都是他推荐提拔的，但是从来没有推荐自己的亲属做官。仁宗时，为他立"全德元老之碑"，欧阳修奉旨为他撰写碑文，苏轼为王氏宗祠撰写了《三槐堂铭》。

③王钦若(962—1025)：字定国，淳化年间进士，临江军新喻(今江西新余)人。1004年契丹大举南下，他密请宋真宗逃往金陵(今江苏南京)，被寇准拦阻。后来指责澶渊之盟为城下之盟，使寇准罢相。宋仁宗时任宰相，因为他状貌短小，脖子上有疣瘤，当时人称他为瘿相。为人奸邪险伪，善于迎合皇帝，与丁谓、林特、陈彭年、刘承珪狼狈为奸，被人们称为"五鬼"。

【译文】

宋真宗刚刚登基时，李沆担任宰相，王旦担任参知政事，李沆每天都要拿天下四方的水旱灾情或盗贼之事向宋真宗奏报，王旦

认为这都是琐碎的小事，不值得去麻烦皇上。李沆说："君主现在正是少年时期，应当让他知道天下四方的种种艰难，不然的话，皇上血气方刚，精力旺盛，不是留心在声色犬马的享受方面，就会在大兴土木、发兵打仗、或者祭神立祠等方面做出点事来！我年龄已老恐怕来不及看到了，但这是参政你今后的忧虑所在啊。"等到王旦后来亲眼见了王钦若等人的所作所为，再想去劝谏宋真宗时自己已经和王钦若等人一样了，想辞职离去却又因宋真宗非常看重自己而不忍心离去，这种矛盾的心情终于使他发出感叹："李文靖真是一个圣人啊！"

卷八职官类二

监　司

周湛为案牍立号

【题解】

周湛天资聪慧，文武双全，每到一任都政绩显著，是北宋的一位政治能臣。调任江南西路转运使后，周湛发现所属州县的卷宗案牍，十分混乱，记载保存不分先后次序，许多重要档案都丢失了。此地的官吏办事拖沓，互相推诿塞责，老百姓的诉状也没有对证，一些应该了结的案子也没有及时结案。周湛严厉整顿风气，严格督促官吏将档案文件重新进行清理，并依次逐年逐月编号。整理后的案牍文件条目清楚，查找起来十分方便，极大地提高了官府的办事效率。周湛的这一作法被朝廷知道后，宋仁宗便下诏以他作为榜样，让全国各地仿照实行。为卷宗文档设立编号，周湛是当仁不让的开历史先河者。这一件事现在看来，虽是小事，但事总有其发端，周湛为案牍立号确实为后世档案归类、整理、查阅带来极大便利。谱载："湛公天资强记，吏胥满前一见，辄识其姓名。"这和其头脑中的条理性强有很大关系。

周湛为江南西路转运使[①]，州县簿领案牍淆乱无次[②]，且多亡失，民诉讼无所质，至久不能决。湛为立号，以日月比次之。诏下其法于诸路。

【按语】按：此官司案牍立号之始。

【注释】

①周湛：字文渊，生卒年不详，从小随父亲到处迁徙，宋真宗时中甲科进士。转运使：官名。宋朝初年设置随军转运使、水陆计度转运使，供应办理军需。宋太宗以后，逐渐演变成各路长官，监察各州官吏，并以官吏违法、民生疾苦情况上报朝廷，有“漕司”之称。

②案牍(dú)：公事文书。

【译文】

周湛担任江南西路转运使期间，属下的州县主簿所管理的文书案卷混淆在一起杂乱无章，而且有很多都遗失了，以至百姓打起官司来没有办法对证，许多案件拖了很长时间而不能作出判决。周湛开始为这些文书案卷设立编号，按照日月顺序依次排列。结果朝廷颁下诏令让其他的地方也效法周湛的处理方法。

【按语译文】按语说：这就是官司案卷设立编号的初始。

守　令

欧阳修不求赫赫之誉

【题解】

欧阳修诗文盛传天下,《醉翁亭记》让我们看到了一个薄暮迫近中,有些意阑微醺、头发半白的与民同乐的太守形象。现实中的欧阳修做事为人不求名利,注重实效,但他为官之路并不顺利,屡遭陷害,不到四十岁,须发尽白,皇帝见到,都觉得可怜。但欧阳修能坚持斗争,终于使真相大白于天下,恶人受到惩罚。欧阳修接替包拯继任开封知府,可谓难矣,包拯威名远播,名震天下。但欧阳修不求赫赫名誉,只是求真务实,发挥自己的长项。开封府在其治理之下仍能达到"大治"的境界,看来,"与民同乐"的思想贯穿于欧阳修仕途的始终。

包拯知开封①,以严威御下,名震都邑;欧阳修代之②,简易循理,不求赫赫之誉。或有以包励公者,公曰:"凡人材性不一,各有长短。用其所长,事无不举;强其所短,势必不逮。吾亦任吾所长耳。"开封亦遂大治。

【注释】

①包拯(999—1062):北宋庐州合肥(今属安徽)人,世称"包青天"。为官以断讼明敏正直著称。知庐州时,执法不避亲贵,审理案件公正廉明,当时有"关节不到,有阎罗包老"之语。

②欧阳修(1007—1072):北宋吉州庐陵(今江西吉安)人,字永叔,号醉翁。四岁丧父,家贫好学,用芦苇秆在沙地上练字。曾因为范仲淹申辩而被贬官,又赞同庆历新政。喜欢提拔有才学的人,曾巩、王安石、苏洵父子等都受到过他的赞誉。

【译文】

包拯做开封府知州期间,以严格和威望管理下层,名声震动京师;欧阳修接任开封府后,办事力求简洁明了,遵循事理,不是竭力设法获取赫赫声誉。有人用包拯的为人处世来激励欧阳修,欧阳修说:"大凡每一个人的才能性格都是不相同的,各人有各人的长短之处。用了这个人的长处,那就没有办不成的事;勉强要用这个人的短处,那势必是办不好事的。我现在也是发挥我的长处啊。"开封府也因此而得到很好的治理。

孙莘老劝富人积福

【题解】

孙觉是宋代文学家,虽然没有显赫之名,但为官关心民间疾苦。他在任合肥主簿时曾建议"以米易蝗",既灭了蝗灾,又赈了旱荒,民生稳定,邻县也都纷纷仿效。调任福州后,闽地的婚丧习俗很不好,花费大量钱财。他规定婚庆费用不得超过百钱,丧葬费用也减到半数,因而改掉了当地的陋习。在这个事例中,"敬佛不如救苦”的求福方式，使许多百姓解脱了牢狱之灾。是富人造福还是孙莘老造福于民，就不必说了。

孙莘老知福州[①]，民欠市易钱，系者甚众。有富人出钱五百万葺佛殿，请于莘老，莘老曰：“汝辈所以施钱者何也？”曰：“愿得福耳。”曰：“佛殿未甚坏，佛未至露坐也，孰若为狱囚代偿官逋[②]，使数百人释桎梏之苦，得福岂不多乎！”富人不得已，诺之，即日输钱，囹圄为之一空。

【注释】

①孙莘老：即孙觉（1028—1090），北宋高邮（今属江苏）人，字莘老。著有《春秋经解》、《孙莘老先生奏议事略》。

②官逋（bū）：拖欠的官府租税。

【译文】

孙莘老在担任福州知州期间，当地百姓由于拖欠官府的“市易钱”，被逮捕入狱的人非常多。有一个富人出钱五百万要整修佛殿，请求孙莘老出面。孙莘老问他说：“你们这些人究竟是为了什么施舍钱财呢？”富人回答说：“希望能得到更多福气。”孙莘老说：“如今佛殿并没有损坏十分严重，佛像也并没有到了露天而坐的地步，与其花钱修佛殿，不如把这些钱用来替那些尚在牢狱中的穷人还掉官府的欠税，使得数百人解除牢狱之灾，这样你们不是能够得到更多的福气吗！”富人不得已只好答应了，当天就把钱送到官府，牢狱中一下子变得空荡荡的。

守　官

晏子自称“社稷之臣”

【题解】

何谓“社稷之臣”？晏子为我们做出了精彩的回答：社稷之臣是以国家大事为己任的忠良贤臣，而不是置天下于不顾，仅仅照顾帝王饮食起居的奸猾小臣。晏子的话，可谓铿锵有力，掷地有声。在君主面前，能够像晏子这样不卑不亢，有礼有力有节，据理力争，完全没有那种唯唯诺诺的奴才相，实在不易。这才是真正的社稷之臣，国家的栋梁之才。关于这一点，燕人郭隗曾说过一段话：帝王的臣子，名义上是臣子，实际上是帝王的老师；国王的臣子，名义上是臣子，实际是国王的朋友；霸王的臣子，名义上是臣子，实际是霸主的宾客；危国之君的臣子，名义上是臣子，实际是他的俘虏。试想，如果天下所有的臣子都能成为君主的老师与朋友，那天下大事又何愁治理不好呢？

齐晏子侍于景公①，朝寒，请进热食，对曰：“婴非君之厨养臣也，敢辞②。”公曰：“请进服裘。”对曰：“婴非田泽之臣也，敢辞。”公曰：“夫子与寡人奚为者也？”对曰：“社稷之臣也。”公曰：“何为社稷之臣？”对曰：“社稷之臣，能立社稷。辨上下之宜，使得其理；制百官之序，使得其宜；作为辞令，可分布于四方。”自是之后，君不以礼不见晏子也。

【注释】

①晏子（前557—前500）：名婴，字平仲，春秋时期齐国夷维（山东高密）人。春秋后期一位重要的政治家、思想家、外交家，以有政治远见和外交才能闻名于诸侯。他博闻强识，善于辞令，敢于直谏，聪明机智，历任齐灵公、齐庄公、齐景公三朝，辅政长达四十余年。孔丘曾赞曰：“救民百姓而不夸，行补三君而不有，晏子果君子也！”汉代刘向《晏子春秋》叙录中，曾把晏子和春秋初年的著名政治家管仲相提并论。景公（？—前490）：春秋时齐国国君，名杵臼，齐灵公之子。崔杼杀齐庄公后立他为君主。即位后以崔杼为右相，以庆封为左相，以晏婴为正卿。在位期间，大兴土木，构建宫室，赋税繁重，又加重刑罚，致使百姓逃散。

②敢：谦辞，表示冒昧地请求。

【译文】

齐国的晏子侍候在齐景公身旁，这一天早晨非常寒冷，齐景公请晏子为他拿一些热的食物来，晏子说：“我不是君主的专职厨师，所以很冒昧地推辞掉。”齐景公说：“请给我取一件裘衣来穿。”晏子说：“我不是专门为君主打猎获取裘皮的臣子，所以也要推辞掉。”齐景公就问道：“那么您对于寡人来说是干什么的呢？”晏子回答道：“我是社稷之臣啊。”齐景公又问道：“什么是社稷之臣呢？”晏子回答道：“所谓社稷之臣，就是能够确保国家平安的大臣。他能够辨清上下之间最合适的关系，使其符合正确的道理；

能够制定出百官的序列，使他们获得最合理的安排；能够制定出各种政策法令，可以分布传达到天下。”从此以后，齐景公每次都依照礼节接见晏子。

李绛不进羡余

【题解】

李绛出身官宦世家，应举考中进士，唐宪宗元和六年(811)做宰相，以进言劝谏为己任，敢于“太岁头上动土”，连皇帝都忌惮他三分，官职无论升降，不改忠正之志。李绛为官，不以惯例为准则，而是以事实为原则。对于皇帝提出的“羡余”问题，李绛直言不讳地分析了其中的来龙去脉、事理因由，令皇帝如梦初醒，后来在一次叛乱中，李绛惨遭乱兵杀害，文宗听到这个消息，震惊悲痛之余说：“朝中有此正人，人们赞其美德，入能制定谋略，出则统领将士。正当重任之臣，横遭不测之祸。以身殉职，令人叹惋。”唐玄宗时，史官在凌烟阁悬挂元和将相图，李绛位列其中。

唐李绛为户部侍郎判本司①。宪宗问绛：“故事：户部皆进羡余②，卿独无进，何也?”对曰：“守土之官厚敛于人以市私恩，天下犹共非之，况户部所掌，皆陛下府库之物，出纳有籍，安得羡余？若自左藏输之内藏以为进奉，是犹东库移之西库，臣不敢踵此弊也。”上喜其直，益重之。

【注释】

①李绛(764—830)：赵郡赞皇(今属河北)人。为人正直，敢于直言进谏，唐宪宗称赞他“疾风知劲草，卿当之矣”。因为好直

言，遭人排挤。编有《君臣成败》15卷。

②羡余：唐代官员以赋税盈余向皇室进贡的财物。唐德宗时，藩镇为博取皇帝欢心，巩固自己的地位，经常采用多征收赋税、克扣下属官员俸禄、贩卖商品等办法聚敛财物，除了自己挥霍外，其余部分就作为羡余献给皇帝。

【译文】

唐代的李绛以户部侍郎的身份兼任户部司长官。有一次，唐宪宗问李绛："按照以往惯例，户部每年都要向朝廷进贡一定数量'羡余'的钱财，唯独你没有进贡过，这是什么原因呢？"李绛回答道："地方长官向百姓增收赋税来向朝廷换取个人的恩宠，天下人还要共同指责他，何况户部所掌管的钱财，全都是陛下国库中的财物，这些钱财的进出都有账目可查，哪里会有什么'羡余'出来的钱财呢？假如把贮藏在皇宫以外国库中的钱财送到皇宫以内贮藏就是进奉的话，这就等于是把东库中的钱财搬移到西库中去，臣下不敢继承这样的错误惯例。"唐宪宗十分喜爱李绛的正直，更加看重他了。

驭胥吏

黄盖不容奸欺下属

【题解】

黄盖是汉末三国江东名将，历经孙坚、孙策、孙权三任君主。早年为郡吏，后追随孙坚走南闯北。黄盖为人严肃，善于训练士卒，每次出征，他的部队都勇猛善战。公元208年，在赤壁之战中周瑜和黄盖上演了一出“一个愿打，一个愿挨”的精彩好戏，被传为佳话。黄盖管理世故狡猾的官吏，首先晓以大义，讲明权责，申明惩罚原则，一旦出现问题，就严惩不贷，绝不姑息迁就，以儆效尤。尤其是“若有奸欺，终不加以鞭杖”一句，而到最后“遂杀之”，其效果发人深省。

吴黄盖为石城长[①]，石城吏特难检御，盖乃署两掾，分主诸曹，教曰：“今寇贼未平，有军旅之务，一以文书付两掾，当检摄诸曹，纠摘谬误。两掾所署，事入诺出，若有奸欺，终不加以鞭杖，宜各尽心，无为众先。”初皆怖威，夙夜恭职；久之，渐容人事[②]。盖时有所省，得两掾不法数事。

乃悉请诸掾吏，赐酒食，因出事诘问。两掾辞屈，盖曰：“前已相敕，终不以鞭杖相加”，遂杀之，县中震栗。

【注释】

①石城：西汉设置，治今安徽当涂东北。

②人事：说情请托，交际应酬；在这里指赠送的礼品。

【译文】

东吴大将黄盖担任石城县长官时，石城的衙吏特别难以管理，于是黄盖就设立了两个专职官员，让他们分别负责各有关部门的事务，告诉他们说：“当今寇贼尚未平定，有许多军旅之事要抓紧办理，我把所有的文书工作托付给你们两位，希望你们能检查督促有关部门的工作，及时发现并纠正错误。你们两人在所应负责的事务中，都要在所办的事情后签署自己的意见，假如有什么违法欺骗之事，我最终也不想对你们施加鞭打杖笞的刑罚，你们可要各自尽心努力，不要在坏的方面带头。”刚开始时这两个官员都还畏惧黄盖的威严，日日夜夜勤于职责；时间一长以后，他们逐渐在办理公事时谋取自己的利益了。黄盖不时检查，获知这两人干的几件不法之事。于是黄盖就把所有的衙吏全都召集在一起，赏赐给他们宴食，趁机说出几件事来责讯。这两人理屈词穷，只得叩头服罪，黄盖说：“我以前已经对你们进行过告诫，最终是不会对你们施加鞭杖刑罚的。”于是就将这两个人杀了，石城县里上上下下震栗不已。

包拯为吏所卖

【题解】

包拯是我国家喻户晓的清官，他忠正无私，秉公执法，明察秋毫，被百姓喻为“包青天”。然而，在这个故事中，包公不但没有像以往那样“明察”，他的“清正”反而被官吏与囚徒勾结利用了。从按文中可见，狡猾的官吏们无时不在暗处窥探，寻找上司的漏洞，从而伺机为自己捞取好处。可是，我们仍然能从包公这次错误的断案中看到他的宽厚之心，对百姓的仁爱之情，狡猾的小吏们抓住的包公所谓的弱点大概就在于此吧！

包拯知开封，有编民犯法当杖脊[①]。吏受赇[②]，与约曰：“今见尹，必付我责状，汝第号呼自辨，我与汝分此罪，汝决杖，我亦决杖。”既而引囚，问毕，果付吏责状。囚如吏言，分辨不已。吏大声诃之曰：“只受脊杖出去，何用多言！”拯谓其市权，捽吏于庭杖之[③]，特宽囚罪。公止知以此折吏势，不知乃为所卖也。

【按语】按：包孝肃之尹京，最号明察，乃复为下人所卖如此，乃知黠猾之吏无所不窥，亦无所不窃。窥上暗懦，则乘其暗懦而窃之；窥上严明，则又借其严明而窃之。非谨为之防，鲜不堕其奸中。许鲁斋告元世祖防欺之要[④]，备载此事，昔人“三不欺”之论，正未易优劣也。

【注释】

①编民：指编户齐民，封建国家直接控制的平民百姓。规定凡政府控制的户口都必须按姓名、年龄、籍贯、身份、相貌、财富情况等项目一一载入户籍，被正式编入政府户籍的平民百姓，称为"编户齐民"。

②赇(qiú)：贿赂。

③捽(zuó)：揪头发。

④许鲁斋(1209—1281)：指许衡，字仲平，学者称之为鲁斋先生，祖籍怀州河内(今河南焦作)人。他是中国十三世纪杰出的思想家、教育家和天文历法学家，学识广泛，涉猎经传子史、礼乐名物、星历兵刑、食货水利之类，无所不通，当时有"南吴(澄)北许(衡)"之称。

【译文】

包拯任开封府知府期间，有一个平民犯了罪，应当依法处以杖打背脊的刑罚。可是有一个衙吏接受了犯人的贿赂，他就与那个犯人暗地里约定说："如今去见府尹大人，他必然会托付给我来审问案情，你只管大声呼叫为自己辩护好了，我会为你减轻罪行的，大不了你被杖打一顿，我也挨顿杖打而已。"过了一会儿，包拯派人提审囚犯，讯问完了以后，果然托付给这个衙吏具体办理。于是那个囚犯就按照衙吏事先说的话，为自己竭力辩解。衙吏故意大声斥责道："你只不过是受一顿杖打就可以出去了，何必如此多说！"包拯听到后认为这个衙吏在故意卖弄权力，就叫人将他揪到庭下杖打了一顿，而对那个囚犯却特别予以宽大处理。包公只知道用这种方法来折损一下衙吏的威势，却不知道仍然被衙吏欺骗了。

【按语译文】按语评论说:包拯在担任开封府知府时,号称是最为明察,居然也会被属下之人欺骗到这种程度,由此可知狡猾的衙吏无时不在暗中窥测,也无时不在为自己捞取好处。当他们窥测到上司比较昏庸懦弱时,就会利用上司昏庸懦弱而为自己捞取好处;当他们窥测到上司比较严厉明察时,就又会利用主上的严厉明察而为自己捞取好处。假如不小心谨慎地早作预防,那么就很少有人不堕入他们奸计中。许衡给元世祖的上疏中谈论到防止受人欺骗的要点时,详细地记载了包拯的这件事,从前人们有过"三不欺"的说法,确实不能轻易做出孰优孰劣的评价。

卷九财赋类一

理　财

王导制练布单衣

【题解】

西晋灭亡后，王导率众拥戴司马睿为王，史称东晋。司马睿感激王导将自己推上皇位，在登基大典上，几次邀请王导与自己一起坐上御座，共同接受群臣拜贺，王导坚决谢绝不肯受命。司马睿任王导为宰相，执掌朝政大权，王导家族的很多人担任着朝廷要职。后来，司马睿实在无力撼动王导的势力，日渐忧郁成病，当了六年名义上的皇帝便病故了。明帝在位也仅三年，就得暴病而死。成帝司马衍4岁即位，年幼时每次见王导都要下拜，君臣之礼完全弄颠倒了。所以当时人称王导同司马氏祖孙三代是："王与马，共天下。"但王导确实对东晋政权的建立和东晋初期的稳定与发展做出了重要贡献，具有非同一般的睿智和治国才能。这篇短文足以看出王导举重若轻的宰相之量。当国库空虚，只存有粗布千匹之时，王导穿起练布服装，大家争相效仿，一时间洛阳"练布"贵，大量练布卖了个好价钱，国库也就充盈了。王导充分利用了世俗之人的"上行下效"心理，以无言之政收到奇效。

王导善于因事[①]，时帑藏空竭，库中惟有练数千端，鬻之不售，而国用不给，导患之。乃与朝贤俱制练布单衣，于是士人翕然竞服之，练遂踊贵。乃令主者出卖，端至一金。

【注释】

①王导(276—339)：字茂弘，琅琊临沂(今山东临沂)人，东晋初年的大臣，历任晋元帝、晋明帝和晋成帝三代，是东晋政权的奠基者之一。练(shū)：古代一种像苧布的稀疏的织物。

【译文】

王导善于因事利导解决问题，当时国库非常空虚，仓库中只有数千端粗丝织成的练布，卖也卖不出去，而国家必须要用的花费得不到补给，王导对此十分忧虑。于是他和朝中贤臣一起制作了练布单衣穿在身上，而士人们见到后也竞相制作练衣穿，练布的价格因此暴涨。王导这才下令主管仓库的官员取出练布出售，每一端练布的价格达到了一金。

钱 钞

文彦博纳铁钱

【题解】

文彦博是北宋著名的政治家。生于1006年，卒于1097年，寿高91岁。历事仁宗、英宗、神宗、哲宗四朝，出将入相五十年之久，这在中国历史上绝无仅有，被史学家称为宋朝第一名相。文彦博天资聪颖，“树洞取球”讲的是一次文彦博和小朋友玩，皮球掉进了树洞里，无法取出，正在伙伴们束手无策时，文彦博把水灌进树洞里，于是球便浮了上来。这个故事广为流传。最著名的还有“文彦博数豆”，相传年幼时的文彦博为了修身养性，就准备了两个罐子，做了好事就在其中一个罐子中放红豆，做了坏事就在另一个罐子中放一粒黑豆，每天检查红豆和黑豆的数目，日积月累，红豆越来越多。幼年聪颖的文彦博，终成一代名相。宋朝的货币改革中，我国最早的纸币“交子”得以在四川试用，文彦博就是主要推动者之一。在担任宰相期间，长安附近的地方官建议废止铁钱，在朝廷尚未表态之时，市面上早已闻风而动，开始狂抛铁钱抢购货物，长安城的经济立时陷入一片混乱之中。在这种情况下，文彦博将自己家里的丝绸拿出来在市面上销售，并表示只收

铁钱。他的家里只收铁钱，这样一下子稳定了民心，市场重新恢复了平静。

宋文彦博知永兴军[①]，起居舍人毋湜[②]，鄠人也[③]，上言"陕西铁钱不便，乞一切废之"。朝廷虽不从，其乡人多知之，争以铁钱买物，卖者不肯受，长安为之乱，民多闭肆，僚属请案之。彦傅曰："如此，是愈使惑扰也。"乃召丝绢行人，出其家缣帛数百匹使卖之，曰："纳其直，尽以铁钱，勿以铜钱也。"于是众知铁钱不废，市肆复安。

【注释】

①永兴军：宋朝时设置，治地在京兆府(今西安)，管辖范围包括今陕西、甘肃各一部分地区，豫西一小部分地区。

②起居舍人：官名。隋炀帝时设置，负责记录皇帝日常行动与国家大事。唐朝时改起居郎为左史，起居舍人为右史，在皇帝上朝时，站在皇帝左右，记录皇帝的言行，宋、辽时期也有设置。

③鄠(hù)：鄠县，在陕西。今作户县。

【译文】

宋朝的文彦博担任永兴军知州期间，朝廷中任起居舍人的毋湜，是陕西鄠县人，他向朝廷上疏说："陕西流通使用的铁钱很不好，请求朝廷将其全部废除。"朝廷虽然没有采纳毋湜的建议，但是他的家乡有很多人知道了这件事，争着用手头的铁钱购买物品，而卖物品的人又不肯收铁钱，于是长安的街市因此乱作一团，居民们大多数关闭了店铺，文彦博的僚属纷纷请求他处理这件事。文彦博说："如果我真的要处理此事，这就更加会使百姓们感到疑惑不已了。”他召集了专门从事丝绢生意的商人，取出自己家中的缣帛数百匹让商人拿到市场上去卖掉，并告诉商人说：“卖缣帛所得的收入，全都要收铁钱，不准收铜钱。”于是长安民众这才知道铁钱没有被废除掉，市场交易又恢复了平安无事的状态。

卷十财赋类二

仓 储

张咏以米易盐

【题解】

北宋名臣张咏是个出了名的急性子。有一次戴着头巾吃馄饨，偏偏那头巾的带子长了点儿，连着几次落到了馄饨碗里。张咏登时火冒三丈，一把将头巾拽下来塞进碗中，高声嚷道："请你(指头巾)吃吧！"可见他有点脾气暴躁，这从后面"张咏斩吏"就可看出来。张咏还发明了世界上最早的纸币——交子，被誉为"纸币之父"。他的确是个金融方面的奇才，所以在成都屯兵三万，眼见士兵就要断炊之际，张咏采取以粮食换购食盐的方法，轻轻松松地解决了军粮紧缺的问题。

宋张咏知成都时①，城中屯兵三万人，而无半月之粮。公访知盐价素高而廪有余积，乃下其估，听民得以米易盐，民争趋之。未逾月，得米数十万斛。军中喜曰："前所给米皆糠、杂土，不可食，今一一精好，此翁真善于国事者。"

【注释】

①张咏(946—1015):北宋濮州鄄城(今属山东)人,字复之,自号乖崖。进士出身,宋太宗听说他很有才能,很干练,召他入朝任枢密院直学士,兼掌三班院。后来任益州主管,对四川百姓实行怀柔政策,鼓励当地士大夫参加科举考试,稳定地方统治。宋真宗时入京,极力批评丁谓、王钦若等人大兴土木,导致国库空竭,有误国殃民之罪,因而遭到排挤。

【译文】

宋人张咏担任成都知府时,城中屯聚着军队三万人,而城中却没有半个月的粮食。张咏打听到盐的价格一向较贵而仓库中还有很多剩余,就降下一点价格,听任百姓用米来换盐,百姓们争先恐后赶来换盐。不到一个月的时间,获得了数十万斛米。军中都高兴地说:“以前所给的米都是掺杂糠和土,根本不能吃,如今一粒粒米都是又精又好,这位知府真是善于治理国家大事的人。”

王钦若先支湿米

【题解】

王钦若为人奸邪阴险,常常挑拨离间,嫁祸于人,但也做过好事,本文就是一例。有一年下了很多天的连阴雨,老百姓送来的稻谷因为潮湿被粮仓的官吏拒收。许多百姓远道而来,盘缠食物都已告罄,很多人心急如焚。王钦若了解到这一情况,令粮仓的官吏将潮湿的稻谷全部收下,为使这批谷物不致霉烂变质,在将其单独存放到另一处的同时,他又向朝廷请示:凡来粮仓要粮者,不分先后,一概先支湿谷。宋真宗见到王钦若的奏折非常高兴,

夸他有相才，又给他升了官。尽管王钦若在这件事的处理上又一次迎合了上意，但客观上也解决了百姓的实际困难。

亳州判官王钦若监会亭仓，天久雨，仓司以米湿不为受纳。民自远方来输者，食且尽，弗得输。钦若悉命输之仓，奏请不拘年次，先支湿米，不致朽败。太宗大喜①，手诏许之。

【注释】

①太宗：此处应为宋真宗赵恒。

【译文】

亳州判官王钦若在监管会亭粮仓期间，雨水连绵不绝，管理粮仓的有关官吏以米潮湿为由，不肯接受百姓缴纳米。有些百姓是从很远的地方前来缴粮的，他们随身带的食物要吃完了，却依然不能将米交入粮仓。王钦若知道后，命令下属官吏将百姓缴来的粮食全部运入粮仓，他向朝廷禀奏请求不要拘于粮仓中进粮的先后次序，先把湿米支出来用掉，这样就不会导致腐朽变质的情况。宋太宗听了大喜，亲自写了诏书表示赞许。

周忱任民取粮以绝虏望

【题解】

周忱对百姓平易近人，爱民如子，人称“周青天”。至今，江苏还有纪念周忱的祠堂。后人把他和苏州知府况钟的事迹编成了戏剧，流传最广的是昆剧《十五贯》。“周忱任民取粮以绝虏望”，记述的是瓦剌军队即将攻陷通州，百万石粮食危在旦夕之时，有些官员提出“焚毁粮仓”的办法，周忱本着“民以食为天”的原则，稳妥安全又高效率地把粮食在短时间内全部转移到京城，瓦剌军队攻陷通州之后，只好望着空粮仓而兴叹了。与那些“焚仓”之议的官员相比，周忱的计谋既顾惜“国之命脉，民之脂膏”，又不失机巧聪慧，真是天壤之别啊！

国朝通州在京城南，常积粮数百万石。正统己巳，胡虏南侵，谍云欲先据此，诸臣议将焚仓。适周文襄公忱入京[①]，陈僖敏公镒因咨其计[②]。文襄曰：“何至如此！宜檄示在京官军旗校，预给一岁之粮，令自往支，则粮归京师，且免京运之费。”诸臣如其计，不数日，通州仓粮皆空。虏至，无所获而去。一云：己巳之变，议者请烧通州仓粮以绝虏望，于忠肃公曰[③]：“国之命脉，民之脂膏，顾不惜耶！”传示城中有力者恣取之。数日，粟尽入城矣。

【注释】

①周文襄公忱：即周忱（1381—1453），明江西吉水人，字恂如，号双崖，永乐年间进士。1430年，巡抚江南各府县，总管税粮征收事务。创立了平米法，取消豪门富户的特权，又革除由粮长收粮的弊端，以善于理财著称，进行过有益于社会生产的赋役改革。著有《双崖集》。

②陈僖敏公镒：即陈镒（？—1453），字有戒，明朝吴县人，永乐年间进士。三次镇守陕西，陕西人视之如父母。《明史》有传。

③于忠肃公：即于谦（1398—1457），明朝钱塘（今浙江杭州）人，字廷益，号节庵。永乐年间进士。曾随从宣宗平定汉王朱高

煦的叛乱。在江西任巡抚期间，颂声满道，后来又巡抚河南、山西。1446年遭王振等人迫害，被捕下狱。1449年力排众议，反对朝廷南迁，请求固守都城，被任命为尚书。明景帝时，率军击败瓦剌军队。也先想挟持英宗逼迫明朝讲和，于谦以社稷为重君为轻拒绝，也先被迫释放了英宗。后受人诬陷，被杀。明神宗时，改谥号为"忠肃"。

【译文】

明朝的通州，地处京城以南，朝廷平时在那里囤积着数百万石粮食。明英宗正统己巳年间(1499)，北方的瓦剌军南侵，宋军的侦察人员打听到他们想首先攻占通州的消息，诸位大臣们议论着要焚毁那里的粮仓。恰巧周忱来到京城，陈镒于是向他咨询计策。周忱听了焚毁粮仓的议论后说："何必要这样做呢！应当发檄文告示说：在京城的官军将士们，预支给他们一年的粮食，命令他们自己前去通州领取，这样就会使通州的粮食回到京城，并且免去了运到京城的费用。"朝中的大臣们接受了周忱的计谋，没有几天的时间，通州的粮仓就空了。等到瓦剌军队攻至通州后，因为一无所获只得空手而去。另一种说法是：己巳年的变乱中，朝臣议论着请求朝廷焚烧通州粮仓来杜绝瓦剌军的企图，于谦说："粮食乃是国家的命脉，百姓的脂膏，难道能不爱惜吗！"于是朝廷传令告示城中百姓，有能力的人可以任意搬取。数日之间，通州的粮食全部被百姓运入了城中。

刘大夏与收市法

【题解】

刘大夏与当时的王恕、马文生一起，被称为"弘治三君子"，一生追求君子之德。如他任广东布政使时，当地官府巧立一种叫"羡余"的名目，从来不记在账上。历代前任都把这笔钱中饱私囊，积习已久。刘大夏上任时，恰巧有前任没来得及拿完的"羡余"钱。管库官吏便把这种"规矩"向他报告，说这笔钱不必记入账簿。刘大夏听后沉默了好一会，猛然大声喊道："我刘大夏平日读书，有志于君子之道，今天在此事面前，怎么能沉思许久？实在愧对古代圣贤啊！"此后，便时刻以君子之德警戒自己。弘治十年(1497)，刘大夏在西北督理兵饷，制订"收市法"，将长期以来由太监、官僚垄断的粮草市场统一管理起来，扫除了中间商的盘剥，百姓拍手称快，踊跃交粮，不到两个月，所有粮仓全都粮草充足了。他一生大部分时间在兵部任职，熟悉兵务，谋略过人，深得皇帝恩宠和百姓爱戴。

弘治丁巳，北边仓场粮草告乏，刘忠宣公大夏以户侍简命经画①，濒行，周司徒经谓公曰②："边上粮草，半属京中贵人子弟经营③，公素不与此辈合，此行所谓'刚取祸'矣。"公曰："俟至彼图之。"公至，召边上父老日夕讲究，遂得其要领。一日，揭榜通衢云："某仓缺粮几千石，每石给官价若干；某场缺草几万束，每束给官价若干。封圻内外官员客商之家，但愿告报者，米自十石以上、草自百束以上俱准告，虽中贵子弟不禁也。"不两月，仓场积畜有余。

盖往时"籴买法"有"来告粮百千石、草千万束者方准"，以致中贵子弟争相为市，乃转买边上军民粮草陆续运至。自公此法立，有粮草之家自往告报，中贵家人即欲收籴，无处得买也。边上人云：自公收市法行，仓场有余积，私家有余财。

【注释】

①刘忠宣公大夏：即刘大夏(1436—1516)，明朝湖广华容(今属湖南)人，字时雍，号东山。天顺年间进士，成化时任兵部郎中。曾平定广西田州泗城土官岑猛的谋反，清理宣化府兵饷，革除当地所有弊政。因得罪宦官刘瑾，被充军肃州。著作有《东山诗集》、《宣召录》、《刘忠宣公集》。经画：经营筹划。

②周司徒经：即周经(1439—1510)，明朝阳曲(今太原)人，天顺四年进士，入翰林为庶吉士，著有《怀麓堂集》。

③中贵：即中官、宦官。古代泛指皇帝宠爱的近臣。

【译文】

明孝宗弘治丁巳年(1497)，北方边界地区的粮仓报告缺少粮食和草料，刘大夏以户部侍郎之职奉命前去办理，临行之际，司徒周经对刘大夏说："边界上的粮草，有一半属于京城里有权势的贵家子弟在那里经营，先生你素来不与这些人投合，这一次前去真是所谓'刚强易取祸'啊。"刘大夏说："等我到了那里再慢慢想办法吧。"刘大夏到了边界之后，召集了当地的父老乡亲整天研究粮草之事，终于找到了办理此事的要领。一天，他在通衢大道上公开张贴榜文称："某处粮仓缺粮几千石，每石粮食付给官价若干银两；某处草场缺草几万束，每束草付给官价钱若干。凡是属于本地管辖范围内的各种内外官员或客商之家，只要自愿前来报告的人家，家中有米十石以上，有草一百束以上全都准许报告，即使是太监的子弟家人也不禁止他们前来报告。”不到两个月的时间，粮仓草场全都积蓄有余。由于从前制定的“籴买法”里有“前来报告的人需有百千石的粮食、千万束的草才能批准”的话，一般百姓家中没有那么多粮草，这样导致那些太监的子弟们得以争着做起生意，然后转手买卖边界上军民的粮草而陆续运到粮仓去。自从刘大夏的这项法令建立后，凡是有粮草的人家都自己前往仓库售卖粮草了，那些太监们的子弟就是想要收购，也没有地方可以买到。边界上的人们说：自从刘大夏创立的这套“收市法”推行之后，粮仓草场都有了充足的蓄积，私人家中也都有了余财。

漕挽

裴行俭设假粮车

【题解】

调露元年，突厥起兵谋反，单于部也起兵响应，据说有数十万之众。开战不久后，由于唐军节节胜利，因而主将萧嗣业有了轻敌之心，结果被突厥在一个雪夜里偷袭得手，导致唐军大败。裴行俭临危受命，被封为礼部尚书兼检校右卫大将军，率领三十万大军讨伐突厥，史称“旗帜亘千里”，“唐出师之盛，未之有也”。裴行俭到达朔州，得知此前运粮部队经常被劫。于是，选粮车三百乘，每车埋伏壮士五人，而以老弱残兵数百人护送，同时，在险要之处埋伏精兵。果然重创了劫粮的东突厥部队。在这之后，运粮部队就安全了。

唐裴行俭为定襄道大总管讨突厥[①]，先是萧嗣业馈粮数为虏抄[②]，我军馁死。行俭曰：“以谋致敌可也。”用诈为粮车三百乘，车伏壮士五辈，赍陌刀劲弩，以羸兵挽进，又伏精兵踵其后。虏果掠车，羸兵走险。贼驱就水草，解鞍牧马，方取粮车中，而壮士突出，伏兵至，杀虏几尽。自是粮车无敢近者。

【注释】

①裴行俭(619—682):字守约,唐朝时绛州闻喜(今山西闻喜东北)人。唐高宗时名臣,裴仁基之子。曾跟随苏定方学习兵法战术。665年任安西都护,使大多数西域国家归附。679年,俘获西突厥十姓可汗阿史那都支,并在碎叶城立碑记功。突厥:中国古代民族。是丁零、铁勒族的分支,原住在叶尼塞河上游,后来南迁高昌的北山(今新疆博格达山),以狼为图腾。5世纪中叶被柔然征服,迁移到金山南麓(今阿尔泰山),因金山形状像战盔"兜鍪",所以俗称突厥。创制的突厥文,是中国古代北方民族最古老的文字。隋唐时期与中原汉族政治经济联系密切,582年分裂为东突厥和西突厥,后来先后统一于唐朝。

②馈(kuì)粮:粮饷。

【译文】

唐朝的裴行俭担任定襄道大总管率兵征讨突厥,在此之前,萧嗣业运送的粮草多次被突厥兵劫掠,唐朝的军队因缺粮而不时有士兵饿死。裴行俭了解情况后说:"用计谋可以将突厥军队引诱过来。"于是他下令部下伪装了三百辆粮车,每辆车中埋伏着五名精悍的军士,带着刀剑弓箭,然后让一些老弱病残的军士押着车队前进,在其后又埋伏了精兵紧紧跟随。突厥兵果然前来掠夺粮车了,那些老弱病残的军士见状纷纷奔窜逃命。突厥兵驱赶着粮车来到水草之地,解下马鞍放牧坐骑,刚刚准备取出粮车上的粮食,那些埋伏在粮车内的精悍士兵突然跃出冲杀,后面的伏军也跟着赶来,把突厥兵几乎全都消灭。从此以后,再也没有人敢随意接近粮车了。

卷十一财赋类三

救荒

管仲平衡丰灾赋税

【题解】

管仲少年丧父，老母在堂，生活贫苦，很早就挑起了家庭重担，为了维持生计，与鲍叔牙合伙经商。从军后历经曲折，在鲍叔牙的极力推荐之下，管仲做了齐国丞相，辅佐齐桓公成为春秋第一霸主，被后世称为“春秋第一相”。管仲注重经济，主张以“改革”的方式走富国强兵之路，“仓廪实而知礼节，衣食足而知荣辱”就是他留给我们的名言。管仲进行了一系列赋税制度的改革。譬如他大力推行“相地而衰征”，就是依据土壤的肥瘠程度征收数额不等的实物农业税，规定两年收税一次，丰年收十分之三，中等年收十分之二，下等年收十分之一，荒年不收，待饥荒缓解后再收，这些措施使征税做到最大限度的公开、公平、合理。管仲的赋税政策不是死的法规条文，而是根据不同情况灵活采取不同的征收方法，他的政策也不局限于一时一地，而是面向整个齐国的，力图寻求整个国家内部税收的平衡状态。这些税赋改革顺应了时代发展，适应当时生产力发展水平的需要，可以说其结果不仅使齐国收到了“粟如丘山”的效果，而且其历史作用是巨大的，具有划时代的伟大意义。

齐桓公问于管仲曰[①]：“齐西水潦而民饥，齐东丰庸而粜贱，欲以东之贱被西之贵，为之有道乎？”对曰：“今齐西之粟釜百泉，则鏂二十也[②]；齐东之粟釜十泉，则鏂二钱也。请以令：籍人三十泉[③]，得以五谷菽粟决其籍。若此，则齐西出三斗而决其籍，齐东出三釜而决其籍。然则釜十之粟皆实于仓廪，西之民饥者得食，寒者得衣；无本者与之陈，无种者与之新。若此，则东西之利被、远近之准平矣！”

【注释】

①齐桓公（？—前643）：春秋时齐国国君，名小白。任用管仲，改革内政，国势强盛。奉行“尊王攘夷”政策，曾九合诸侯，成为春秋五霸之首。管仲（？—前645）：春秋初期颍上（今安徽颍水之滨）人，名夷吾。最初与鲍叔牙经商南阳，后来经鲍叔牙推荐，被齐桓公任为卿，在齐国进行改革，辅助齐桓公成为春秋第一个霸主。

②鏂（ōu）：古同“区”，古代容量单位，两斗（一说一斗二升八合）。

③籍：登记，引申为按人或按户征收。

【译文】

齐桓公问管仲说：“齐国的西部地区发生水灾使百姓遭受饥荒，齐国的东部地区粮食丰收而使米价格降低，要是能用东部地

区便宜的粮食来使西部地区得利，有什么好方法呢?”管仲回答道:“如今齐国西部地区的粮食每一釜卖一百钱，照此推算，那么每一钜就是卖二十钱了;齐国东部地区的粮食每一釜卖十钱，那么每一钜就是二钱了。请您下令:每人需缴纳的赋税钱三十钱，可以用五谷菽粟等实物来抵充赋税。这样一来，齐国西部地区的人只要缴纳出三斗粮食就可完成赋税，齐国东部地区的人只要缴纳三釜粮食也可完成赋税。缴纳上来的粮食可以充实国家的粮仓，如此齐国西部地区的饥民就可以获得粮食，无衣挡寒者可以获得衣物;没有基本口粮的人可以给陈谷充饥，没有种子种地的人可以给他新谷为种。如此一来，齐国东、西部地区的利益就大致相等，远近地区的赋税也就基本平均了。”

范仲淹增粮价

【题解】

范仲淹在《岳阳楼记》中写下了千古名句“先天下之忧而忧，后天下之乐而乐”，而他的一生也一直践行着这种高尚的精神。他做兴化县令(今江苏兴化)时，兴修捍海堤堰，造福四州百姓，人们感激他的功绩，都把海堰叫做“范公堤”，甚至有许多灾民，也都改为范姓。在担任杭州知州期间，针对饥荒问题，范仲淹不抑粮价，反而涨价，以高价招徕粮食，使大量粮食流向灾荒地区，最终平抑了粮价，安定了民心。他一生的智慧和精力都在关注着国家的兴亡、民生疾苦，他所倡导的先忧后乐思想和仁人志士节操，成为中华文明史上闪烁异彩的精神财富。

宋范文正公知杭州[①]，二浙阻饥，谷价方踊，斗计百二十钱。公增至百八十，仍多出榜文，具述杭饥及米价所增之数。于是商贾闻之，晨夕争先，惟恐后，且虞后者继来。米既辐辏[②]，价亦随减。

【注释】

①范文正公：即范仲淹（989—1052），北宋苏州吴县（今江苏苏州）人，字希文。曾任泰州兴化县令，主持修筑捍海堰，也就是现在的范公堤。在苏州时又疏浚太湖入海水道，解除了江南涝灾。后来任陕西经略安抚副使，防御西夏，与韩琦齐名，时称范韩。1043年，与富弼、欧阳修推行庆历新政。写有著名的《岳阳楼记》。

②辐辏（fú còu）：形容人或物聚集一起，像车辐条集中于车轴一样，也作"辐凑"。

【译文】

宋朝的范仲淹在担任杭州知州期间，浙东浙西同时发生饥荒，谷价不断上涨，每斗达到一百二十钱。范仲淹将粮价增至每斗一百八十钱，然后大量张贴榜文，详细叙述杭州发生饥荒以及米价上涨的钱数。于是商人们知道了这种情况，纷纷日夜兼程争先把粮食运来，唯恐落后被别人赚得钱去，又担心后面还有其他商人赶来竞争。杭州的米很快就越聚越多，粮价也因此降了下来。

周忱智取四方米

【题解】

面对苏州、松江年景不好、歉收的情况，周忱首先深入民间实

地考察，掌握了第一手情况，这样就便于在以后平抑米价的过程中能够游刃有余地处理问题。接着，他运用商品流通的法则和价值规律，以高价招徕周边地区的粮食进入灾荒地区。之后，又打开官仓以半价销售粮食，这实在是平抑粮价的高明之策。各地的商人本为谋利而来，面对无利可图的现实，在成本估算之后，只好将米贱价卖出，于是该地官仓得以用极低的价格大量收购了粮食，使民心得以安定。值得一提的是，周忱又大摆宴席答谢这些商贾，成功安抚了他们。综观这一事件，周忱的所有做法无疑都体现了他的"民本思想"。

周忱巡抚苏、松，属岁大饥，米价翔贵，忱遣人日察价高下。浙江、湖广方大熟，乃令人橐金至其地[①]，故抑其直勿粜，且给言吴中米价甚高，由是浙、胡大贾皆贩米至吴，数百艘一时俱集。忱知四方米已至，下令发官廪，尽以贷民，而收其半直，城中米价骤减。四方米欲载还，度路远不能，乃亦贱粜。忱复椎牛酾酒以谢四方米贾[②]，皆大醉欢去。米价既平，官乃粜以实廪。

【注释】

①橐(tuó)：口袋，这里用作动词，意为"装着，带着"。

②酾(shī)酒：过滤酒，使酒质更纯更好。古代酿造米酒过程中，酒液中有米渣，需要过滤提纯，称为"酾酒"。

【译文】

周忱担任江南巡抚视察苏州、松江地区期间，连年发生了大饥荒，当地米价暴涨，周忱派遣下属每天观察米价的高低行情。

正巧浙江和湖广地区粮食丰收，周忱就命令下属带了金银赶到那里，却又故意抑低粮食的价格不肯轻易购买，并且到处散布谎言说吴中地区的米价非常贵。因此浙江、湖广地区的大商贾都纷纷贩运粮食到吴地，一时之间，竟有数百艘船都集中到吴地。周忱得知四面八方的粮食已经运到吴地后，就下命令打开官仓取出粮食，全都借贷给缺粮的饥民，却只收取一半的价格，城里的米价骤然下跌。那些从四处运粮来此贩卖的商贾想载粮回去，但细想一下路途遥远不划算，于是也只能将粮食低价卖出。周忱这时又杀牛备酒感谢四方的米商，大家都大醉高高兴兴地离去。米价平稳以后，官府就购入大量粮食充实了仓库。

捕 蝗

姚崇坚持除蝗

【题解】

唐玄宗开元四年，山东地区发生了一次特大蝗虫灾害。辽阔的土地上，到处出现成群的飞蝗。当那些蝗虫成群飞过的时候，黑压压的一大片，遮蔽了天日。蝗群落到哪里，哪个地方的庄稼都被啃得精光。那时候，人们认为蝗灾是天降灾难，因而虽然非常恐惧却不敢捕杀，于是各地为了消灾祈福，人们都在田地旁烧香磕头，乞求蝗虫离去。眼看庄稼被蝗虫糟蹋殆尽，人们却束手无策。灾情越来越严重，受灾的地区也越来越大，地方官吏纷纷向朝廷告急。面对这种危急的形式，朝廷中却分成两个派别：宰相姚崇坚信“人定胜天”，力主彻底消灭蝗虫；但很多大臣不赞成姚崇采用暴力手段杀蝗灭蝗，他们认为蝗灾是天灾，人力是没法抗拒的，要消除蝗灾，只有积德修行。唐玄宗看到反对消灭蝗虫的人多，也动摇起来。正在他举棋不定之时，姚崇力排众议，挺身而出，再次拿社稷的安全、百姓的安危劝谏玄宗，在这种情况下，皇帝最终下定了灭蝗的决心。正是因为姚崇坚持灭蝗，虽然当时连年遇到蝗灾，但整个社会没有造成大的饥荒，避免了百姓的流离失所，保证了社会的稳定。

唐开元四年，山东大蝗[①]，姚崇奏曰[②]："《毛诗》云：'秉彼蟊贼，以畀炎火。'汉光武诏曰：'勉顺时政，勤督农桑，去彼螟蜮[③]，以及蟊贼。'此并除蝗之义也。蝗既解飞，夜必赴火，夜中设火，火边掘坑，且焚且瘗[④]，除之可尽。"乃遣御史分道杀蝗。汴州刺史倪若水执奏曰："蝗是天灾，宜自修德。刘聪时除既不得[⑤]，为害更深。"拒御史不肯应命。崇牒报若水曰："刘聪伪主，德不胜妖；今日圣朝，妖不胜德。古之良守，蝗避其境。若谓修德可免，彼岂无德致然？今坐视食苗不救，因以无年，刺史其谓何？"若水乃行焚瘗之法。时朝廷喧议，皆以为不便，帝复问崇，对曰："庸儒执文，不识通变，事固有违经而合道，反道而适权者。昔魏时山东有蝗，缘不忍不除，人至相食。后秦有蝗[⑥]，草木俱尽，牛马相至啖毛。今蝗虫所在流满，仍极繁息，纵使除之不尽，不愈于养以遗患乎！"帝然之，蝗害讫息。

【注释】

①山东：泛指华山或崤山以东。

②姚崇(650—721)：唐朝时陕州硖石(今河南陕县东南)人，本名元崇，字元之。705年，参与诛杀张易之兄弟，迎立唐中宗复位。曾奏请太平公主移居东都洛阳，各亲王到外地作刺史，防止他们干扰国政。714年，第三次任宰相，辅佐唐玄宗，成就开元盛世。

③螟蜮(míng yù):螟和蜮,危害禾苗的两种害虫。螟,螟蛾的幼虫,主要生活在稻梗中,危害很大。

④瘗(yì):掩埋。

⑤刘聪(?—318):十六国时汉国国君,字玄明,匈奴族,刘渊第四子,最初为右贤王、鹿蠡王,后来为大司马、大单于。310年,刘渊死后,杀太子刘和自立为王。曾派刘曜率军攻破洛阳、长安,俘获西晋的晋怀帝、晋愍帝两位皇帝。在位时采取魏、晋匈奴旧制,实行胡汉分治,为政淫暴。

⑥后秦:也称大秦、东秦、姚秦,十六国时羌族建立的政权。淝水之战后,前秦龙骧将军姚苌于384年自称大将军、大单于、万年秦王,建号白雀。386年在长安称帝,国号大秦。疆域包括今河南大部、山西南部、陕西大部及甘肃东南部。

【译文】

唐玄宗开元四年,山东地区发生了严重的蝗灾,姚崇上奏说:"《毛诗》说:'抓住那些危害庄稼的害虫,把它们投入熊熊烈火。'汉光武帝的诏令中说:'努力工作适应时政发展,认真监督促进农业耕作,消灭伤害禾苗的螟虫,以及一切危害农作物的害虫。'这些都是除掉蝗虫的意思。蝗虫蜕变能飞之后,夜晚就肯定向着有火光的地方飞,所以到了晚上点起篝火,在火旁挖掘好大坑,一边用火焚烧,一边用土埋掉,这样就可以将蝗虫除尽了。"于是朝廷派遣御史分赴各地去消灭蝗虫。汴州刺史倪若水向朝廷上奏说:"蝗虫是天灾,朝廷应当加强自身德行教化。从前十六国中的刘聪政权因为不能除尽蝗虫,蝗灾反而更为深重。"他拒绝御史前来灭蝗而且不肯遵守命令。姚崇发了一封公文质问倪若水说:"刘聪只是一个伪政权的主子,他的德行胜不了妖气;现在是堂堂圣朝，妖气根本不能战胜圣朝之德。古代优秀的地方守令，蝗虫会避开他的辖境，如果像你说的只要加强自身德行教化就可以免除蝗灾，那些遭受蝗灾的地方岂不是守令无德而招致的吗？现在坐视蝗虫损害禾苗而不设法抢救，因而导致颗粒无收，那么刺史怎么能称得上是刺史呢？”倪若水这才执行火焚土埋的灭蝗方法。当时朝廷中也是议论纷纷，都认为消灭蝗虫的意见不妥当，唐玄宗又问姚崇，姚崇回答说：“这些庸儒们死抠书本，不懂得变通之道。凡事有时要违反经典而顺乎潮流，有时要违反潮流而合权宜之计。以前，曹魏时期，山东地区发生了蝗灾，由于不忍心去消灭蝗虫，结果导致人吃人的恶果。十六国的后秦政权也出现过蝗灾，草木全被吃光了，牛马饿得互相追逐啃毛。现在蝗虫到处都是，仍在加紧繁殖，纵然是一下子不能彻底消灭，不也是要比任凭蝗虫繁殖留下后害好吗？”唐玄宗觉得有道理，蝗害终于被平息了。

卷十二兵戎类一

将　帅

殷孝祖显仪仗致死

【题解】

宋明帝刚刚即位，四方反叛，刘宋朝廷岌岌可危。宋明帝征召殷孝祖来京护驾，就在叛军即将到达建康、民心大乱之时，殷孝祖率领着北方及荆州的精锐赶到京城，百姓得以安定。宋明帝非常高兴，立刻提升他为抚军将军、都督前锋诸军事，并赐给他铜袖铠和铁帽，这两件甲胄是非常坚固的防护用具，二十五石弩都不能穿透。殷孝祖因此非常得意，到处张扬，而且每次出战必定携带显示他高贵身份的云盖，几十里外就能望见他的坐驾所在，而且还要随时敲响代表身份的战鼓，以壮声威。这样实际就等于暴露了目标，因而敌军可以轻易地辨认出宋军的最高统帅来。所以赭圻之战时，军中士卒都私下议论道："殷孝祖可谓'死将'，他跟敌人作战，却带着豪华的仪仗，暴露自己，敌人如果挑出十个射箭能手，同时向他射箭，他想不死，怎么可能呢？"事实果真如此。殷孝祖在战场上高扬云罗伞盖，本来想炫耀自己，招来的却是致命的暗箭。

宋殷孝祖[①]，每战，常以鼓盖自随。赭圻之战，军中相谓曰："殷统军可谓死将矣，今与贼交锋而以羽仪自标显，若善射者十手攒射，欲不毙，得乎？"是日果为矢中死。

何燕泉曰[②]：顷衔命三边，将官副参而下随行境外。彼已装束与诸军同，军士衣甲鞍马之类皆与边地塞草一色，有警易于按伏故也。将官服色不异军士，临阵对敌使贼不得识之，万一遂陷不测，犹得绐而脱也。西魏河桥之战，王思政陷阵既深[③]，从者死尽。思政久经军旅，每战惟着破衣敝甲，敌人疑非将帅，故得免。昔卫懿公不去其旗以败于荧[④]，关云长望见颜良麾盖而得刺于万众之中。故鸷鸟将搏，必匿其形。而唐李晟每战必锦袍绣帽出入阵间[⑤]，使贼识而畏之。宋韩世忠之战淮阳[⑥]，亦锦衣骢马立阵前[⑦]，以示敌，且遣人语之。何也？将非李、韩其人而效之，几何不以身与敌耶？

【注释】

①殷孝祖(415—466)：南朝刘宋时期人，为人缺少礼节，喜好酒色。宋世祖因为他有武将之才，任他为奋武将军、济北太守。大明初年，北方胡族入侵青州，朝廷派遣殷孝祖率兵救援，多次与敌军交战，每次都大败敌军。

②何燕泉(1474—1536)：即何孟春，字子元，号燕泉，明代文学家，官至明工部、吏部侍郎，郴州(今属湖南)人。巡抚云南期间，曾镇压过少数民族的反抗。嘉靖六年罢官回家。所作诗文，多是对当时世事感慨而发。

③王思政：西魏大将，太原祁(今山西祁县)人。538年，随宇

文泰进攻洛阳，在河桥被高欢打败，受创昏倒阵前。由于久经沙场，每战都身穿破衣弊甲，敌军打扫战场时，见他不是将帅服饰，所以没有俘杀。

④卫懿公：春秋时卫国国君，名赤。公元前660年冬，北方翟(狄)人攻打卫国。因卫懿公嗜好养鹤，不理朝政，致使民怨沸腾，国人不愿出战，卫懿公只好带少数亲信迎敌，却还要张罗伞盖，结果兵败被杀。

⑤李晟(shèng，727—793)：唐朝名将，洮州临潭(今属甘肃)人，字良器。18岁在河西节度使王忠嗣部下任职，在陇、蜀一带屡破吐蕃、党项，立有赫赫战功，人称"万人敌"。公元784年，仆固怀光反叛，他驻守渭桥，与部下同甘共苦，浴血奋战。收复长安后，军纪严明，朝廷特意在东渭桥立碑表彰。

⑥韩世忠(1089—1151)：宋朝延安(今属陕西)人，字良臣。1130年，以水师八千阻拦金兵十万渡江，与完颜宗弼(金兀术)相持于黄天荡(今江苏南京附近)四十日。1134年，在大仪镇(今江苏扬州)大破金军，成为"中兴武功"第一。扼守淮河达七八年之久，屡败敌军。他反对和议，1141年，与岳飞一起被召入朝，解除兵权。后杜门谢客，绝口不谈军事。

⑦骢(cōng)：青白杂毛的马，今名菊花青马。

【译文】

宋殷孝祖每次出战都以鼓号伞盖相跟随。赭圻之战时，军中将士相互议论说："殷统军将必死无疑，现在与敌交锋而以仪仗显示自己，如果敌人用擅长射箭的兵齐射，想要逃脱一死，可能吗？"那一天殷孝祖果然中箭身亡。

何燕泉说：不久前奉命镇守边关，将官副参以下随同出战边境之外。他们的装束与军士相同，军士们衣甲鞍马之类都和边塞牧草同一颜色，有紧急情况时容易伏地避敌。将官的服装颜色与军士相同，临阵对敌就能使敌人不识谁是将官、谁是士兵，万一遇到不测、陷于险境，也还能骗过敌人，得以脱险。西魏时河桥之战，王思政陷于敌阵，随从军士皆死尽，而王思政久经沙场，每次作战只穿破衣旧甲，敌人怀疑他不是将帅，因而幸免于难。从前卫懿公因为不去掉旗帜而在荧地战败，关云长望见颜良显眼的旗帜华盖而得以斩杀颜良于万马军中。所以猛禽出击之前，一定要先藏匿其身体。但也有例外的，如唐朝名将李晟每战都穿戴锦袍绣帽出入于军阵之间，使敌人看到他而望而生畏。宋朝大将韩世忠在淮阳战役中，也穿着鲜亮的锦绣服饰，骑着骏马，威风凛凛地立马阵前，给敌人看，而且派人去告诉敌人，他就是韩世忠，为什么呢？如果不是李晟、韩世忠这样的一代名将，却要在外表上学他们的做法，怎么能不身死敌手呢？

宋太祖善御大将

【题解】

960年赵匡胤在陈桥兵变中黄袍加身，不久以后，那些拥立他为帝的功臣，被“杯酒”解了兵权，赵匡胤重新选拔了既亲信又畏惧自己的将领。这些将领在南征北伐中逐渐涌现出来，其中有曹彬、潘美、杨业等人。此次讨伐江南，曹彬担任主帅，这和宋太祖对他的信任和器重有关。早在澶州服侍周世宗的时候，曹彬是世宗的亲信，掌管茶酒。有一天，赵匡胤向他要酒喝，曹彬说：“这是公家的酒，不能相赠。”于是自己花钱买酒给赵匡胤喝。赵匡胤即位建宋以后，对群臣说：“周世宗的亲信中，不欺瞒主人的只有曹

彬一人而已。”从此，他把曹彬当作自己的心腹，委以重任。而事实上，这次出征曹彬不愿意去。因为早在此前，曹彬和潘美两人被太祖要求同征江南，副将潘美认为江南指日可待，而曹彬却装病不去。他认为干戈血雨，生灵涂炭，最后只好以所有将领不妄杀无辜为条件率军出征。所以宋太祖授权他说：“任大将者，能斩出位犯分之副将，则不难矣。”吓得本想进取军功的潘美提心吊胆。一封密封白纸，既授予了曹彬斩杀之权，震慑了所有出征将士，使他们严听曹彬军令，实际上又牵制了曹彬本人，若要真的实行军法，一张白纸怎能作为凭证，还得要请示皇帝。可见宋太祖的机智权谋之术！

宋太祖命曹彬讨江南[1]，潘美副之[2]。将行，赐宴讲武殿。彬等乞面受处分，上怀中出一实封文字付彬曰：“处分在其间。自潘美以下有罪，但开此，径斩之，不须奏禀。”二臣股栗而退。讫江南平，无一犯律者。比还，复赐宴。二臣纳于上前。上徐自发示之，乃白纸一张也。上神武机权如此[3]，初特以是申命，令使果犯，而发封见为白纸，则必入禀耳。

【注释】

①曹彬(931—999)：北宋真定灵寿(今属河北)人，字国华。963年，大败契丹，平定北汉。964年征讨后蜀，攻取峡中各郡县，因军纪严明，受到褒奖。975年，围攻金陵，灭掉南唐。986年，率兵攻辽，接连攻破固安、涿州等地。

②潘美(925—991)：北宋大名(治今河北大名东)人，字仲询。970年，接连攻克富、贺、昭、桂、连、韶各州，971年，攻占广州，平

定南汉。979 年，平定北汉，又出征范阳。986 年，因指挥失当，致使名将杨业身陷敌阵，力战而死。

③机权：机智权谋。

【译文】

宋太祖命令大将曹彬讨伐江南，让潘美作曹彬的副帅。大军将要出征时，皇帝在讲武殿赐宴。曹彬等人请求皇帝当面授予处理权限，宋太祖从怀中取出一个密封的信笺交给曹彬说："权限安排都在信封内。自潘美以下有罪的，只需打开信封，直接斩首，不须奏禀。"曹、潘二人惊恐颤抖着退下。一直到江南平定，全军没有一个人敢违犯军令。等到班师回朝，皇帝又赐宴庆贺。曹、潘二人将信封呈放在皇帝面前。宋太祖慢慢地打开信封给他们看，只是一张白纸！皇帝的聪明睿智和权谋之术竟到这种程度！当初只是用这个密封的信笺申明军纪，如果真的有犯罪之人，打开信封见是一张白纸，就一定会禀奏皇帝的。

节 镇

赵普削藩镇

【题解】

新王朝的开国君主往往有杀功臣、夺兵权之事。如西汉初，有未央宫诛韩信之变，而后又有消灭异姓王之举，这些都是出于巩固君权的需要。赵匡胤虽然登上了皇帝宝座，但他却不敢高枕无忧。陈桥兵变使他深刻地认识到，武将们既可以立他为帝，也可以立别人为帝。但自己是部将拥立，他们还掌握着重兵，不能采取武力解决的办法。赵普也为石守信等人执掌禁军担忧，一旦再来个黄袍加身，情况就不妙了。宋太祖非常同意赵普的看法，并询问有没有妥善的方式解决，如何能够长治久安，于是，赵普提出了“稍夺其权、制其钱粮、收其精兵”的建议。赵匡胤随即“杯酒释兵权”，轻而易举地解决了问题，被誉为“最高政治艺术的运用”，成为千古佳话。赵普献策之功无法抹杀。

宋太祖召赵普问曰[①]：“自唐季以来，数十年间，帝王凡易八姓，兵革不息，苍生涂炭。吾欲息天下之兵，为国家长久计，其道何如？”普曰：“此无他，节镇太重[②]，君弱臣强而已。今欲治之,宜稍夺其权,制其钱谷,收其精兵,则天下自安矣。”语未毕,上曰:“卿勿复言,吾已喻矣。”一日,因晚朝与石守信、王审琦等饮酒酣,上曰:“人生如白驹过隙,所以好富贵者不过多积金钱,厚自娱乐,使子孙无贫乏耳。汝曹何不释去兵权,择好田宅市之,为子孙永久之业,多置歌儿舞女,日夕饮酒相欢,以终天年。君臣之间两无猜嫌,上下相安,不亦善乎?”皆再拜曰:“陛下念臣及此,所谓生死而肉骨也。”明日,皆称疾请解兵权。上许之。皆以散官就第③,抚赉甚厚。诸功臣皆以善终。

【注释】

①赵普(922—992):后周、北宋时期幽州蓟县(今北京西南)人,字则平。五代后周时,任赵匡胤的幕僚,因在陈桥兵变中扶立赵匡胤有功,授右谏议大夫,宋太宗时两次任宰相,封魏国公,死后,追封真定王,真宗时改封韩王。北宋初年的重大举措,他都参与谋划过。智谋虽多,但读书太少,晚年常读《论语》,因而有“半部《论语》治天下”之说。

②节镇:唐代在重要地区设置军政长官,因为授职的时候,朝廷要赐予旌节,所以称为节度使。明朝嘉靖时设巡抚、总督为地方长官,也称节镇。因本书作者为明代孙能传作,所以他是用明朝时的称谓记述“赵普削藩镇”。

③散官:有官名而无职事的官称,与职事官相对。隋朝时开始设置,散官官职低而充任高级职事官的称守某官,散官官职高而充任低级职事官的,称行某官,俸禄按散官品级。

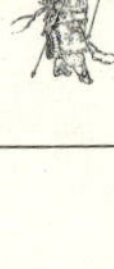

【译文】

宋太祖赵匡胤召见赵普问道："自从唐朝末年以来，数十年间，帝王共换了八个姓氏，战乱不止，苍生涂炭。我想结束天下的战乱，为国家的长治久安着想，有什么办法没有？"赵普说："这没有别的原因，就是因为藩镇们的权势太重，君弱而臣强罢了。现在想治理这种情况，应当逐渐削夺他们手中的权力，制约他们掌握的钱粮，收回他们统率的精兵，那么天下自然就安定了。"赵普的话还没有说完，宋太祖就说："你不必再说了，我已经明白了。"某一天，趁晚朝之后与石守信、王审琦等将领饮酒，酒喝得高兴的时候，太祖说："人生如同白驹过隙，转瞬即逝，所以喜爱富贵的人不过是多积金钱财富，多多娱乐，使子孙不担心受穷受苦。你们为什么不放弃兵权，选择良田美宅作为子孙永久的产业呢？多多置办歌儿舞女，早晚饮酒作乐，终养天年。我们君臣之间也不会有猜疑，上下相安无事，不也是很好吗？"石、王等人都拜了两拜谢恩说："陛下替我们想得如此周到，真是所谓使死者复生、白骨长肉的恩情啊。"第二天，都称病请求解除兵权。太祖答应了他们。都让他们以散官回到家中，朝廷厚厚地给予赏赐。这些功臣们都得以善终。

卷十三兵戎类二

筹　策

陈轸智破秦韩之盟

【题解】

《史记·韩世家》记载，秦国在脩鱼之战中打败了韩国，并在浊泽俘虏了韩国的两个将领。于是公仲移向韩王献计，用韩国的一座名城作为议和条件，联合秦国向南攻打楚国。楚国处在秦、韩军队联合进攻的威胁之中。楚国谋臣陈轸向楚王献缓兵之计，即告示全国，调兵遣将，扬言去救韩国；并派遣使者，携带很重的礼品献给韩国，阻止秦、韩合兵。韩王贪利中计，对楚国救援韩国信以为真，派人与秦国断交。于是秦、韩大战，而楚国却坐山观虎斗，因此韩国大败。

秦、韩战于浊泽，韩氏急。公仲谓韩王曰："与国不可恃。今秦之心欲伐楚，不如因张仪，为和于秦，赂以一名都与之伐楚。此以一易二之计也。"王曰："善。"乃警公仲之行将西讲于秦。楚王大恐，召陈轸告之①，轸曰："秦欲伐楚久矣，今又得韩之名都，而具甲并兵南乡。此秦所祷

祠而求也，楚国必伐。王听臣为警四境之内选师言救韩。命战车满道路，发信臣多其车、重其币[2]，使信王之救己，为不能听我，韩之德我也，必不为雁行以来[3]。是韩秦不和，兵虽至，楚不大病矣。为能听我，绝和于秦，秦必大怒，以厚怨于韩。韩得楚救必轻秦，其应秦必不敬。是我因秦韩之兵而免楚国之患也。"楚王大悦，乃警四境之内选师，言救韩；发信臣多车币。韩王大悦，止公仲。公仲曰："不可。以实告我者秦也，以虚名救我者楚也。恃楚之虚名，轻绝强秦之敌，必为天下笑。且楚韩非兄弟之国也[4]，又非素约而谋伐秦也。秦欲伐楚，楚起师言救韩，此必陈轸之谋也。"韩王不听，遂绝秦。秦果大怒，益甲伐韩。楚救不至，韩师大败。

【注释】

①陈轸：也作田轸，战国时期人，生卒年不详。属纵横家。与张仪一起在秦国同朝为官，互相排挤，秦王以张仪为相后，他逃奔楚国。曾劝谏楚怀王不要中张仪的离间计，也曾以两虎相争为例，劝谏秦王坐收韩、魏交战之利。

②信臣：致送书信的使臣。

③雁行：飞雁的行列，横列排开。在这里指与秦军一起前来。

④兄弟之国：西周分封时，同为姬姓的诸侯国称兄弟之国。此文指韩和楚不是同姓诸侯。

【译文】

秦国与韩国在浊泽交战，韩国危急。大夫公仲朋对韩王说：

"看来盟国指望不上了。现在秦国是想讨伐楚国,不如通过张仪,同秦议和,送给它一座名城,和秦国一起讨伐楚国。这是用一换二的计策啊。"韩王说:"好啊。"就对外宣扬公仲朋将西赴秦国议和。楚王十分恐惧,就召见陈轸告诉这件事,陈轸说:"秦国想要攻打楚国已经很久了。现在又获得韩国的名城,秦韩合兵南下,这是秦国祈求盼望已久的事!楚国肯定要受到攻伐。大王听臣下我的建议,警戒全国,在国内选拔人马,宣称要去援救韩国。让战车布满道路作出集结军队的样子,派出去的使臣多备车辆、多带礼物,使韩王相信楚王一定会救他。如果他不能完全听信我们,韩国也会感念我们的恩德,一定不会和秦军一起前来攻打楚国。这样一来,就造成了韩秦不和,他们的大军即使到了,对我们楚国也不会造成大的威胁。如果能听信我们要去解救,韩国就会与秦国断绝议和,秦国一定会大怒,并更加怨恨韩国。韩国自以为能得到楚国的援救,一定会轻视秦国,对秦就会不恭敬。这是我们依靠秦韩之间交兵作战而免除楚国的忧患啊。"楚王听后非常高兴,于是在国内挑选人马,宣称准备援救韩国,并派出使臣,多带财物到韩国。韩王大喜,就阻止公仲朋赴秦议和。公仲朋说:"不能这样做。把实情告诉我们的是秦国;用谎言救我们的是楚国。依靠楚国的谎言而轻易与强秦绝交,一定会被天下人讥笑的。况且楚韩不是兄弟之国,又不是一向约定好要讨伐秦国的。秦想讨伐楚国,楚国出兵说要救韩,这一定是陈轸的计谋。"韩王不听从公仲朋的劝谏,就和秦国断绝和好。秦国果然大怒,增派更多人马讨伐韩国。楚国的救兵迟迟不到,结果韩国大败。

慎子智用三大夫

【题解】

“三个臭皮匠，顶个诸葛亮”，说明众人的智慧产生的合力是巨大的。既给地，又派兵把守，还向秦请救兵。对比来看，“三大夫计”是矛盾的，至少子良与昭常的完全对立，景鲤的也倾向于昭常。但是，如果从整体来看，只要把三者合理组合，就是一套完整的策略。慎子集思广益、博采众长，他的特点在于几乎采纳了所有人的建议，经过巧妙组合，竟然收到“士卒不用，东地复全”的效果。面对“三大夫”的建议，楚王不知所措，面对慎到的回答，楚王更加不明所以。“何谓也？”说明他完全没有搞明白其中的奥妙。当然，一般人处理问题时的惯性思维，不是选择这个，就是选择那个，更不会同时选择彼此对立的意见。而智者的可贵之处在于，不受非此即彼思维的束缚，能够将矛盾对立的观点、方法结合起来，只有像慎到这样的人，才能有这样的智慧啊！

楚襄王为太子时[①]，质子齐。怀王薨[②]，太子辞归。齐王隘之：“予我东地五百里，乃归子。”太子退而问傅，傅慎子曰[③]：“献之地所以为身也。爱地不送死父不义，献之便。”太子致命齐王，齐王归太子。太子即位，齐使车五十乘来取东地。楚王告慎子曰：“齐使来求东地，奈何？”慎子曰：“王朝群臣，令皆献其计。”上柱国子良入见，王曰：“寡人得反，以东地许齐，今使来求地，奈何？”子良曰：“不可不与也。王身出玉声[④]，许强万乘之齐而不与，则不信。

后不可以约结诸侯，请与而后攻之。与之信，攻之武。”子良出，昭常入见，曰：“不可与也，万乘者以地大为万乘，今去东地五百里，是去国之半也。有万乘之号而无千乘之用，不可。常请守之。”昭常出，景鲤入见，曰：“不可与也。虽然，楚亦不能独守，臣请西索救于秦。”王以三大夫计告慎子，慎子曰：“王皆用之。”王曰：“何谓也？”慎子曰：“王发子良北献地于齐。发子良之明日，遣昭常为大司马，令往东守地。遣昭常之明日，遣景鲤西索救于秦。”王曰：“善。”子良之齐，齐使人以甲受东地。昭常应之曰：“我典主东地，且与死生，敝甲钝兵，愿承下尘[⑤]。”齐王谓子良曰：“大夫来献地，今常守之，何如？”子良曰：”臣身受命敝邑之王，是常矫也。王攻之。”齐兴兵伐常。秦以五十万临齐。右壤曰：“隘楚太子弗出，不仁；又欲夺之东地五百里，不义。缩甲则可，不然愿待战。”齐王恐，乃请子良南道楚，西使秦解齐患。士卒不用，东地复全。

【注释】

①楚襄王（？—前263）：也作楚顷襄王，战国时楚国国君，名横。曾在齐国做人质，楚怀王受骗被秦国扣留后，他被大臣迎立即位。

②怀王：指楚怀王（？—前196），战国时楚国国君，名槐。在位时重用佞臣令尹子兰、上官大夫靳尚，宠爱南后郑袖，排斥屈原。利令智昏，屡次被秦国相张仪欺骗，失地屡败，把楚国的国力耗尽，最后身死异国。

③慎子（约前395—约前315）：即慎到，战国时期赵国人。曾

在稷下讲学，提出法治思想，认为立法须“因人之情”，执法必严，“官不私亲，法不遗爱，上下无事，唯法所在”。其思想对韩非影响较大。

④玉声：指君主所说的话，君主要讲信义，金口玉言，言而有信。

⑤愿承下尘：这是古代人非常委婉的外交辞令，却不失骨气与勇敢。意谓即使被对方看不起的人，昭常也要以死守卫。下尘，喻指比自己低下的人。

【译文】

楚襄王做太子时，在齐国做人质。楚怀王死后，太子向齐国辞行回国。齐王阻止他说：“给我楚国东部五百里土地，就放你回去。”太子回府问自己的老师慎子，太子傅慎子说：“献地是为了保全自己以便回国。如果因为爱惜土地而不回国为父送葬，那是不义的行为，献地是对的。”太子于是向齐王表示愿意献地，齐王就让太子回国了。太子继承王位后，齐国派使者带五十辆车来索取东地。楚王告诉慎子说：“齐国的使者前来索取东地，怎么办呢？”慎子说：“大王可以召集群臣，让他们都献上计策。”上柱国子良入见楚王，楚王说：“寡人能够回国，是因为答应了把东地送给齐国，现在齐使来索求东地，怎么办呢？”子良说：“不能不给啊。大王金口玉言，许诺给齐国这个有万乘战车的大国而反悔不给的话，那就是不守信用，以后就不能同诸侯国结盟了。请将东地给齐国，然后再攻取东地。给齐是守信，攻取是示勇。”子良出来后，昭常入见楚王，昭常说：“不能交给齐国。楚国号称万乘大国，就是因为土地辽阔，现在如果去掉五百里东地，那是去掉一半国土啊，徒有万乘之名却连千乘国家那样保有国土的能力都没有，不能给齐国。昭常我请求去守卫东土。”昭常出来后，景鲤又入见楚王，说：“不可以给齐国。但是，楚国也没有能力独力守卫，臣请求西赴秦国求救。”楚王把三位大夫的计策告诉慎子，慎子说：“大王都可以予以采用。”王问道：“这是怎么说呢?”慎子说：“大王派子良到齐国去献地。子良出行的第二天，任命昭常为大司马，派他去守卫东地。派出昭常的第二天，再派景鲤到秦国求救。”楚王说：“好。”子良到齐国，齐国派人率兵索取东地。昭常回答齐人说：“我主管东地，将与东地共存亡，即使我军都是敝甲钝兵的装备，也愿意奉陪到底!”齐王对子良说：“你来献地，如今昭常却守卫着东土不给，这是怎么回事?”子良说：“我亲自受命于楚王，这肯定是昭常假传旨意。大王可以攻打他。”齐国兴兵讨伐昭常。秦国派五十万大军逼迫齐国。秦将右壤说：“齐国阻止楚太子回国，是不仁；又想勒索楚国五百里东地，是不义。齐国退兵还则罢了，否则愿意大战一场!”齐王惧怕了，就请子良南归楚国，又西派使者去秦国解齐国之难。楚国没费一兵一卒，就使东地得以保全。

卷十四兵戎类三

料 敌

陆抗将计就计

【题解】

宋朝时，曹翰攻打江州，江州守将胡则曾经想杀一个厨师，因为妻子劝阻而放了厨师。此人连夜缒下城去投奔曹翰，把江州城中的情况都详细地报告给了曹翰，特别指出城西南因为地势险要，所以一向不设防备。当晚，这个厨师就领着曹翰的部队从西南攻城，江州城失守，曹翰率领的部队取得了胜利。一个小小的厨师都能了解江州城的虚实，而守将胡则自己却不知道，在厨师逃跑之后又没能采取有效的防御措施，因而曹翰一攻打它的薄弱之处，坚城也就变成薄弱之城了。如果胡则能像陆抗那样预知敌人的情况，多多集中兵力在城西南设防，江州城是不会在牢固地守卫三年之后却突然沦陷的。陆抗这一仗真是打得漂亮，在人马不足、地势不利的情况下，凭借他对兵法的精通，以大将之才指挥若定，最终大获全胜。

魏荆州刺史杨肇至西陵迎步阐[①]。吴陆抗凭围对之[②]。都督俞赞亡诣肇。抗曰："赞，军中旧吏，知吾虚实。吾尝虑夷兵素不简练[③]，若敌攻围，必先此处。"即夜易夷兵皆以旧将充之。明日，肇果攻故夷兵处。抗命旋师击之，肇众伤死者相属，至经月，计屈夜遁。抗欲追之而虑阐伺视间隙，兵不足分。于是但鸣鼓戒众，若将追者。肇众凶惧，悉解甲铤走。抗使轻兵蹑之，肇大破败。

【注释】

①步阐(？—272)：西晋将领，原为东吴丞相步骘第二子。步骘死后，继任为西陵都督。东吴凤皇元年，皇帝召他任绕帐都督。步阐世代在西陵任官，突然被调任，误认为自己失职，又害怕遭人谗言陷害，于是献城投降西晋。东吴国君孙皓派陆抗攻陷西陵，将步阐及其宗族全部诛杀。

②陆抗(226—274)：字幼节，吴郡吴县(今江苏苏州)人，东吴名将陆逊第二子，吴主孙策的外孙，三国末期著名军事家。

③夷兵：指东吴军队中由少数民族组成的士兵。

【译文】

曹魏荆州刺史杨肇到西陵接应东吴降将步阐。东吴派陆抗凭借构筑的土城内围步阐、外御杨肇。陆抗的都督俞赞逃亡投靠了杨肇。陆抗说："俞赞是我们军中旧吏，知道我军虚实。我曾担心这些夷兵平常缺乏训练，如果敌人想攻土城，一定先攻此处。"于是当夜就换掉夷兵，都用自己旧将领兵把守。第二天，杨肇果然攻打原先夷兵守卫的地方。陆抗即命回师反击，杨肇的士兵死伤惨重，双方对峙了一个月后，杨肇无计可施就连夜逃走了。陆抗本想率众追击，但因担心步阐出城从背后袭击，兵力不足以分开作战，于是只鸣鼓戒众，装出将要追赶的样子。杨肇士兵惊恐万分，全都丢弃铠甲奔逃。陆抗派出轻兵跟踪追击，杨肇大败。

盛彦师设伏斩李密

【题解】

翟让、李密领导的瓦岗起义军，是隋末起义军中势力最强大的一支。李密继任瓦岗军领袖后，以摧枯拉朽之势，将隋王朝推向了覆亡的深渊。然而，由于义军内部的一系列错误，却与成功失之交臂，为李渊集团建立唐王朝铺平了道路。决战之际，唐政府行军总管盛彦师识破了李密声东击西的意图，抢先在他的必经之路熊耳山设下埋伏。于是，当李密率领军队经过陕州，认为已经脱离险境，放松戒备，缓慢前行之际，盛彦师的伏兵突然向李密的部队发动了猛烈的袭击，李密军队因首尾不能相顾而大败。面对作战的失败，面对众叛亲离的局面，李密眼看大势已去，还没有来得及拔剑自刎，就被盛彦师的部下于乱军丛中杀死。至此，声势浩大的瓦岗起义军在盛彦师设定的伏击战中宣告彻底失败。

唐李密据桃林县城[①]，驱掠徒众，直趣南山。使人驰告故将张善相，令以兵接应，而声言向洛。盛彦师闻之[②]，率众逾熊耳山[③]，南据要道，令弓弩夹路乘高，刀盾伏于深谷。令之曰："俟贼半渡，一时俱发。"或曰："闻密欲向洛，而公入山，何也？"彦师曰："密声向洛，实欲出人不意，走襄城，就张善相耳。若贼入谷口，吾自后追之，山路险隘，无所施力，一夫殿后，必不能制。今得先入谷，擒之必矣。"密既度陕，果逾山南出，彦师击斩之。

【注释】

①李密(582—619):隋京兆长安(今陕西西安)人,祖籍辽东,字玄邃,好读书,尤其喜欢兵法。616年,投奔瓦岗山,大破金堤关,并在荥阳大海寺设伏斩杀隋朝名将张须陀。617年,攻克兴洛仓,开仓放粮。因夺权杀害翟让,使部众离心离德。618年,兵败降唐,不久,因反唐被杀。

②盛彦师:宋州虞城(今安徽虞城)人。隋朝末年,率千余人投靠唐军,与史万宝镇宜阳,听说李密叛唐,设计伏击并杀死李密、王伯当。

③熊耳山:秦岭余脉崤山的山头之一,地处河南渑池和陕县的交界处,因为此山仅有东西两峰,形状很像熊耳,所以得名。

【译文】

唐朝时期李密占据了桃林县城,驱赶兵众,直奔南山而去。派人飞骑告诉他的老部下张善相,命令他带兵接应,扬言要向洛阳进军。盛彦师听到这个消息,就率领他的军队翻过熊耳山,在南侧占据交通要道,命令弓弩手登上路两边的高处,刀盾手埋伏在深谷之中。对他们下达命令说:“等敌人过去一半时,一齐进攻。”有人问:“听说李密想要进军洛阳,而您却入山埋伏,为什么呢?”彦师说:“李密声言进军洛阳,实际上是想出人不意,直走襄城,投奔张善相。如果敌人进入了这个谷口,我军从后追击,山路险隘,无法施展,只要有一个敌将在后拦阻,我们就肯定无可奈何。现在我军先进山谷,必定能擒获敌人。”李密度过陕县之后,果然越过熊耳山向南出山,盛彦师攻击并斩杀了他。

李光弼料二将必降

【题解】

唐肃宗时，李光弼与叛将史思明在河阳城交战。两军对峙之时，史思明想切断李光弼的粮道，就移兵河清县。李光弼也亲自率领军队到临近河清县的野水渡驻扎，并修筑堡垒，与史军对阵。但毕竟是野外树栅，不如河阳城墙牢固，因此，史思明认为有机可乘，就想派猛将将李光弼擒获。而李光弼料敌于先，对于高廷晖、李日越是否来降，依据形势分析判断已提前预测出来。史思明倚仗兵力强大，自以为野战必胜，派人偷袭。由于史思明凶残无道，将领不能抓到李光弼，所以不敢回去复命，只能投降了。李光弼与史思明作战，总是获胜，根本原因就在于李光弼能够谋定而后战。领兵打仗必须谋划计策，而计源于势，谋出于情，李光弼正确分析了史思明及其二将的势与情，"谋定而后战"，所以能对诸将说"若降，与俱来"。

李光弼移军河阳①。史思明屯于河清②，欲绝光弼粮道。光弼军野水渡以备之。既夕还河阳，留兵千人使雍希颢守其栅，曰："贼将高廷晖、李日越皆万人敌也，贼必使劫我。尔留此，贼至勿与战。若降，与俱来。"诸将皆窃笑之。既而，思明果谓日越曰："光弼长于凭城，今出在野，汝以铁骑五百夜取之，不得无归！"日越至栅下，问曰："司空在乎③？"曰："夜去矣。""兵几何？"曰："千人。""将为谁？"曰："雍希颢。"日越曰："我受命云何？今失光弼得希颢而归,吾死必矣。”遂请降。希颢与俱见光弼,光弼厚待之,任以腹心。廷晖闻之亦降。或闻光弼降二将何易也?光弼曰:“思明常恨不得野战,闻我野次,以为必可取。日越不获我,势不敢归。廷晖才勇过于日越,闻日越被宠任必思夺之矣。”

【注释】

①李光弼(708—764):唐营州柳城(今辽宁朝阳)人,契丹酋长李楷洛之子。有勇有谋,善于骑射,能读《汉书》。在平定安史之乱中,立有卓著战功,被封为临淮郡王,与郭子仪齐名。晚年因为惧怕被宦官陷害,一直不敢入朝,终死于徐州。

②史思明(703—761):唐营州宁夷州突厥杂胡,初名窣干,唐玄宗赐名思明。通六种民族语言,骁勇善战,曾与安禄山一起反叛,后来被郭子仪、李光弼击败。759年,在魏州(今河北大名)称大圣燕王,又改称大燕皇帝,后来被自己的儿子史朝义杀死。

③司空:指李光弼,因其曾因为军功代替郭子仪为朔方节度使、天下兵马副元帅,任司空之职。

【译文】

李光弼率军转移到河阳城。叛将史思明在河清驻扎军队,想要切断李光弼的粮道。李光弼率军驻守在野水渡以防备史思明。到了傍晚,李光弼要回河阳城,留下一千名士兵,派雍希颢守卫野水渡的营栅,说:“敌将高廷晖、李日越都有万夫不挡之勇,史思明一定会派他们来袭击我。你留在这里,敌兵来了不要和他们交战。如果他们投降,就和他们一同来见我。”诸将都偷偷笑他。不久,史思明果然对李日越说:“李光弼擅长于守城作战,现在他出

城驻扎在野外，你率五百铁骑趁夜晚攻取他，捉不到李光弼就别活着回来见我！"李日越到了野水渡，问道："司空李光弼在吗？"答道："连夜回去了。""这里有多少人防卫？"答道："一千人。""将领是谁？"答道："是雍希颢。"李日越说："唉，我接受命令时是怎么说的呢？现在不能没了李光弼却只抓了雍希颢回去，我一定会被处死的。"于是请求投降。雍希颢和他一齐去见李光弼，李光弼对他很优厚，把他收为心腹大将。高廷晖听说李日越投降了，也投降了。有人听说李光弼使两个将领都投降了，就问怎么这么容易，李光弼答道："史思明常常恨不能与我野战，这次听说我驻扎在野外，认为一定可以捉到我。李日越却没有捉到我，势必不敢回去。高廷晖才勇超过李日越，听到李日越投降后被重用，一定想超过他，所以必降无疑。"

邱福拒谏致败

【题解】

在对少数民族之战中，少数民族习惯于用欺诈的方法诱使汉兵上当。平城之役，敌人把他们的壮士和肥牛肥马藏匿起来，故意显示自己实力的虚弱，汉兵因为戒备不够，发生了白登被围之祸。太原之战，敌人单人匹马不着甲胄，故意用示弱之计引诱唐兵，唐兵不戒备，因而有汾曲战役的失败。此次领军的主将邱福是名噪一时的大将，本应该有所防卫和准备，却刚愎自用，既不吸纳前车之鉴，又对安平侯李远对敌人正确的分析置若罔闻，一意孤行，终于堕入敌人预先设定的计谋中，真是自取灭亡，可悲可叹。

邱福征本雅失里[1]，至胪朐河[2]，获虏一人。福饮劳而询之，言本雅失里知大兵至，惶惧欲北遁，去此可三十里。福喜曰："当疾驰禽之。"时官军未集，诸将皆曰："恐虏遣此人诱我。且驻兵，俟诸军俱至，先遣精骑觇其虚实，而后击之，毋堕虏计。"福不从，令所获为向导，直薄虏营。再战，虏辄佯败引去，福锐意乘之。安平侯李远曰："孤军深入，虏故示弱绐我进，必不利。今退则为虏所乘，莫若结营自固。昼则扬旗伐鼓，时出奇兵挑战；夜则多燃炬鸣炮，以张军势，使虏莫测。二日内我军毕至，并力攻之，必利。不然，亦可全师而归。然犹防虏设伏要我归路。奈何不虑此而自取败亡呢？"武城侯王聪亦力言不可。福皆不从，先驱马麾士卒行。诸将不得已与之偕行。虏众奄至，皆败没。

【注释】

①本雅失里(1378—1411)：忽必烈的后裔，元末明初，被太师阿鲁台立为可汗。1409年被瓦剌部击败，从别失八里(今新疆吉木萨尔北)迁移到胪朐河流域，曾大败丘福所率领的明军。1408年，明成祖率军亲征，本雅失里退至斡难河，仅带十几名骑兵败逃。1411年遭瓦剌部首领马哈木袭击身亡。

②胪朐(lú qú)河：今克鲁伦河，下游在中国境内，呈西南—东北流向，汇入呼伦湖，河口位于呼伦湖西南岸。

【译文】

邱福征伐本雅失里，到达胪朐河时，捉住一个敌人。邱福赐他饮食并询问军情，俘虏说本雅失里得知大兵到来，惊恐万分想要向北逃窜，距离此地约三十里。邱福高兴地说："应当迅速出击以擒获敌人。"当时官军还没有完全汇合，众将领都说："恐怕是敌军派此人来引诱我们。我们暂且安营扎寨。等各路人马到齐以后，再先派精锐骑兵前往试探虚实，然后攻击他们，不要落入敌人圈套。"邱福不听从，令俘虏作向导，直逼敌营。交战两次后，敌人就假装战败，引兵逃走，邱福一心想乘势追击敌人。安平侯李远说："我们孤军深入，敌军故意示弱骗我进攻，一定对我们不利。现在如果退兵就会被敌人乘机反攻，不如就地安营固守。白天就扬旗击鼓，不时出奇兵挑战；夜晚多燃火把、鸣炮，张扬军威，使敌人不知究竟。两天之内我军就会集结完毕，再合力攻打敌人，一定能取胜。即使不能取胜，也可以全师而归。但还须防备敌人设下埋伏，断我归路。为什么不考虑这些而要自取败亡呢？"武城侯王聪也竭力劝阻。邱福一概不听，率先策马扬鞭指挥士兵前进。众将领不得已只好和他同行。敌军全部冲击过来，邱福全军覆没。

卷十五兵戎类四

设　间

郑桓公巧使反间计

【题解】

郐国是西周初期周武王封置的侯爵小国，国君出身高贵，文化积淀深厚。但是到了西周末年，郐国统治者郐君仲骄奢淫逸，不听忠良的谏议，不理政务，因而国势日渐衰败，众叛亲离，人民流离失所，怨声载道。对手郑桓公恰恰利用了郐君仲的昏庸愚蠢、不辨是非，巧施反间之计，借郐君仲之手杀尽了郐国的良臣。郐国最后落得个城陷国灭的下场。

郑桓公将袭郐[①]，先问郐之豪杰、良臣、辨智、果敢之士，书其姓名，择郐之良田而与之，为官爵之名而书之，为设坛于门外而埋之，衅之以猳[②]，若盟状。郐君以为内难也，尽杀其良臣。桓公因袭之，遂取郐。

【注释】

①郑桓公(？—前 771)：西周时期郑国的第一代国君。名友，周厉王小儿子，周宣王的弟弟。幽王时，预见幽王乱政会引来灾难，于是率领自己的臣民迁移到东虢与郐之间(今河南荥阳、新郑一带)，为东周时期的郑国创下基础。郐(kuài)：传说为祝融之后，妘(yún)姓，公元前 769 年被郑国灭掉，在今河南密县东北。

②衅(xìn)：古代用牲畜的血涂抹器物。豭(jiā)：泛指猪。

【译文】

郑桓公将要袭击郐国，先打听郐国有哪些豪杰、良臣、智慧、果敢的人才，记录下他们的名字，选择郐国的良田赐给他们，把官爵的名称也写下来，然后在城门外设坛，把书写的东西埋藏起来，用猪血涂在鼓上，好像在对天盟誓的样子。郐国的君主果然怀疑国中有内奸，于是把他的良臣们都杀掉了。郑桓公趁机袭击，于是攻取了郐国。

田单救齐

【题解】

公元前 314 年，齐国占领了燕国。后来，燕昭王重用赵国人乐毅，联合韩、赵等四国的兵力，打败了齐国，占领了齐国七十多座城池，只剩莒和即墨两座城没有攻下。齐王的远房族人田单是个很有才能的人，通晓兵法、机智过人，他坚守即墨，伺机反攻。但他深深懂得坚守不是长久之计，用武力硬拼也不是办法。后来，田单用离间的办法使燕王对乐毅起了疑心，最后用骑劫换下了乐毅。田单正是利用了敌人的矛盾，又不断用反间计使这种矛盾扩大化，牵着对方的鼻子走，让对手破绽百出，借机激励本国军民的士气。公元前279年，田单用火牛攻破敌军，成为这场战争中浓墨重彩的一笔，结果一举收复失地，恢复了齐国原来的疆土。事实表明，在敌强我弱的形势下，只要能讲究策略，团结一致，并善于利用敌人的矛盾和弱点，是完全能够取得胜利的。

燕乐毅攻破齐[①]，即墨大夫战死城中。立田单为将军以距燕[②]。顷之，燕昭王卒[③]，惠王为太子时与毅有隙[④]。单乃纵反间曰："齐王已死，城不拔者二耳。乐毅畏诛不敢归。以伐齐为名，实欲连兵王齐，齐人未附，故且缓攻即墨，以待其事。齐人所惧，唯恐他将来即墨，残矣。"燕王以为然，使骑劫代毅。单乃令城中食必祭其先祖于庭，飞鸟悉翔舞下食。燕人怪之。单因宣言曰："神来下教我。"乃令城中人曰："当有神人来为我师。"有一卒曰："臣可以为师乎？"因反走，单起引还，东乡坐[⑤]，师事之。卒曰："臣欺君，诚无能也。"单曰："子勿言。"因师之。每出，约束必称神师。乃宣言曰："吾唯惧燕军劓所得齐卒置之前行，与我战，即墨败矣。"燕人如其言，城中见诸降者尽劓，皆怒。坚守，唯恐见得。单又纵反间曰："吾惧燕人掘吾城外冢墓，可为寒心。"燕军尽掘墓，烧死人。即墨人望见皆涕泣，共欲出战，怒自十倍。单知士卒可用，乃令甲卒皆伏，使老弱女子乘城，遣使约降于燕。燕军皆呼万岁。单又收民金千镒，令即墨富家遗燕将，曰："即墨即降，愿毋虏掠吾族家妻妾。"燕将大喜，许之。燕军由此益懈。单乃收城中千余牛，为绛缯衣，画以五采龙文，束兵

刃于其角，灌脂束苇于尾，烧其端，凿城数十穴，夜纵牛。壮士五千人随之。牛尾热，怒奔燕军，燕军视之皆龙文，所触尽死伤。五千人因衔枚击之，城中鼓噪从之，燕军大骇败走。齐人杀骑劫，七十余城皆复为齐。

【注释】

①乐毅：战国后期杰出的军事家，中山灵寿（今河北灵寿西北）人，魏国将领乐羊的后代。辅佐燕昭王振兴燕国，统帅五国联军攻打齐国，连下七十余城，创造了中国古代战争史上以弱胜强的著名战例。后来因燕惠王猜疑，逃奔赵国。

②田单：战国时齐国临淄（今山东淄博东北）人。公元前 284 年，乐毅伐齐，齐国只剩下即墨和莒两城没有被攻占。田单在即墨用火牛阵大败燕军，恢复所有失地。被齐襄王任命为相，封安平君。因遭猜忌，逃到赵国为将，后任赵相，封平都君。

③燕昭王（前 335—前 279）：战国时期燕国第三十九任君主，名职，燕王哙之子，太子平的弟弟。本来在韩国做人质，燕王哙死后，燕国人立他为燕昭王。曾派乐毅伐齐，连克七十余城，成为燕国的鼎盛时期。

④惠王（？—前 272）：战国时期燕国君主。燕惠王做太子时，与乐毅有矛盾，即位后，逼走乐毅，致使燕军大败。燕惠王却又责备乐毅逃亡，乐毅回致一封《报遗燕惠王书》，该信记载在《史记》中。燕惠王后来被燕相成安君公孙操杀死。

⑤乡：通“向”，方向、面向。

【译文】

燕国名将乐毅攻破齐国，连克齐国七十余座城池，即墨大夫战死城中。即墨人立田单为将军抗拒燕军。不久,燕昭王死去,燕惠王继位,惠王做太子时与乐毅有怨仇。田单于是施行反间计说:"齐王已经死了,齐国的城池,没有被攻取的不过莒与即墨两座罢了。乐毅害怕燕惠王诛杀自己,不敢取胜回国。他以讨伐齐国为名,实际上是想拥兵在齐地称王,齐国人现在还没有完全归附,所以才缓慢攻打即墨,是在等待时机。齐国人只担心的是别的将领前来,那样即墨就要灭亡了。"燕惠王信以为真,就派骑劫取代乐毅。田单于是命令城中人每逢吃饭时,必须在庭院中先用食物祭奠他们的祖先,因此飞鸟全都在城中上空飞舞,落到城中取食。燕人对此感到奇怪。田单趁机宣称:"是神仙下来教导我。"于是命令城里的人扬言说:"会有神人来作我的老师。"有一个士卒说:"我可以作你的师傅么?"说完了转身就走,田单站起来请他回来,使他面向东坐,以师傅之礼来侍奉他。士卒说:"我是在骗您,我真的没有什么本领。"田单说:"你不要说话。"于是把这个士卒当做师傅。每次外出,命令随从一定要称他为神师。又散布谣言说:"我只怕燕军把俘获的齐国士兵的鼻子割掉,摆在他们的阵前,来跟我作战,那样即墨就要失败了。"燕军按照田单散布的谣言做了,城中人见投降的齐军都被割去鼻子,都非常愤怒。要加坚守城池,只怕被敌人俘虏去。田单又施反间计说:"我怕燕人挖了我们城外的坟墓,这会让我们心寒气馁。"燕军就掘尽坟墓,焚烧死人尸骨。即墨人在城上望见这种情景都痛哭流涕,全都想要出城作战,怒气增长了十倍。田单知道现在的士气可用了,就下令精壮士兵都隐藏起来,而让老弱妇女登城守望,并派遣使者与燕军商议投降。燕军都大呼万岁。田单又向百姓收集黄金千镒,让即墨的富裕人家送给燕国的将帅,说:"即墨就要投降了,希望你们进城后不要伤害我家妻妾老小。"燕国将帅非常高兴，答应了即墨富家的请求。燕军从此更加松懈。田单于是收集城中千余头牛，给它们披上红色薄绢的衣服，上面画着五颜六色的蛟龙的形状，把锋利的兵器绑在牛角上，把浸着油脂的芦苇绑在牛尾上，将束苇的梢头点燃，事先在城墙上凿出几十个洞，在夜晚放出火牛。五千名精锐士卒随牛冲出。牛的尾巴着火炽热，致使牛狂奔向燕军，燕军看到都是蛟龙形状，只要撞上就都非死即伤。五千个士卒趁机口中衔枚击杀燕军，城中也鼓噪着从后面追击。燕军惊恐万状，大败而逃。齐军杀了燕军统帅骑劫，七十余座城池也都被齐国收复。

陈平反间除范增

【题解】

陈平是刘邦的著名谋臣之一，曾为刘邦六出奇计，“陈平反间除范增”便是“六出奇计”的第一计。范增是项羽最能干又忠心的谋臣，追随项羽多年，功劳无数，但在陈平的反间计下，项羽怀疑范增暗中与刘邦交往联络。范增非常气愤，请求退隐山林，项羽也不阻拦，竟然答应了他的请求。范增解甲归田，在回老家的路上，又气又恼，后背生了大毒疮，暴病而死。后来，项羽听说了范增的死讯，才知道中了陈平的反间计，心中万分懊悔，但为时已晚，自己身边屡立奇功的唯一谋士，竟被陈平略施小计便除掉了。从此以后项羽大势已去，节节败退，最终被刘邦逼迫在乌江边自刎而死。反间计是三十六计中最毒的一计了。但是在历史上却屡试不爽，这是因为反间计利用了人性多疑的特点。

楚围汉王于荥阳。陈平谓汉王曰[①]：“项王骨鲠之臣亚父、钟离昧之属不过数人[2]。大王诚能捐数万金行反间，间其君臣，项王意忌信谗，必内相诛，因举兵攻之，破楚必矣。"汉王乃出金四万斤与平，恣所为，不问出入。平多以金纵反间于楚军，宣言钟离昧等为将功多，终不得裂地而王，欲与汉为一，灭项氏，分王其地。羽果疑之，使使至汉。汉王为大牢具举进见楚使。即佯惊曰："吾以为亚父使，乃项王使也。"复持去，更以恶草具进。楚使归，具以报项王，果大疑亚父。亚父大怒，乞归，疽发背死。

《鹤林玉露》曰[3]："《货殖传》曰：'贪贾三之，廉贾五之。'"夫贪贾所得宜多而反少，廉贾所得宜少而反多，何也？廉贾知取予，贪贾知取而不知予也。夫以予为取则其获利也大。富商豪贾若恶贩夫贩妇之分其利而靳靳自守，则亦无大利之获也。汉高帝捐四万斤金与陈平，不问其出入；裂数千里地封韩、彭，无爱惜心，遂能灭项氏，有天下。刘晏造船合费五百缗者给千缗，使吏胥工匠皆有赢余，皆得廉贾之术也。

【注释】

①陈平（？—前178）：秦末阳武（今河南原阳东南）人。年少时家境贫寒，喜好黄老之术。陈胜、吴广起义后，先后投靠魏王和项羽，后来投奔刘邦，为刘邦重要谋士。

②骨鲠：比喻个性正直、刚强。

③《鹤林玉露》：宋代罗大经编的笔记集，分为甲、乙、丙三编，共18卷。

【译文】

楚军在荥阳围困住汉王刘邦。陈平对汉王说："项羽最亲近正直的臣属不过是亚父范增和钟离昧等几个人。大王如果能拿出数万金实行反间计，离间他们君臣，项羽这个人好猜忌而轻易听信谗言，一定会内部相互诛杀，到时我们趁势出兵攻打，打败楚军是必然的事。"汉王于是拿出四万斤金给陈平，任凭陈平花用，不过问开支情况。陈平用很多金在楚军中实行反间计，宣称钟离昧等大将功劳多，最终却不能封地称王，所以想和汉王合兵一处，消灭项羽，分占项羽的土地后称王。项羽果然怀疑了，就派使者去汉军中打听虚实。汉王设最高礼仪的太牢饮食器具一齐献上给楚军使者。看见楚使后就假装吃惊地说："我以为是亚父派来的使节，原来是项王的使节啊。"又把这些饮食器具撤去，换上最低级的酒食器具来接待。楚使回去后，就把经过据实禀报项羽，项王果然对亚父大为怀疑。亚父非常愤怒，请求辞别回家，途中背上疽发而死。

罗大经的《鹤林玉露》记载："《货殖传》上说：'贪心的商贾赚取三分利，不贪的商贾可赚五分利。'"贪心商贾获利应该多，但反而少；不贪心的商贾获利应该少，但反而多，这是为什么呢？这是因为不贪心的商贾知道取和给的道理，而贪心的商贾却只知索取而不知给予啊！把给予作为索取的前提，那么获利就大。富商大贾如果厌恶小商小贩分了他的利益而吝啬自守，那么也就不能获得大的利益。汉高祖给了陈平四万金，不问他如何花销；割弃数千里土地分封给韩信、彭越，没有吝惜之心，这才能消灭项羽，拥有天下。唐朝刘晏造船应付费用五百缗，却付了一千缗，这使得官差工匠都得到好处，这些人都很精通那些不吝啬贪心的商人的经商之道啊。

班超计破莎车

【题解】

班超是东汉时期我国著名的军事家与外交家。他生于书香世家，却投笔从戎，为国征战，身处西域三十一年，打通了丝绸之路，为西域诸国归附汉朝，立下了不朽的功勋，其中击破莎车、龟兹之战是他最为辉煌的功绩。公元75年，班超再次发动于阗等国士兵二万五千人，攻打莎车。莎车的近邻龟兹王深明唇亡齿寒的道理，共集结兵力五万人营救莎车，兵力整整是汉朝联军的两倍。战争形势对汉军十分不利，面对敌众我寡的情况，班超召集各部扬言要分东西两路撤兵，然后便开始"撤退"。龟兹王从俘虏口中得知汉军的撤军计划后，非常高兴，也兵分两路追击。班超得知调虎离山之计已获成功，密令诸部紧急集合，连夜向莎车发起总攻。虏兵猝不及防，惊慌奔逃，结果汉朝联军大获全胜。莎车最终归降。《孙子兵法》中说："十则围之，五则攻之，倍则分之，少则能逃之，不若则能避之。"班超此计，正是活用了扬长避短、攻其不备的战术。班超从此威震西域，南道也从此畅通无阻。

建初元年，诏发生阗诸国兵击莎车①。龟兹王发温宿等兵救之②。班超召将校及于阗王议曰③："今兵少不敌，其计莫若各散去。于阗从是而东，长史亦从此西归④，可须夜鼓声而发。"乃阴缓所得生口。龟兹王闻之大喜，自以万骑于西界遮超，温宿王将八千骑于东界邀于阗。超知二虏已出，密召诸部勒兵，鸡鸣驰赴莎车营。胡大惊乱奔走，追斩五千余级，莎车遂降。

【注释】

①莎车：中国汉代西域都护府所辖诸国之一，也是莎车国都城。位于现在新疆维吾尔自治区塔里木盆地西缘，莎车县、叶城县一带，东界塔克拉玛干沙漠，西邻帕米尔高原，南傍喀喇昆仑山。

②龟兹(qiū cí)：西域古国名。又称丘慈、邱兹、丘兹。古代居民属印欧种。回鹘人到来后，人种和语言都逐渐回鹘化。龟兹国以库车绿洲为中心，最盛时辖境相当于今新疆轮台、库车、沙雅、拜城、阿克苏、新和六县市。西汉初隶属于匈奴，公元前77年归服汉朝。公元前60年，汉朝在龟兹设立西域都护进行管理。东汉明帝时，班超出使西域，北征匈奴，使西域各国重新与汉朝通好。王莽时重又隶属于匈奴。

③班超(32—102)：东汉扶风安陵(今陕西咸阳东北)人，字仲升。胸怀大志，兄长班固任校书郎时，跟随至洛阳。投笔从戎后，曾追随窦固出击匈奴。又受命率三十六人出使西域，平定鄯善，杀匈奴使臣，使鄯善臣服汉朝。以后又平定莎车、疏勒叛乱，击退大月氏的入侵，并与乌孙取得联系。在西域活动达三十一年，统一了西域，曾派甘英出使大秦(罗马帝国)，做出了杰出贡献，被封为定远侯。于阗：古代西域王国，居民属于操印欧语系的塞种人。11世纪，人种和语言逐渐回鹘化。于阗地处塔里木盆地南沿，东通且末、鄯善，西通莎车、疏勒，盛时领地包括今和田、皮山、墨玉、洛浦、策勒、于田、民丰等县市，都城为西城(今和田约特干遗址)。公元73年，班超奉使到于阗，于阗王杀匈奴使者降汉。又出兵助班超北攻姑墨，西破莎车、疏勒。是当时西域南道各国中较强大者。

④长(zhǎng)史：汉朝时，相国、丞相、太尉、大将军、骠骑将

军、车骑将军、卫将军、前后左右将军，以及大司徒、大司马、大司空都在自己府中设置此官，相当于各府属官的首领。边郡太守也有长史，协助太守掌管兵马。本文中的长史代指班超。

【译文】

东汉建初元年，朝廷下诏调发于阗各国军队攻打莎车。龟兹王派遣温宿等地的军队救莎车。班超召集将校和于阗王共同商议说："现在我们兵少，不敌他们的龟兹援兵，不如各自领兵散去。于阗王从这里出发向东走，我班超也从这里出发往西走，必须在夜里听到击鼓声才能发兵。"于是假装私自放掉俘虏。俘虏逃回把情况告诉了龟兹王，龟兹王大喜，亲自率领上万名骑兵到西边去拦击班超，而温宿王则率领八千骑兵到东边阻击于阗兵。班超知道两处敌兵都已出动后，就秘密召集各部整顿兵马，在鸡叫时快马奔赴莎车大营。莎车兵大惊，四处奔逃。班超追击斩杀五千余人，莎车于是投降。

史思明计杀唐骁将

【题解】

《三国志》中有两处应用离间计的故事。一是韩遂离间樊稠。韩遂、马腾败逃，樊稠在后追赶。韩遂以故交之情对樊稠说："世事难料，我们过去相处甚好，现在还想好好谈一谈。"于是二人并辔而行，握手欢谈了很久。李傕得知"樊稠与韩遂并辔笑语，不知所言"，于是对樊稠开始产生猜疑，不久，设宴杀死了樊稠。二是曹操离间韩遂。曹操征讨关中，军渡渭水。曹操采用贾诩的计策离间马超、韩遂。曹操与韩遂在城下相会，不谈军事，只谈过去在

京城时的旧事，拍手欢笑。回来后马超询问，韩遂说："没说什么。"马超开始产生怀疑。曹操又给韩遂写信，信上有很多涂改之处，好像是韩遂改的，这使马超等人更加怀疑韩遂了。曹操于是大败马超、韩遂。韩遂离间樊稠可以说是很巧妙的。但等到渭水之战，曹操对他使此计时，也竟然上当，被曹操欺骗，以至于失败。用自己离间别人的方法，又被别人的离间之计击中，真是可笑！但此文中的崔光远则更是无知无识。假使李处肶真的与史思明暗中相通，应该唯恐泄露机密，是绝对不会在城下大声叫嚷的。史思明的欺诈之术极易辨别，而崔光远却没能明察，竟然自己杀掉手下一员骁勇大将，又怎能不失败呢？

唐崔光远拔魏州[①]，史思明引兵大下。光远使李处肶拒之，连战不利，还趋城。贼追至城下，扬言曰："处肶召我来，何为不出？"光远信之，斩处肶。处肶骁将，众所恃也。既死，众无斗志。光远走汴，思明复陷魏州。

【注释】

①崔光远：唐朝将领，曾任西川节度使。761年，剑南节度使段子璋叛乱，崔光远率部讨伐，杀死段子璋。但在围剿中，部下纵容士兵大肆掳掠，残杀数千人，立下头功的崔光远受到牵连，死于狱中。

【译文】

唐朝安史之乱时，崔光远攻取了魏州，叛将史思明率大军来攻。崔光远令李处肶抗拒史思明，连战不利，退回到魏州城。叛军追到城下，大声叫道："李处肶既然把我们召来，为什么不出来开城接我们？”崔光远信以为真，就把李处胐斩了。李处胐是员猛将，将士们都依赖他守城。他死了，将士们没有了斗志。崔光远只得逃往汴州，史思明又攻陷了魏州。

宋太祖杀林仁肇

【题解】

宋太祖赵匡胤通过陈桥兵变，黄袍加身，夺取后周政权，建立了宋朝，随后发动了消灭封建割据势力的统一战争。南唐王李煜昏庸无能，不理朝政，整日沉溺于诗词歌舞之中，国力日渐衰退。听说宋朝要攻打南唐，李煜非常恐慌，连忙派人向宋朝廷上书，表示愿意取消国号改称江南国主。而英勇善战的大将林仁肇却积极主张进攻宋朝，收复长江以北地区。宋太祖赵匡胤忌恨林仁肇，早就想除掉这个绊脚石，于是巧施反间计，使李煜怀疑林仁肇藏有二心。李煜假意设宴招待林仁肇，并事先在酒中下了毒，林仁肇喝下后很快就毒发身亡。一代忠良，就这样死于昏君之手。听闻林仁肇的死讯后，宋太祖立即发兵，很快就灭了南唐。

宋太祖忌江南留守林仁肇威名[①]，赂其侍者，窃取仁肇画像悬别室。引江南使者观之，问：“何人？”使者曰：“林仁肇也。”曰：“仁肇将来降，先持此为信。”又指空馆曰：“将以此赐仁肇。”使者归白江南主[②]，不知其间，鸩杀仁肇。

设间

【注释】

①林仁肇（？—973）：五代时南唐名将，体魄雄健，骁勇善射，

人称“林虎子”。

②江南主：指南唐后主李煜。

【译文】

宋太祖（赵匡胤）对江南留守林仁肇的威望有所顾忌，便贿赂林仁肇的侍者，偷了林的画像悬挂在密室内。太祖领着南唐的使者来看，问道：“这是什么人？”使者答道：“是林仁肇。”太祖说：“仁肇将要前来投降，先用这幅画像作为信物。”又指着空房子说：“这就是将要赏赐给林仁肇的住所。”使者回到南唐，把此事禀告南唐皇帝李煜，李煜不知道这是离间计，就用鸩酒毒死了林仁肇。

曹玮杀鞣鞨

【题解】

离间计是指挑拨敌方君臣、将领之间的关系，使他们产生隔膜，互相猜疑，最终达到分化瓦解敌军的目的。古代离间计的实例非常多，如田单救齐、陈平反间除范增、种世衡除二王、岳飞废刘豫等等。曹玮善于运用离间计，除了本文离间杀鞣鞨外，宋史还记载他在渭州时，侍卫向他报告说有人叛逃到西夏去了，当时曹玮正与客人下围棋，听到报告后，毫不在意地说：“是我派去的。”他的这句话被泄露出去，西夏人得知后，认为那个投降者是曹玮派来的奸细，就把他杀了，还把人头扔到双方边境上。曹玮能在瞬息之间，就用计除掉了那个叛逃者，可见其智慧过人。

曹南院玮知渭州[①]，夏人挠边。有智将鞣鞨与渭对垒，宿兵十余万。夏人岁遣数百骑觇视两界。曹患鞣鞨智勇，探骑伺彼巡边兵来。适鞅韣病月余不能起。曹乃于界首设一大祭赙[2]，赠器物照耀原野。用祝版云："大宋曹某，昭告于夏国都护某人：公累以蜡书约提所部归我大宋。我待公之来。不期天丧吉人，事无终始。"令百骑守祭下，望其兵近，即举火烧祭，并所用银器千余两悉弃而遁归。夏兵尽掠祝版祭器而去。后旬日，夏国杀鞅韣，其下反侧不安，率众内附。

【注释】

①曹南院玮：即曹玮（973—1030），北宋真定灵寿（今属河北）人，字宝臣。因其曾任职南院宣徽使，故名。治军严明。宋真宗即位后，升知镇戎军，把境内闲置的土地分给弓箭手租种，并免除他们的地租，保障了军需供给，多次打败羌族各部。熟知《春秋》，尤其是精通《左传》。

②赙（fù）：拿钱财帮助别人办理丧事。

【译文】

宋朝曹玮任渭州知州时，西夏人常常侵扰边界。西夏有个智勇双全的将领叫鞅韣，在渭州与宋军对峙，驻兵有十多万人。西夏每年都派数百名骑兵偷偷到两国边界侦察。曹玮很为鞅韣的智勇担心，常派侦察骑兵伺探西夏巡边兵的动向。正逢鞅韣病了一个多月不能起床。曹玮就在边界上搭了一个大祭坛假装为他办理丧事，供奉的祭品在原野上光亮耀眼。并在祝祷用的木板上写着："大宋曹某，昭告夏国都护某人：您多次用蜡书约定要带领您的部下投归我大宋朝。我等待您的到来。不料上天丧失贤人，使得此事有始无终。"曹玮派了一百名骑兵守在祭坛之下，远远望

见西夏兵逼近，就赶紧点火烧祭坛，连同所用千余两银器都装作来不及带走就跑掉了。西夏兵把祝版和祭品全都抢走了。后来过了十多天，西夏王杀了鞣鞨。他的部下也都惴惴不安，就率众都归附宋朝了。

种世衡除二王

【题解】

种世衡是北宋在西北边疆抗击西夏最重要的将领之一，他善于安抚士卒，又赏罚严明，军队所到之处，秋毫无犯，深得百姓拥戴。在对西夏的战争中，种世衡巧施离间计，除去西夏李元昊的心腹大将野利王、天都王，为宋王朝立下了赫赫战功。种世衡先经过严格的考验选中了和尚王嵩，然后以优厚的礼遇使之感恩戴德，愿以死报答知遇之恩。而在施行反间计的过程中，元昊的刑罚越狠毒，王嵩越能坚忍，就越显示出书信的真实性；况且书信又是蜡封，密藏在衣服中，足见其机密与重要，元昊自然中计。结果西夏枉杀了野利王，王嵩也得以全身而退。种世衡诛杀天都王更是奇计，他先是假祭野利王亡灵顺便把天都王一起牵扯进去，让对方的士兵去当传声筒，使得元昊一错再错，帮助种世衡除掉两大劲敌。种世衡还曾经怒罚一少数民族首领，这个首领被打后就投奔元昊，元昊相信了他，让他进入西夏朝廷决策机构。一年后，此人掌握了大量机密逃回宋营。人们才知这是种世衡用的苦肉计。因此，种世衡的智慧和才能深为当时总领西北军务的范仲淹赏识，沈括也在《梦溪笔谈》中对种世衡评价极高："平夏之功，世衡计谋居多，当时人未甚知之。世衡卒，乃录其功，赠观察使。"

元昊腹心将野利王、天都王数为边患[①]，种世衡谋欲去之[②]。有王嵩者，本清涧僧。世衡察其坚朴可用，诱令冠带，表授三班，借职力办其家事。嵩既感恩，世衡忽以他事掠治之，极其楚毒，嵩终不怨。世衡召嵩语曰："吾将使汝，戒汝勿言，其苦有甚于此者，汝能为我卒不言乎？"嵩泣曰："誓以死报。"世衡乃草遗野利书，膏蜡置衲衣间，祝曰："此非滨死不得泄。若当泄时，但言负恩不能成将军之事也。"又以画龟一幅，枣一簃遗野利。嵩至，致世衡命。野利笑曰："吾素奇种将军，今何儿女子见识？"度嵩别有书，索之。嵩佯目左右，答以"无有"。野利不敢匿，乃封龟枣上元昊。元昊召嵩诘世衡书问所在。嵩坚执无书。箠楚极苦[③]，终不易言。又数日，召责之曰："若不速言，死矣。"嵩对如前。乃命曳出诛之。嵩大号曰："始将军遣嵩遗野利王书，戒不得妄泄，今不幸空死，不了将军事，吾负将军矣！"乃褫衲衣取书以进[④]。元昊于是疑野利。阴遣爱将假为野利使，使世衡。世衡心知元昊所遣，佯为不知，谩骂元昊，称野利有心内附。厚遗使者曰："为吾语若王，速决无迟留也。"使者至，嵩即还，而野利已报死矣。世衡欲并间天都，乃为野利致祭境上，作文书于版以吊，多述野利与天都相结，有意本朝，悼其垂成而没。其文杂纸币中，伺有虏出，急焚之。版字不可遽灭，虏得以献元昊。天都亦得罪。

【按语】按：《梦溪笔谈》云："元昊之臣野利，常为谋主，守天都山，号天都大王。与元昊乳母白姥有隙。岁除日，野利引兵巡边，深涉汉境数宿，白姥乘间谮其欲叛。元昊疑之。世衡尝得番酋之

子苏吃曩，厚遇之。闻元昊尝赐野利宝刀，而吃曩之父得幸于野利，世衡因使吃曩窃野利刀，许以缘边职任锦袍真金带。吃曩得刀以还，世衡乃唱言野利已为白姥谮死，设祭境上，为祭文，叙岁除日相见之欢。入夜乃火烧纸钱，川中尽明。虏见火光，引骑近边窥觇。乃佯委祭具银器千余两悉弃之。虏人争取器皿，得元昊所赐刀，及香炉中见祭文已烧尽，但存数十字。元昊得之，又识其所赐刀，遂赐野利死。自此君臣猜忒，以至不能军。"所记与前大异。又以野利、天都为一人，未知其孰是也。据史，野利王即刚浪陵。

【注释】

①元昊(1003—1048)：即西夏皇帝李元昊，小字嵬理，改名为曩霄，西夏王李德明之子。精通兵法、佛学、法律和汉文，20岁时，独自率兵袭击回鹘族的夜洛隔可汗，夺取了甘州，因而被立为皇太子。1032年继位，去除唐、宋所赐的李姓，改姓为嵬名氏，自称为兀卒(意为青天子)。1038年即皇帝位，国号大夏，定都兴庆(今宁夏银川)。

②种(chóng)世衡(985—1045)：北宋洛阳(今属河南)人，字仲平。在北宋与西夏的战争中，修筑青涧城(今陕西清涧)作为延安的缓冲，并招抚羌族人共同防御西夏，尤其是成功地施行了离间计，使西夏王诛杀了大将野利兄弟。治军有方，他所统率的军队被称为"种家军"。

③箠楚：古代打人的刑具，引申为杖刑的通称。箠，通"棰"，木棍。楚，荆杖。

④褫(chǐ)：指剥去衣服。

【译文】

西夏王元昊的心腹大将野利王、天都王多次侵犯宋朝边境，种世衡谋划要除掉这二人。有一个叫王嵩的人，本来是清涧城里的和尚。种世衡觉得他为人坚忍朴实可以任用，就劝他蓄发还俗，上表朝廷授给他官职，并借职务之便全力为他办理了家事。王嵩对此感恩戴德，种世衡忽然以某件事情讯问他，刑罚极其严酷，但王嵩自始至终也没有表露出怨恨。种世衡叫来王嵩说："我要派你去完成一件事，你千万不要对别人说，这件事受的苦会比我对你的严刑还要厉害，你能始终不为我泄露这件任务吗？"王嵩哭着说："愿以死相报。"于是种世衡就给野利起草了一封书信，用膏蜡将它包裹起来，让王嵩封藏在衣裳里，告诉他说："这封信不到死的时候不能泄漏。如果必须泄漏时，只说辜负了恩情不能完成种将军的事就行了。"又给了他一幅画着龟的画和一筐红枣带给野利。王嵩到了野利那里，按照种世衡的计划都做了。野利笑着说："我一向把种将军看得非同一般，现在怎么有这种小孩子的见识呢？"估计王嵩另有书信，向他索要。王嵩假装用眼睛看看左右，回答说："没有。"野利不敢隐瞒这件事，于是就把龟图和红枣封好献给了元昊。元昊召见王嵩审问他种世衡的信在哪里。王嵩坚决说没有信。元昊下令对他用刑，刑罚极苦，但王嵩始终不改口。又过了几天，元昊又召见王嵩叱问他说："如果再不快点儿说出信在哪里，就杀了你。"王嵩还像以前那样回答。于是命人将他拉出去杀了。王嵩临被杀前大叫道："原先种将军派我送信给野利王，告诫我不能随意泄漏，现在不幸要白白死掉，没有完成种将军的事情，我辜负了种将军啊！"于是解开衣裳取出书信献给元昊。元昊从此开始怀疑野利。元昊暗中派爱将冒充野利的使者，出使到种世衡那里。种世衡心里知道这是元昊派来的，却装作不

知，当面谩骂元昊，并声称野利有心归顺大宋。种世衡重重赠送使者说："替我告诉你们王爷说，快点下决心，不要迟疑了。"使者回到西夏时，王嵩立即被放回来，得到消息说野利已被处死。种世衡又想趁机离间天都王，就在边境上祭奠野利，在祝版上写了悼念的文字来吊唁，文中多处写了野利与天都的友好关系，都有意归顺宋朝，但为事情没有成功就死了而深感悲伤。种世衡把祭文杂在纸钱里，等看到有敌人出来，就赶紧烧掉。祝版上的字不能很快烧灭，被虏兵得到献给了元昊。于是，天都王也被治罪了。

【按语译文】按语：《梦溪笔谈》载："元昊的重臣野利，常为元昊出谋划策，他守卫天都山，人称天都大王。野利与元昊的乳母白姥有仇怨。有一年除夕，野利王带兵巡视边境，深入汉人居住之地好几天。白姥就在元昊那里乘机挑拨，诬陷野利想背叛。元昊因而怀疑野利。种世衡曾经抓获番酋的儿子苏吃曩，待他很优厚。听说元昊曾经赠给野利一把宝刀，而苏吃曩的父亲又受到野利的宠信，种世衡就让苏吃曩偷元昊赠给野利的宝刀，并答应让他做边境上的高官，穿锦袍围黄金带。苏吃曩把宝刀偷了回来。于是种世衡就扬言说野利已被白姥诬陷致死，就在边境上举行祭奠，写了祭文，叙述除夕那几天相见时的欢快场面。入夜以后就烧起纸钱来，川谷中都被照亮了。敌人看到火光，就领兵靠近边境偷偷观察。种世衡假装把祭祀用具连同千余两银器都因慌忙离去而丢下了。敌兵争抢这些器皿，得到元昊所赐的宝刀和香炉里还没有烧完的祭文，只剩下几十个字。元昊看到烧剩的祭文，又认出他所赐的宝刀，于是就赐野利自杀。从此，西夏君臣相互猜疑，以至于无法带兵打仗。"沈括所记与前文所述有很大差别。又把野利和天都看做是一个人，不知谁说的对。据历史记载，野利王就是刚浪陵。

岳飞废刘豫

【题解】

北宋年间，金国不断入侵，最终逼得软弱的宋朝被迫南迁。而金国为了便于统治中原地区，先后成立了几个傀儡政权，其中在大名府封宋朝投降官员刘豫做了大齐皇帝。此后，刘豫多次配合金人攻打宋军，成为宋军北伐的障碍。著名的抗金将领岳飞一直寻找除掉刘豫等叛贼的机会，他了解到金兵元帅兀术对刘豫非常忌恨，就想利用这一关系铲除刘豫。就在这时，岳飞的手下捉到了一个金国密探。苦于除贼无法的岳飞，听到这一情况后立刻就想到了一条妙计，终于借这个机会离间了刘豫这个卖国贼。

兀术与刘豫围庐州①。岳飞知豫结粘罕而兀术恶之②，可以间而动也。会军中得兀术谍者，飞阳责之曰③："汝非吾军中人张斌耶？向遣汝至齐约诱致四太子④，汝往不复来，吾继遣人问齐，已许我今冬以会合寇江为名，致四太子于清河。汝所持书竟不至，何背我耶？"谍冀缓死，即诡服。飞乃作蜡书，言与豫同谋诛兀术事。因谓谍曰："吾今贷汝，复遣至齐，问举兵之期。"谍归，以书示兀术，兀术大惊，驰白其主，遂废豫。

设问

【注释】

①兀术(wù zhú)：即金兀术(？—1149)，本名完颜宗弼，金太祖完颜阿骨打第四子，俗称为四太子，金朝大将，宋金对峙时期杰

出的军事家和政治家。有胆略，善于骑射，早年跟随都统完颜杲在鸳鸯泺大败辽国天祚帝。宋靖康元年(1126)，攻破北宋都城汴京，俘获宋徽宗、宋钦宗，灭掉北宋。刘豫(1073—1146)：宋朝时景州阜城(今属河北人)，字彦游。1112 年拜殿中侍御史，后来任河北提刑官。金人南下侵犯宋朝时，他弃官而逃，吓得藏匿起来。1128 年又起任为济南知府，金兵进攻济南，杀死守将后，刘豫献城投降。1130 年被金人册立为帝，“国”号“大齐”，建都大名(今属河北)，后来迁都到汴京(今开封)。与他的儿子刘麟常常引诱金人进攻宋朝，但多次被南宋将领韩世忠、岳飞击败。1137 年被金帅完颜昌废为蜀王。

②岳飞(1130—1142)：宋代著名军事家、民族英雄、抗金名将，字鹏举，南宋中兴四将(岳飞、韩世忠、张俊、刘光世)之一。河北西路相州汤阴县永和乡孝悌里(今河南安阳汤阴菜园镇程岗村)人。秦桧以“其事莫须有”的罪名将岳飞治罪，死时年 39 岁。1170 年，宋孝宗为他平冤后，以礼改葬，赐岳飞庙名为忠烈祠，1180 年，赐谥号武穆。留有《岳武穆集》，又称《武穆遗书》。粘罕(1080—1137)：本名黏没喝，又名粘罕，小名鸟家奴，即完颜宗翰，金国的开国功臣，曾侍奉金太祖、金太宗、金熙宗三朝皇帝。1115 年，拥立完颜阿骨打，献计举兵灭辽，在达鲁古城大败辽军。金太宗即位后，又建议攻打宋朝。1125 年，大举攻宋，南渡黄河。后来在俘虏辽国末代皇帝和北宋徽、钦二帝中立下大功，1136 年病死。

③阳：通“佯”，假装。

④齐：指刘豫在金扶植下建立的傀儡政权伪齐。建炎二年(1128)刘豫投降金国。1130 年，被金人立为“大齐”皇帝，建都大名(今属河北)，后来迁到汴京(今河南开封)。

【译文】

金四太子兀术与刘豫一起包围庐州。岳飞知道刘豫结交粘罕，但兀术很厌恶他，这种情况可以用反间计分化撼动他们。正巧军中捉住兀术的一个密探，岳飞就假装认错了人，责备他说："你不是我军中的张斌吗？前些时候派你到刘豫那里去约定引诱金兀术前来，你去了之后就不见再回来，我只好继续派人到刘豫那里去询问，他已答应今冬以与四太子合兵进犯长江为名，在清河活捉兀术。你带去的信竟然没有送到，为什么要背叛我呢？"密探不想死，就假装承认自己是张斌，服了罪。岳飞于是用蜡裹好书信，信中说和刘豫共谋杀死兀术的事。趁机对密探说："我现在饶了你，再派你到刘豫那里去，问清起兵的日期。"密探回去后，就把书信交给兀术，兀术大惊，赶快告诉金主，于是废掉刘豫不再任用。

卷十六兵戎类五

战略上

孙膑减灶胜庞涓

【题解】

这个典故出自《史记·孙子列传》，又叫“减灶退敌”。这是孙膑采取的减灶诱敌、示弱欺敌之计，唐代李世民在《经破薛举战地》里就用了这个典故：“沉沙无故迹，减灶有残痕。”公元前342年，魏国发兵攻打韩国，韩国向齐国求救。齐宣王派大将军田忌、军师孙膑二人率领大军去营救韩国。足智多谋的军事家孙膑再施围魏救赵、桂陵败魏之计，齐军没有去韩国助战，而是直接前去攻打魏国。孙膑知道魏国自认为强悍勇猛，天下无敌，不把齐军放在眼里，因此将计就计，用减灶之计来迷惑敌人。庞涓看到齐军减灶后很高兴，认为齐军胆小逃散了，就丢下步兵，亲自率领轻装精兵，直扑马陵。马陵地区道路狭窄，地形险要，孙膑早已在此设下埋伏。庞涓自知智穷兵败，只能拔剑自刎，临死还不甘心地说道：“遂成竖子之名！”齐军乘胜大败魏军，俘虏了魏太子申，孙膑以此名显天下。

魏庞涓伐韩[1]，韩告急于齐，齐使田忌将而往[2]，直走大梁。涓闻之去韩而归。孙子谓田忌曰[3]：“三晋之兵素悍而轻齐[4]，齐号为怯。善战者因其势而利导之。兵法：百里而趋利者蹶上将，五十里而趋利者军半至。”使齐军入魏地为十万灶，明日为五万灶，又明日为三万灶。涓大喜曰：“我固知齐军怯，入吾地三日，士卒亡者过半矣。”乃弃其步军，与轻骑倍日并行逐之。孙子度其行暮当至马陵，马陵道狭，多阻隘，可伏兵。乃斫大树白而书之曰：“庞涓死于此树之下。”令万弩夹道而伏，期曰：“暮见火举而俱发。”涓果夜至，见白书，钻火烛之，读其书未毕，万弩俱发，魏军大乱，涓乃自刭。

【注释】

①庞涓（？—前342）：战国时期魏国将领。曾与孙膑同学兵法，因为妒忌孙膑的才能，将孙膑诱骗至魏国，将他处以刖刑。后来在齐魏两国的战争中，两次被孙膑打败，在马陵之战中被杀。

②田忌：战国时期齐国的将领，曾从魏国救出孙膑，并以孙膑为军师。在“田忌赛马”、“桂陵之战”、“夷陵之战”中，都得到过孙膑的辅助。后来因为与邹忌不和，被诬陷谋反，逃亡到了楚国。

③孙子：即孙膑（约前378—前310），战国时期著名军事家孙武的后代，山东鄄城（今山东阳谷阿城镇、鄄城县北一带）人，著有《孙膑兵法》。与庞涓同学，被庞涓骗到魏国，遭受刖刑（即砍去双脚），后来被齐国使者救出，任命为齐国的军师。在马陵之战中，计杀庞涓，得以报仇雪耻。后来在田忌与邹忌发生的残酷冲突中，不知去向。

④三晋：战国时期的韩、赵、魏三国都出自晋国，统称为三晋，

在这里指魏军。

【译文】

魏将庞涓率兵攻打韩国，韩国向齐国告急求救，齐国派田忌为将率军前去，齐军直奔魏国都城大梁。庞涓听说齐军攻打大梁，赶紧从韩国撤兵回师。孙膑对田忌说："魏军一向骄悍而且轻视齐兵，认为齐兵胆小怯懦。善于指挥作战的人会因势利导。兵法上说，奔袭百里去追逐胜利的军队，主将会有危险。奔袭五十里逐利的军队，只能有半数军队赶到。"命令齐军进入魏国后第一天挖十万人吃饭的灶，第二天改为五万人吃饭的灶，第三天又改为三万人吃饭的灶。庞涓高兴地说："我原本就知道齐军胆怯，进入我境才三天，而逃亡的齐军已过半数了。"于是放弃步卒，与轻装的骑兵两天的路程并作一天，奔袭追赶齐兵。孙膑估计庞涓傍晚就应赶到马陵，马陵道路狭窄，又多险阻，可以埋伏军队。就削去路口一棵大树的树皮，在露出的白木上书写："庞涓死于此树之下。"命令上万名弓弩手分别埋伏道路两旁，约定说："夜晚看到树下有火点起就一齐射箭。"庞涓果然夜里赶到这里，看到树被砍白的地方有字，就取火来照这树上的字，还没有读完，齐军万箭齐发，魏军大乱，庞涓刎颈自杀。

赵奢解阏与之围

【题解】

公元前270年，秦国包围了赵国的阏与，赵将赵奢出奇制胜，打赢了一场原本无法取胜的战争，成语"狭路相逢勇者胜"就出自这个故事。赵奢本来去解阏与之围，却在离开国都仅仅三十里之处驻军长达二十八日，并高筑防御工事，做出畏惧秦军的姿态。在有效利用敌方探子迷惑敌军之后，急行军到距离阏与五十里之处驻扎下来，迅速占据有利地形，使以逸待劳的秦军变得非常被动，最终得以战胜秦军，阏与之围也就此解除。这场战役的精妙之处在于，赵奢隐蔽作战意图，麻痹敌人，使其骄傲轻敌，尔后出其不意，突然而至，抢先占领要地，使己方处于有利地位，这是此战获胜的主要原因。赵奢有着丰富的军事思想，从阏与之战中"告之不被，示之不能"、"能为敌司命"、"反客为主"、"居高临下"等战略战术来看，他显然吸取了孙武、孙膑的军事思想。他曾与田单谈论兵法，最后使田单折服，这说明赵奢有较高的军事造诣。赵奢作战注意审时度势，料敌后动，坚持以因敌而变、灵活用兵为原则。在作战中，他执法如山，赏罚分明。因此，在为《孙子兵法》作注时，曹操说："古者赵奢、窦婴为将也，受财千金，一朝散之，故能济成大功，永世流声。吾读其文，未尝不慕其为人也。"

秦伐韩，军于阏与[①]。赵王召廉颇问曰[②]："可救不？"对曰："道远险狭，难救。"又问赵奢[③]，对曰："道远险狭，譬两鼠斗于穴中，将勇者胜。"王乃令奢救之。去邯郸三十里止，令军中曰："有以军事谏者死。"秦师军武安西，鼓噪勒兵[④]，屋瓦解振。有一人言急救武安，奢立斩之。坚壁留二十八日不行，复益增垒。秦间来入，奢善食而遣之。间以报秦将，秦将大喜曰："去国三十里而军不行，乃增垒，阏与非赵地也。"奢既遣秦间，乃卷甲而趋之，二日一夜，至去阏与五十里而军。秦人闻之，悉甲而至。军士许历请谏，奢曰："内之。"历曰："秦人不意赵师至此，其来气盛，必厚集其阵以待之，不然必败。"奢曰："请受令。"欲

战,历复请曰:“先据北山者胜。”奢即发万人趋之,秦兵后至,争山不得上。奢纵兵击之,大破秦军,遂解阏与之围。

【注释】

①阏(yú)与:地名,战国时属韩,后属赵,在今山西和顺西北。

②廉颇:战国时期赵国杰出的军事将领。山东德州陵县人,生卒年不详,主要活动在赵惠文王(前 298—前 266)、赵孝成王(?—前 245)、赵悼襄王(前 245—前 236)时期。与白起、王翦、李牧并称“战国四大名将”。事迹详见《史记·廉颇蔺相如列传》,有“刎颈之交”、“负荆请罪”、“廉颇老矣,尚能饭否”等典故。

③赵奢:生卒年不详,战国后期赵国名将,号马服君。与赵王室同宗,应属于赵国贵族,主要生活在赵武灵王(前 324—前 299)到赵孝成王(?—前 245)时期。

④勒兵:操练或指挥军队。

【译文】

秦军攻伐韩国,军队驻扎在阏与。赵王召见廉颇问道:“可以解救阏与吗?”廉颇说:“道路遥远而又狭窄险恶,难以解救。”赵王又问赵奢,赵奢回答说:“道路遥远而又狭窄险恶,在这种情况下作战,就像两只老鼠在洞穴中相斗,勇敢的一方获胜。”赵王就派赵奢率军去救。赵奢率军刚离开邯郸三十里就停滞不前了,下令说:“有人如果在军事行动方面劝谏我,死罪。”秦国军队进逼到武安西边,大军操练的鼓噪之声,把屋瓦都震松动了。有人建议赶紧发兵援救武安,赵奢立刻斩杀了他。赵军在原地扎营驻守达二十八天不进兵,又把营垒加固。秦军的密探进入到赵军营中,赵奢用酒食好好款待他以后放了他。密探把赵军情况报告给秦将,秦将听了大喜说："赵军离开国都三十里就停止行军，又增固营垒，看来阏与不再是赵国的了。"赵奢把秦军的密探打发走以后，就命令全军收拾兵甲装备直奔阏与，两天一夜，到达距离阏与五十里的地方才驻扎下来。秦军听到这一消息，就连忙全军赶到。赵奢军中的谋士许历请求进谏，赵奢说："让他进来。"许历对赵奢说："秦军没有想到我军这么快会来到这里，现在秦军赶来，气势正猛，我军必须严阵以待，不然必定要失败。"赵奢说："我接受您的策略。"即将交战时，许历又建议说："先占据北山的一方获胜。"赵奢就调动上万人马抢占北山，秦兵果然随后赶到，抢占北山，没有成功。赵奢纵兵攻打秦兵，大败秦兵，于是阏与得以解围。

韩信背水阵

【题解】

淮阴侯韩信是中国战争史上赫赫有名的人物，很多人把他视为中国第一名将。他用兵往往以奇制胜，背水之战中的井陉战役，是我国古代以少胜多的经典战例，千百年来一直为人们所津津乐道。此战奇妙之处一是背水结阵：我国古代兵法讲究"右面和背后必须靠近山陵，前面和左面必须临近川泽"，而韩信偏偏反其道而行之，以其军事奇才将兵法依据天、地、人的变化灵活调整运用，"陷之死地而后生，置之亡地而后存"，所以全军殊死搏斗。此计奇妙之二在于两千士兵冲入赵营树起汉军旗帜，面对勇猛异常的韩军，占尽人力优势的赵军无法抵挡，正想结兵而退，却发现老巢被攻占，一时间不知所措，惊恐万分，结果被韩信前后夹击，溃不成军，以失败告终。井陉之战，韩信以不足一万人的兵力，面对赵国几十万大军，奇正并用，背水而战，一举击破赵国大军，谱

写了中国军事史上的精彩篇章。唐代诗人王涯在《从军行》里，生动描述了井陉大战，盛赞韩信的高超谋略和指挥艺术："戈甲从军久，风云识阵难。今朝拜韩信，计日斩成安。"

韩信与张耳击赵[①]，赵聚兵井陉口[②]。广武君李左车说陈余曰："韩信虏魏王，禽夏说，新喋血阏与[③]，乘胜远斗，其锋不可当。臣闻，'千里馈粮，士有饥色；樵苏后爨[④]，师不宿饱。'今井陉之道，车不得方轨，骑不得成列，其势粮食必在其后。愿假臣奇兵三万，从间路绝其辎重，足下深沟高垒勿与战。彼前不得战，退不得还，野无所掠，不至十日，两将之头可致戏下。否则必为二子所禽矣。"余不听。信使人间视，知其不用，大喜，乃敢引兵遂下。未至井陉口三十里，止舍。夜半传发，选轻骑二千人，人持一赤帜从间道萆山而望赵军[⑤]，诫曰："虏见我走，必空壁逐我，若疾入，拔赵帜立汉赤帜。"令裨将传餐，曰："今日破赵会食。"诸将莫信，佯应曰："诺。"信乃使万人先行出，背水阵。赵军望见大笑。平旦，信建大将旗鼓，鼓行出井陉口，赵开壁击之，大战良久。信、耳佯弃旗鼓，走水上军，赵果空壁争汉旗鼓，逐信、耳。信、耳军皆殊死战，不可败。所出奇兵二千，候赵空壁逐利，驰入赵壁，拔赵帜立汉赤帜。赵军已不胜，欲还壁，壁皆汉赤帜，大惊。兵遂乱，汉兵夹击，大破之。诸将问信曰："兵法'右倍山陵，前左水泽'，今将军令背水阵，臣等不服，然竟以此胜，何也？"信曰："此自兵法，顾诸君不察耳。兵法不曰'陷之死地而后生，置之亡地而后存？'信非得素拊循士大夫也，此所谓驱市人而战之，其势非置死地，使人自为战，尚可得而用之乎？”诸将皆服。

【按语】按：淮阴用兵最奇，而井陉一战尤奇。其奇不在背水阵，而在驰入赵壁立汉帜，盖巢穴既倾，则耳目回皇，心胆俱丧，虽百万之众不战自溃。胡藩之袭慕容超⑥，周法尚之败樊猛⑦，张须陀之破卢明月⑧，韩蕲王之斩刘忠⑨，近代张式之之殪闽寇⑩，皆此法也。

【注释】

①韩信（？—前196）：西汉开国功臣，伟大的军事家、战略家、战术家、统帅和军事理论家，后世奉为兵仙、战神。当时人就评价他“国士无双”、“功高无二，略不世出”，而且是第一个“王侯将相”全都荣任过的人。他给后世留下了大量的经典战例：明修栈道，暗度陈仓、临晋设疑等。其用兵之道，为历代兵家所推崇。张耳：大梁（今河南开封）人，在秦末战乱中，投靠项羽，被项羽封为常山王，后来又投奔刘邦，封为赵王。

②井陉（xíng）口：又名土门关，为太行山进入华北平原的八个隘口之一，在河北获鹿西南十里。

③阏（yú）与：地名，战国时属韩，后属赵，在今山西和顺县西北。

④爨（cuàn）：烧饭。

⑤萆（bì）：同“蔽”，即隐蔽。

⑥胡藩之袭慕容超：东晋义熙五年（409）六月，东晋大将刘裕与南燕皇帝慕容超的9万大军在临朐（今属山东）发生激战。刘裕将战车4000辆分为左右两翼，兵、车相间，骑兵在后，向前推进，慕容超派精锐骑兵前后夹击。两军激战在一起，一时难分胜

负。胡藩向刘裕献计，并亲自率军绕到燕军背后，乘虚直攻临朐。城内守军只有老弱残兵，人数很少，晋军迅猛攻城，立时攻陷。慕容超闻报大惊，单骑从前线奔还。南燕军队失去主帅，斗志顿失，全军溃败。胡藩(372—433)，字道序，东晋时豫章南昌(今江西南昌)人。年少时以孝闻名，曾劝荆州刺史殷仲堪戒备桓玄，殷仲堪不听，后来果然被桓玄吞并。桓玄不计前嫌，任命胡藩为参军。桓玄篡晋，被刘裕打败，胡藩逃回故里。刘裕欣赏他为人节义，召为亲信。胡藩足智多谋，勇猛善战，跟随刘裕对外讨伐南燕、后秦、北魏；对内消灭割据势力刘毅、司马休之，围剿卢循起义，为刘裕建立帝业立下赫赫战功。死后谥号壮侯。慕容超(384—410)，南燕皇帝，字祖明，其父慕容纳曾任前秦广武太守。404年，南燕皇帝慕容德封侄儿慕容超为北海王。慕容德死，慕容超袭皇帝位。不久，南燕内讧，南海王慕容法、北地王慕容钟、济阳王慕容凝等相继叛乱。慕容超却不理朝政，只顾打猎游玩，而且不听劝阻，多次侵扰他国。410年，东晋大将刘裕率军灭掉南燕，慕容超被俘，送往建康(今南京)斩首，年26岁。南燕共历二世，十一年。

⑦周法尚之败樊猛：南北朝时期，南朝陈将樊猛率军渡江讨伐投靠北周的周法尚。周法尚佯装畏惧，退守江曲，却暗中派小船潜藏在浅滩中，同时在古村北面埋伏下精兵。当樊猛率军来战时，周法尚自己举着旗帜站在处于下游的船上，逆流迎战，交战后不久，便假装败退，弃船上岸，撤往古村。樊猛也舍舟登岸率军急追，结果中了周法尚的埋伏。樊猛想撤回船上，但战船已被潜藏浅滩中的周兵所得，并插上了北周的旗帜，樊猛因此大败。周法尚(556—614)，字德迈，汝南安成(今河南汝南)人。好读兵书，十八岁时任陈朝始兴王的中兵参军，屡立战功，封为山阴县侯。因受逼迫，投奔北周。隋朝建立后，在文帝和炀帝时建立了无数战

功，堪称隋朝军功第一。最后病逝于攻打高丽途中，被追赠武卫大将军，封谯郡公。

⑧张须陀之破卢明月：614 年，卢明月率军十余万起兵反隋。隋朝大将张须陀仅领兵一万来攻，十几天后，隋军粮食耗尽，被迫撤军。但张须陀对部下说："敌军看到我们退兵，必然会来追击。他们既然出击，营内就会空虚，如果我们以千人袭击他们大营，就可能会获胜。"张须陀令罗士信和秦叔宝各率千人，埋伏在芦苇丛中，自己领兵弃营撤军。卢明月果然率军追击，罗士信、秦叔宝乘机领伏兵攻入敌军营寨，守军大乱。卢明月率部仓皇救援，张须陀回师夹击，卢明月全军大败，仅以数百骑突围。卢明月（？—617），隋末农民起义军首领，涿郡涿县（今河北涿州）人。614 年率起义军十余万人屯据祝阿（今山东济南长清区东北），受到隋将张须陀重创后，转战于河南、淮北一带。617 年发展到四十万人，声势极为浩大，自称"无上王"。后来死于与王世充的交战中。

⑨韩蕲王之斩刘忠：南宋初年，刘忠拥兵数万，占据蕲阳白面山（今湖北蕲春内），反叛朝廷。韩世忠率兵攻打白面山，他看到刘忠严阵以待，便安营扎寨，每天只是下棋喝酒，不作战备。刘忠逐渐松懈下来，以为韩世忠不敢来战。于是，韩世忠派两千精兵半夜埋伏于白面山下，天明时自己率军向刘忠发起突然进攻。刘忠仓促应战，把山上全部兵马都投入战场。韩世忠的伏兵乘其后方空虚，迅速攻上白面山刘忠大营，然后齐声呼喊。正与韩世忠激战的刘忠将士发现自己营寨里全都插着朝廷旗帜，知道后方失守，军心大乱，争相逃命，刘忠也在混战中被杀。

⑩张式之：明代永乐二十二年进士，宁波府慈溪（今浙江慈溪）人，曾任都察院右佥都御史，在福建督署过军务。是明末非常有名的诗人，在平定福建贼寇时，曾作诗"除夜不须烧爆竹，四山

烽火照人红”，但因此诗被言官弹劾而罢官。他还著有《律条疏义》。

【译文】

韩信与张耳率军攻打赵军，赵军在井陉口聚兵抵抗。广武君李左车说服陈余道：“韩信俘虏魏王，活捉夏说，最近血战阏与，乘胜远征，锐不可当。我听说，‘千里运送军粮，军队会饿得面黄肌瘦；临时砍柴做饭，士兵得不到休息，吃不好饭’。现在井陉口的道路，战车不能并行，骑兵不能成列，他们的粮草一定在大军后面。请允许我带精兵三万，从小路断绝他们的物资供应；你利用深沟高垒，坚守不战。他们前进，没有交战的机会；想后退，也没有回去的道路，荒野之中又什么都抢不到，不出十天，韩信、张耳的人头就可以拿回来放在你的面前了。否则，就一定会被韩、张二人活捉啊。”陈余不接受李左车的计策。韩信派人探听，得知陈余不用李左车的建议，非常高兴，这才敢于领兵直入井陉。行至距井陉口三十里的地方，停下来扎营。等到半夜继续前进，选精锐骑兵两千人，每人带一面红旗，依山势作掩护，观察赵军的行动。告诫他们说：“赵军看到我军退走，一定会倾巢出动追赶我军，你们就迅速冲入赵营，拔去赵军旗帜，树起汉军的红旗。”又命令副将通知做饭，与众将约定说：“今天歼灭赵军后聚餐。”诸将都不相信，假装答应：“是。”韩信就派一万人先出发，背水摆开阵势。赵军望见后，都大笑起来。天刚亮，韩信竖起大将的旗号和战鼓，击鼓向井陉口发动进攻，赵军打开营门迎击汉兵，激战很久。韩信、张耳假装丢掉旗帜和军鼓，逃往背水结营的阵地。赵军果然出动全部兵力争夺汉军旗鼓，追击韩信、张耳。韩、张的军队都拼死作战，不可战胜。韩信派出的两千骑兵，等到赵军空营追赶韩信、张耳的时候，立即冲入赵营，拔掉赵军旗帜，树起汉军的红旗。赵军看见不能取胜，想要回营，看到营中都是汉军的红旗，十分惊恐。于是赵军大乱，汉军两边夹击，大败赵军。诸将问韩信道："兵法上说，排兵布阵应是'右面和背后靠近山陵，前面和左面临近川泽'，现在将军却命令背水结阵，我们心中不服，然而竟然取得了胜利，这是什么原因呢？"韩信说："这道理就在兵法上，只是诸位没有领会到罢了。兵法上不是说'陷之死地而后生，置之亡地而后存'吗？我们率领的不是平时训练有素的军队，这如同人们说的，赶着集市上的人使之去作战一样，在这种情况下，一定要把他们放在没有退路的境地，使人人为自己活命而战，才能得其所用啊。"诸将都十分佩服韩信所说的道理。

【按语译文】按语：淮阴侯韩信用兵最奇妙，而井陉之战尤为奇妙。此战奇妙之处不在背水结阵，而在冲入赵营树起汉军旗帜，敌人巢穴都已被占领，必然晕头转向，心胆俱丧，纵然有百万大军也会不战而败。胡藩袭击慕容超，周法尚击败樊猛，张须陀攻破卢明月，韩世忠斩杀刘忠，近世的张式之歼灭闽寇，都是用的这个方法。

李广上郡遭遇战

【题解】

汉代李广是一位家喻户晓的人物，他勇武善战，箭法精准。汉文帝刘恒的时候，李广当众格杀猛兽，震惊朝野。李广"飞将军"的名号更是声名远播，后世文人的作品中无数次提到这位传奇式的将军，唐代著名诗人王昌龄就有"秦时明月汉时关，万里长征人未还。但使龙城飞将在，不教胡马度阴山"。汉文帝十四年，匈奴大举入侵，李广从此开始了他几十年的征战生涯。“上郡遭遇战”中，李广凭借奇才，以百余名骑兵与数千骑兵相抗衡，摆出诱敌深入的样子，敌方不明就里，逡巡不敢进攻，错过原本有利的战机，李广军队毫发无损，士兵得以全身而退。但文中李广的做法具有相当的冒险性，后世的许多军事家并不主张率军的将领效法李广。

李广为上郡太守①，匈奴入上郡，上使中贵人从广勒习兵击匈奴。中贵人将骑数十纵，见匈奴三人，与战。射伤中贵人，杀其骑且尽。广曰：“是必射雕者也。”乃从百骑往驰三人。杀其二人，生得一人，果匈奴射雕者也。匈奴数千骑见广，以为诱骑，惊，上山阵。广骑皆大恐，欲驰还走。广曰：“吾去大军数十里，今以百骑走，匈奴追射我立尽。今我留，匈奴必以我为大军诱之，不敢击我。”乃令诸骑曰：“前！”未到匈奴阵二里所，止，令曰：“皆下马解鞍！”骑曰：“虏多且近，即有急，奈何？”广曰：“彼虏以我为走，今解鞍以示不走，用坚其意。”有白马将出护兵，广上马与十余骑奔射杀白马将，复还至其骑中，解鞍，纵马卧。胡兵终怪之，不敢击。夜半，皆引兵而去。平旦，广乃归其大军。

【注释】

①李广（？一前119）：西汉陇西成纪（今甘肃秦安北）人。擅长射箭，常陪伴文帝打猎，能够格杀猛兽。汉景帝时任骑郎将，在平定吴楚七国之乱中，建立了显著功勋。后来历任上谷、上郡、陇

西、北地、雁门、云中等边郡太守，多次与匈奴交战。汉武帝时任未央卫尉，公元前129年，出雁门关攻击匈奴，兵败被俘，后又趁机夺取敌人的军马逃亡回来。按照军法，被俘应当斩首，武帝准许他赎为平民。后来出任右北平太守，被匈奴称为“汉飞将军”，都不敢与他作战。公元前119年，跟随大将军卫青征伐匈奴，因为迷路，没有按期到达，最后谢罪自杀。上郡：汉高祖二年（前205）翟王投降汉高祖，汉朝在这里设置了上郡，治地在肤施县（今陕西榆林东南七十五里鱼河堡附近）。

【译文】

汉将李广任上郡太守期间，匈奴入侵上郡，汉景帝派宦官跟从李广统率军队攻打匈奴。有一天，这位宦官率领几十名骑兵遇到三个匈奴兵，与他们交战。匈奴人射伤了宦官，把他的几十名骑兵几乎全射死了。李广说：“这一定是能射飞雕的人。”于是带了一百名骑兵前去追赶这三人。射杀其中二人，活捉一人，果然是匈奴中能射雕的人。就在这时，数千骑匈奴兵看见李广，以为他们是诱敌的骑兵，非常惊恐，赶紧上山布阵。李广率领的骑兵也都十分惊恐，想要快快逃走。李广说：“我们离开大军有几十里，现在凭借我们这百骑逃走，匈奴兵追赶射杀我们，我们会立即被杀。现在我们停留不走，匈奴兵必会以为我们是为后面的大军来诱敌的，不敢出击我们。”于是命令骑兵们说：“前进！”距离不到匈奴阵地二里的地方停下来，下令：“全都下马解下马鞍！”部下说：“敌人多而且离得近，如果有紧急情况，怎么办？”李广说：“那些敌人以为我们会逃走，现在解下马鞍来以示意我们不走，以此使他们更相信我们只是诱敌之兵。”有一个骑白马的敌将从护卫的军队里出来，李广上马与十多个骑兵奔过去射杀那个骑白马的

敌将，然后又回到自己的骑兵中，解下马鞍，让马卧下休息。匈奴兵始终感到奇怪，不敢出击。到了半夜，匈奴兵就领兵全都离去了。天亮时，李广他们就回到自己的军队中。

虞诩智胜羌兵

【题解】

武都一战，虞诩的策略极为高妙，对战争过程中几个阶段的把握都恰到好处。首先，快速行军，让敌人迷惑，不知其军事动向。其次，因为敌众我寡，虞诩反用战国时孙膑减灶诱敌示弱的方法，增灶诱敌示强。接着发小弩箭示弱，待敌人迫近又发强弩再度示强，几番强弱虚实下来，耍的羌人不辨就里，惊慌失措。虞诩利用巧妙的计谋完全掌握了战争的主动权，一举大败强敌，令人赞叹。虞诩文治武功的威名闻于西北，在他的治理下，百姓安居乐业，一派欣欣向荣的景象。

羌寇武都，邓太后以虞诩有将略[①]，迁武都太守。羌众数千遮诩于陈仓、崤谷。诩即停车不进，宣言上书请兵，须到当发。羌闻之，乃分抄傍县[②]。诩因其兵散，晨夜进道。时冬月多雪，使驴骡居首，人随其后，日行百五六十里！敕吏士人作两灶，日增倍之。羌不敢追。或问曰："孙膑减灶而君增之；兵法日行三十里而今日且二百里，何也？"诩曰："虏众多，吾兵少，徐行则易为所及，速进则彼所不测。虏见吾灶日增，必谓郡兵来迎，众多行速，必惮追我。孙膑见弱[③]，吾今示强，势有不同故也。"既到，郡兵不满三千，羌众万余攻围赤亭。诩乃令军中强弩勿发，而潜发小弩。羌以为矢力弱不能至，并力急攻。于是使二十强弩共射一人，发无不中。羌大震退。诩奋击，多所杀伤。明日，悉陈其兵，令从东郭门出，北郭门入，贸易衣服，回转数周。羌不知其数，更相恐动。诩计贼当退，潜遣五百人于浅水设伏，候其走路。虏果大奔。掩击，大破之。贼由是败散。

【注释】

①邓太后（81—121）：南阳新野（今河南新野）人，东汉和帝皇后。和帝死后，她先后迎立殇帝、安帝，临朝执政近二十年，自己的兄弟都身居要职，掌握大权。执政期间，崇尚宽简，不事奢华，兼用外戚、宦官，又尊崇三公大臣。121年其死后不久，安帝与宦官合谋，诛灭了邓氏势力。

②傍：通“旁”，附近的。

③见：通“现”，呈现。

【译文】

羌族进犯武都，邓太后认为虞诩有将帅之才，调任他为武都太守。羌兵数千人在陈仓、崤谷袭击虞诩。虞诩于是就停滞不前，对外宣称自己要上表请求援兵，必须等到援兵到来再出发。羌兵听到这一消息，就分散到各地抢掠。虞诩趁羌兵分散，不分昼夜进军。当时冬天多雪，虞诩让驴骡走到前面踩出道路，士卒紧随其后，每天行军一百五六十里！他又命令将士每人做两个军灶，每天增加一倍。羌兵于是不敢追踪。有人问虞诩：“孙膑减少军灶，而您却增灶；兵法上说，军队每天行军三十里，现在我军却

日行将近二百里，为什么呢？”虞诩说：“敌军人数多，而我军兵少，缓慢行军就容易被敌人追上，快速前进那么敌人就无法猜透我军动向。敌人发现我军军灶每日增多，一定以为各郡县的军队前来迎接，我军人多行军速度又快，敌人肯定害怕追击我们。孙膑减灶是示弱，我军现在是示强，是因为形势有所不同啊。”虞诩率兵到达武都，郡城士兵不满三千人，羌兵一万多人围攻赤亭。虞诩命令将士不要发射强弩，而是偷偷发射小弩。羌兵以为汉军的箭没有力度射不远，就合力急攻。于是虞诩下令用二十支强弩齐射一人，只要发箭没有不中的。羌兵受惊败退。虞诩挥军奋勇追击，羌兵死伤非常多。第二天，虞诩让全军出动，命令他们从东门出发，从北门返回，每次都变换衣服，往返几圈。羌兵不知汉兵的数量，更加惊恐。虞诩预计羌兵会退走，暗中派五百人在浅水处设下埋伏，等候路过的羌兵。不久，羌兵果然奔逃。伏兵掩杀，大败羌兵。羌兵从此溃败逃散。

司马懿大败公孙渊

【题解】

东汉末年董卓作乱，公孙氏乘机在辽东不断扩大地盘。三国鼎立的局面形成后，南方的孙吴政权则与公孙氏极力通好以用其牵制曹魏。曹魏与吴蜀两大劲敌抗衡的同时，公孙氏也逐渐成为其严重的后顾之忧。到了公孙渊时期，双方以战争定成败的势态已不可逆转。238年正月，司马懿奉魏明帝之命率领大军秘密渡过辽河后，发现公孙渊企图固守坚城以阻击魏军。《孙子兵法》中说“无邀正正之旗”，意思是不要去截击旗帜整齐、队伍严密的敌人。司马懿富于谋略，是高明的战斗指挥者，遵循上述战争指导原则，采取避实击虚、缓兵制敌的作战方针。此时恰逢雨季，双方在雨中相持三十多天没有交战。雨过天晴后，司马懿率兵展开了猛烈的攻势。公孙渊守城部队伤亡惨重，城中粮食已经吃完，甚至发生了人吃人的现象，军心涣散，大将杨祚出城投降。公孙渊自知力不能敌，与其子公孙修率数百骑兵出城突围向东南溃逃。魏军追至太子河边，公孙渊父子被杀，司马懿成功占领了辽东地区。综观这场战争，司马懿在作战指导上的成功之处在于他能够根据敌情实际，采取切实可行的作战方针和灵活的战斗方法，这是值得借鉴的。

司马懿围公孙渊于襄平①，会霖潦，大水平地数尺，三军欲移营。懿令：军中敢言徙者，斩。贼恃水，樵牧自若。诸将欲取之，皆不听。陈珪曰："昔攻上庸，昼夜不息，一旬之半拔坚城，斩孟达②。今者远来，而更安缓，何也？"懿曰："孟达众少，食资一年；吾将士四倍于达，而粮不淹月。以一月图一年，安可不速？以四击一，正令半解，犹当为之，是以不计死伤，与粮竞也。今贼众我寡，贼饥我饱，水雨乃尔，功力不设，自发京师，不忧贼攻，但恐贼走。今贼粮垂尽，围落未合，掠其牛马，抄其樵采，此固驱之走也。夫兵者，诡道，善因事变，贼凭以恃雨，故虽饥困，未肯束手。当示无能以安之。"既而雨止，遂合围。起土山地道，矢石雨下，渊突出，懿击败之。

【注释】

①司马懿（179—251）：三国时河内温县（今河南温县西）人，

字仲达。年轻时就聪明有远见，曹操征召他做官，他假托有病不肯去，后来受到曹操的威胁逼迫，才不得不就职。226年，魏文帝死，他与曹真、陈群一起辅政。227年，迅速平定降而复叛的蜀将孟达。238年，讨伐辽东，斩杀公孙渊。249年，假传皇太后的命令，轻而易举地诛灭了曹爽和他的党羽。从此把持朝政，加九锡之礼，为司马氏篡魏建晋奠定了基础。公孙渊（？—238）：三国时辽东襄平（治今辽宁辽阳）人。公孙康之子，魏明帝任命他统领辽东。他又向孙权称臣，被孙权立为燕王。又因为东吴路途遥远，难以作为凭靠，就杀掉吴国使臣以讨好曹魏。237年魏明帝命他入朝为官，他惧怕被杀，便自立为燕王，设置百官，又引诱鲜卑族侵扰北方。238年为司马懿所杀。

②孟达（？—228）：三国时扶风（治今陕西武功东）人，字子度。本来是四川刘璋的属下，后来投靠刘备。襄樊之战时，因为没有发兵援救关羽而触怒了刘备，只好投奔曹操。此后又想反曹、回归蜀汉，事败被杀。

【译文】

司马懿在襄平包围了公孙渊，正逢天降大雨，平地水深数尺，三军想要迁移营寨。司马懿下令：军中有敢说移营的人，斩首。敌人倚仗大水，人马自如。诸将想攻取公孙渊军，司马懿都不听从。陈珪说："过去攻上庸，昼夜不停，五天就攻下了坚固的上庸城，斩杀了孟达。现在我们远道征战，反而行动更迟缓，这是为什么呢？"司马懿说："孟达兵少，但粮食可以供一年；我军将士四倍于孟达军队，但我军粮食不足一个月。用一个月的粮食与一年的粮食比消耗，怎么能不速战呢？以四打一，即使让半数士兵战死，仍是应当做的，因此不计伤亡人数，这是与粮食在竞争啊。现在敌众我寡，敌饥我饱，只不过天降雨水罢了，没有办法采取行动，自从京城出师，我们并不担忧敌人来攻，只担心敌人逃跑。现在敌人粮草将尽，但我们的包围圈还未合拢，如果抢劫他们的牛马，抄掠他们砍柴采食的人，这当然是要驱赶敌人逃跑啊。用兵作战，讲求诡诈之道，要善于根据实际情况而变化，敌人依仗天降大雨，所以即使饥饿疲困，也不肯束手投降。我们应该表现出无能为力以使敌人安心。”不久，大雨停了，于是合围敌营。堆土山挖地道，箭、石如雨，公孙渊率兵突围，司马懿发动攻击大败公孙渊。

卷十七兵戎类六

战略下

王世充计败李密

【题解】

这则故事中，李密手下大将裴仁基对战略的分析，按照常规讲不能不说非常精当。其中既有对王世充出兵后隋朝都城洛阳守备情况的介绍，又有对自己部队在战争过程中如何掌握战争主动权，调动隋军使其疲于奔波的规划。但是，裴仁基遇到的强劲敌手王世充偏偏不按照常规办事。王世充只是使用了一个小小的计谋，就使李密部队所有的设想全部化为乌有。所谓"擒贼先擒王"，此计的妙处在于让对手认为将领被抓，从而士气全无，惨败而归。

隋末王世充击李密[①]。密召诸将会议，裴仁基曰[②]："世充悉众而至，洛下必虚。可分兵守其要路，令不得东。简精兵三万，傍河西出，以逼东都。世充还，我且按甲；世充再出，我又逼之。如此，则我有余力，彼劳奔命，破之必矣。"陈智略、单雄信等皆请决战。密遂出兵。世充先索一人貌类密者，缚而匿之。战方酣，使牵以过阵前，噪曰："已获李密矣。"士皆呼万岁，密军遂溃。

【按语】按：《左氏传》厨人濮与华登战[3]，以裳裹首而荷以走，曰："得华登矣"，遂败华氏于新里。无忌之破何澹之[4]，王世充之破李密，其智皆出于此。然杨玄感伪称败以怠官军[5]，则又反其意而用之。用在我[6]，则我奋而足以败敌；用在敌，则我懈而反败于敌。战气之盛衰，亦在其善用之耳。

【注释】

①王世充（？—621）：隋朝新丰（今陕西临潼东北）人，字行满。喜好读书和兵法，能言善辩，而且善于察言观色、阿谀逢迎，进献远方珍物，很受隋炀帝赏识。隋末大乱，他暗中结交豪强，收买兵将，笼络人心。曾经镇压过刘元进、管崇、格谦、卢明月等起义军。宇文化及杀掉隋炀帝后，他自封为吏部尚书、郑国公，总督内外军事。在偃师大败李密，又自称郑王。621年，投降唐朝，被仇人杀死。

②裴仁基（？—619）：隋河东郡（今山西永济西南）人，字德本。开皇初年，为隋文帝的亲卫。在平定南朝陈政权的战争中立有战功，转任汉王杨谅府亲信。杨谅举兵反隋，因苦苦劝阻而被杨谅囚禁。杨谅兵败后，裴仁基被破格提拔为武贲郎将，从军西击吐谷浑，东攻高丽，屡立战功，升任光禄大夫。617年，任河南道讨捕大使，据虎牢关拒敌李密。隋将张须陀在大海寺中伏战死后，裴仁基率众投降李密。618年李密不听裴仁基建议，结果败于王世充。裴仁基被俘投降，受到王世充重用。但随着裴仁基在军队里威望渐重，开始受到王世充的猜忌。后来裴仁基想投归李唐王朝，结果事泄，被王世充杀害。唐高祖武德年间被追赠为原州

(治今宁夏固原)都督,谥曰忠。其子裴行俭是唐朝著名政治家、军事家、书法家。

③厨人濮与华登战:春秋时期,宋国的司马华费有三个儿子,华貙、华多僚和华登。华多僚得到宋元公的信任,却经常诬陷两个兄弟。华登被迫逃亡国外,率领吴国军队前来攻打宋国。虽然宋国和齐国的联军打败了吴军,但华登率余部又击败了宋军。宋国君主想逃,被厨人濮劝阻。厨人濮激励将士,与齐国军队一起奋勇杀敌,华登支持不住,节节败退。这时,厨人濮冲到阵前,在混战中斩杀一颗人头,用衣裳包裹着,扛在肩上边跑边喊:"我杀了华登!我得到华登的人头了!"华登军队惊恐万分,因此宋军大获全胜。

④无忌之破何澹之:桓玄篡位时,何无忌与刘裕等人共同起兵,大败桓玄,因功封为安城郡开国公,后来被卢循战败而死。桓玄逃走后,桓玄的属下何澹之守卫湓口,他在一只船上假设将帅旗帜,自己藏在其他船上,想躲避攻击。何无忌将计就计,直接攻取这只将帅船,并命令将士大声欢呼:"何澹之已经被杀了。"何澹之的将士们信以为真,惊恐逃窜,立即溃败了。无忌,何无忌(?—410),东晋东海郯县(今山东郯城)人。

⑤杨玄感伪称败以息官军:杨玄感攻打洛阳时,隋朝刑部尚书卫玄率众数万前来救援,两军交战时,杨玄感让人大声喊:"官军已经抓住杨玄感了。"卫玄的军队得知杨玄感被抓,便都不再奋勇杀敌。杨玄感趁机率数千骑兵冲击,大败卫玄。杨玄感(?—613),隋朝弘农华阴(今属陕西)人。喜好读书,善于骑射,因军功官至柱国。613年举兵反隋。但屡战屡败,最后自杀而死。

⑥我:在这里,作者以官军作为第一人称"我",以敌、贼、叛军为第三人称"彼","我"包括厨人濮、何无忌、王世充,"彼"指杨

玄感。

【译文】

隋朝末年，王世充攻打李密。李密召集诸将共同商议，裴仁基说："王世充全军而来，洛阳必然空虚。我们可以分兵守住他们必经之路，使他不能东进。再挑选三万精兵，沿着黄河向西进发，逼迫东都洛阳。王世充撤兵，我们就按兵不动；王世充再出兵，我军就再逼近东都。像这样，那么我军以逸待劳，而他们则疲于奔命，肯定能打败王世充。"但陈智略、单雄信等都请求与王世充决一死战。李密于是出兵应战。王世充预先找到一个外貌酷似李密的人，把他捆着藏起来。战斗正激烈的时候，王世充让人牵着他经过阵前，大声呼喊："已经捉住李密了！"王世充的将士们都高呼万岁，李密的军队于是溃败。

【按语译文】按语：《左传》记载，厨人濮与华登交战，厨人濮用衣裳裹住一个人的头颅扛在肩上跑，说："捉住华登了！"于是在新里击败了华登军队。何无忌击败何澹之，王世充攻破李密军，他们的智谋都源出于此。然而杨玄感假称自己失败而使官军懈怠，却又是反其意而用之。用在我，那么我军士气振奋而足以打败敌人；用在敌，那么我军懈怠而反被敌所败。士气的盛衰，也在于是否善用计谋。

檀道济唱筹量沙

【题解】

"唱筹量沙"出自《南史·檀道济传》，讲的是南朝刘宋政权在与北魏的一场作战中，在敌强我弱的情况下，檀道济以智退敌的故事。在此前的一场战斗中，魏军焚烧了宋军的粮草，致使宋军

粮食消耗殆尽，檀道济靠他的镇静和智谋，保全了宋军，使宋军安全地回师，因而威名大振。自此之后，魏人惧怕檀道济的威名，不再轻易南犯，他们甚至用檀道济的画像来驱鬼。

宋檀道济伐魏[1]，以资运竭乃还。有亡走魏者，具说粮食已罄。魏人追之，士卒忧惧，莫有固志。道济夜唱筹量沙[2]，以所余少米散其上。魏军见之，谓资粮有余，故不复追，以降者为妄，斩以徇。时道济兵少，魏兵甚众，道济命军士被甲已，白服乘舆引兵徐出[3]。魏人以为有伏兵，不敢逼，稍稍引退。道济全师而还。

【注释】

①檀道济(？—436)：南朝刘宋王朝的将领。祖籍高平金乡(今属山东)人，出生于京口(今江苏镇江)。东晋末年，跟随刘裕攻打后秦，屡立战功，官至征南大将军。元嘉八年(431)攻打北魏，因军粮耗尽，只好退兵，敌军却不敢追击。宋文帝因为他是前朝重臣，他的儿子们也都能征善战，害怕他们篡权，就把他们全家杀死了。檀道济被杀时，大骂说："你这是在自毁万里长城啊！"

②筹：木或象牙等制成的小棍儿或小片儿，用来计数或作为领取物品的凭证。

③乘舆：代指帝王，在这里喻指檀道济像皇帝那样坐着车马，稳稳当当地出行。

【译文】

南朝宋檀道济讨伐北魏，因为物资供应枯竭而退兵。有逃到北魏去的士兵，告诉北魏说宋军粮尽。于是魏军追击宋军，宋军士兵非常担心害怕，丧失了斗志。檀道济在夜晚时高声唱筹，称量沙子，然后把剩下少量的米洒在沙上。魏兵看到这情况，以为宋军还有余粮，所以就不再追赶，认为降兵妄言欺骗，就杀了他示众。当时檀道济兵少，魏兵很多，檀道济就命令将士穿上铠甲后，自已再穿上便装、坐上车子，领兵慢慢出营。魏兵以为有伏兵，不敢靠近，还稍稍向后退却。檀道济于是得以全师而归。

李光弼计获敌马

【题解】

李光弼是安史之乱中涌现出来的优秀将领，战功不低于郭子仪，被誉为“中兴名将第一”。他用兵最大的特点在于一个“奇”字，出奇制胜，常常以少胜多。李光弼在与史思明叛军交战的过程中，因为史思明营中的战马很多是从塞北带来的，这些公马精壮高大，奔跑如飞，使敌人的骑兵具有很强的战斗力，而唐军的战马多为中原马匹，体型较小，速度也不如塞北战马，唐军骑兵明显处于劣势。李光弼独出心裁，将“异性相吸”的原理运用到战马上，演出了一场令人拍案叫绝的好戏。在敌人怒火中烧又采用火攻战术时，提前做好充分的准备，将计就计让敌军既失战马又失战船。

唐李光弼诣河阳[①]。史思明有良马千余匹，每日出于河南渚浴之[②]，循环不休。光弼命索军中牝马得五百匹，絷其驹而出之[③]。思明马见之，悉浮渡河，尽驱入城。思明怒，泛火船欲烧浮桥。光弼先贮百尺长竿，以巨木承其根，毡裹铁叉置其首以迎火船而叉之，船不得进，须臾自烧尽。

【注释】

①河阳：指河阳桥，即横跨黄河的浮桥，在河南孟县，是当时由洛阳去河北的交通要道。

②渚(zhǔ)：水中小块陆地。

③絷(zhí)：本义为系绳索用来绊住马的脚。

【译文】

唐朝大将李光弼率军到达河阳。叛将史思明有千余匹良马，每天都要到黄河南岸边洗澡，循环不止。李光弼命令搜寻军中的母马，找到五百匹，把母马的马驹都拴住，而把母马赶出城。史思明的马看见了母马之后，就全都渡过河来，于是全部被赶进城里。史思明大怒，就点燃火船想要烧毁浮桥。李光弼已预先准备好百尺长竿，用大木承载着竹竿的根部，以毛毡裹着铁叉绑在竹竿前部，用来迎战火船时以铁叉叉住船，敌船无法前进，片刻功夫就自己烧毁了。

李愬雪夜入蔡州

【题解】

李愬雪夜袭取蔡州、擒获吴元济，是中国古代战争史上最著名的奇袭战例。814 年，淮西节度使吴少阳死，其子吴元济接掌军务，拥兵自立，唐宪宗于是派李愬平叛。李愬采取了各种措施和行动，为奇袭的成功奠定了基础。第一，慰问将士、稳定军心。又故意示弱，以麻痹敌军，叛军逐渐掉以轻心，不再严加防范。第二，为增强军事力量，李愬上表奏请增调军队。第三，孤立、瓦解吴元济，妥善安置百姓，使吴元济尽失民心。第四，动摇、瓦解叛军士气，采取了优待俘虏、重用降将的政策。俘获的淮西骁将丁士良为其献计擒获文城栅守将陈光洽，后者为其招降三千人。唐军因此士气高涨，接连攻克许多城池。李愬谋取蔡州，向降将吴隮琳问计，吴隮琳指出欲攻取蔡州，非李帖不可。李愬设计生擒李帖，委任他为六院兵马使。李帖被李愬的重用所感动，竭尽全力为袭取蔡州出谋划策。第五，注意淮西内情，优待被捕的间谍，使敌方间谍尽吐实情。李愬掌握了敌方的险易、远近和虚实，为避实击虚，10月10日，夜深天寒，风雪大作，天寒地冻，李愬利用风雪交加、烽火不接的天气，敌军放松警戒之时，孤军深入，置全军于死地而长途奇袭，一举成功。

李愬拔文成栅[①]，栅将吴隮琳降。愬单骑抵栅下与语，亲释其缚，署以为将。隮琳为愬策曰："必破贼，非李帖不可。"帖，贼健将也，守兴桥栅，尝易官军。愬候帖护获在野，遣史用诚以壮士三百伏其旁，但见羸卒若将燔聚者。帖果轻出，为用诚所擒。诸将请杀之，愬不听，以为客将，日夜与计事。帖曰："元济劲军多在洄曲西境，防捍守蔡者皆市人疲耄之卒[②]，可乘虚掩袭，直抵悬瓠[③]。比贼闻之，元济成擒矣。"愬然之。乃夜出军，令帖率劲骑为前锋，袭张柴，歼其戍。会大雨雪，行七十里，夜半至悬瓠城。城旁皆鹅鹜池，愬令击之，以乱军声。贼恃吴房、朗山戍，晏然无知者。帖等坎墉先登，杀门者，发关，留持柝传夜自如。黎明，愬入驻元济外宅。元济请罪，槛送京

师。诸将请曰："始公败于朗山而不忧，胜于吴房而不取，冒大风甚雪而不止，孤军深入而不怯，然卒以成功，皆众人所不喻也。"愬曰："朗山不利则贼轻我，不为备矣。取吴房则众奔蔡，并力固守，故存之以分其兵。风雪阴晦则烽火不接，不知吾至。孤军深入，则人皆致死，战自倍矣。夫恃远者不顾近，虑大者不计细。若矜小胜，恤小败，先自挠矣，何暇立功乎？"众皆服。

【按语】按：李愬之入蔡、我成祖之讨乃儿不花以雪[④]；高行周之取郓以雨[⑤]；药元福之破契丹以逆风[⑥]；苏定方之袭颉利[⑦]、沐西平英之征云南以雾[⑧]，皆所谓出其不意，攻其无备者也。

【注释】

①李愬(773—821)：唐朝洮州临潭(今属甘肃)人，字元直。很有谋略，善于骑马射箭。816年，主动请求讨伐淮西节度使吴元济，经过长期的精心准备，出其不意，突入蔡州，活捉了吴元济。

②市人疲耄(mào)：古代军队基本以农民为主要兵源，如果由罪吏、赘婿、商贾充作兵丁时，军队的战斗力会比较差。耄，又作眊，年老，指大约八十至九十岁的年纪。

③悬匏(páo)：有柄的匏瓜。此指蔡州城的外城。

④成祖之讨乃儿不花以雪：1390年，燕王朱棣和晋王合兵攻击蒙古丞相咬住和平章乃儿不花。当时突降大雪，气温骤然寒冷。有人请求停止行军，躲避风雪。朱棣认为这正是出奇制胜的大好时机，因此催促冒雪前进。当大军出现在乃儿不花面前时，乃儿不花来不及组织抵抗，只好投降。

⑤高行周之取郓以雨：五代时后梁、后晋两军曾在黄河边对峙，后唐庄宗李存勖任高行周为先锋。当时正下大雨，全军都不

愿意冒雨行军，高行周说："这是上天在帮助我们！敌军看到下雨，以为我们不会出击，所以不加防备，我们正好可以出其不意。"于是立即冒雨进军，一举攻克郓州。高行周(885—952)，五代时后唐名将，字尚质，幽州人。

⑥药元福之破契丹以逆风：944年契丹军队南侵，后晋名将药元福率兵在阳城(今河北保定西南)拦击敌军，当时军中缺水，兵士、马匹都饥渴难耐。契丹人又顺风扬起尘土，顿时天昏地暗，沙尘使晋军无法睁眼。部下们想等到风向转过去再开战，药元福却率领骑兵冒着沙尘冲出营寨。契丹军队措手不及，被杀得大败，契丹统帅仅带着百余名骑兵逃走。药元福(884—960)，并州晋阳(今山西太原南)人。五代后期后晋王朝有名的骁将。

⑦苏定方之袭颉利：公元630年，苏定方随李靖出征东突厥。两军大战于碛(qì)口，定方率二百骑为先锋，乘雾而行，突然大雾散尽，而突厥大军出现在眼前，苏定方当机立断，率军冲杀，敌军突见大雾中冲出唐朝军队，全都慌乱而逃。苏定方因此得以歼灭突厥数百骑，突厥首领颉利狼狈逃走，余众全都投降。苏定方(592—667)，名烈，字定方。唐朝时冀州武邑(今河北武邑)人。

⑧沐西平英之征云南以雾：明初西平侯沐英率军讨伐云南，还没有到曲靖时，忽然大雾弥漫，沐英率军冒雾前行，出其不意，出现在敌方面前，使敌军仓皇失措，因而活捉了敌军首领。沐英(1344—1392)，朱元璋义子，明初重要将领。

【译文】

李愬攻克文成栅，守将吴膶琳率军投降。李愬单骑来到栅营前与吴膶琳会晤，并亲自解下吴膶琳的绳索，任命他为自己的部将。吴膶琳为李愬献计策说："要想平定吴元济的叛乱，非李

昤不可。”李昤，是吴元济的重要将领，负责守卫兴桥营栅，曾击败过官军。李愬等到李昤在野外护送粮草时，就派史用诚率领三百名壮士埋伏在一旁，却让一些老弱病残的士兵装作在一起要烧火聚餐的样子。李昤果然上当出击，被史用诚擒获。诸将都请求杀掉李昤，李愬不同意，还让他做了客将，日夜和他商量军机大事。李昤说：“吴元济的精兵都在洄曲西面，防守蔡州城的都是商贩和老弱病残，我们可以乘虚偷袭，直抵城下。等到敌人察觉，吴元济已是束手就擒了。”李愬认为很正确。就连夜进军，命令李昤率领精锐骑兵为前锋，袭击张柴，歼灭了那里的守军。正逢天降大雪，冒雪行军七十里，夜半就到达蔡州城外。城墙外有许多野鹅野雁湖泽，李愬令人击打它们，用它们的鸣叫掩盖了行军的动静。敌兵倚仗吴房、朗山有守兵，毫不知情。李昤等人在城墙上凿坎率先登上城头，杀了守门士卒，打开城门，却留下拿着木梆打更的人，让他打更就像什么也没发生一样。天刚亮，李愬已驻扎在吴元济的外宅了。吴元济只得请求投降，被用囚车押送京师。诸将请教说：“当初您在朗山战败却不担忧，在吴房打胜却不攻取，冒着大风暴雪却不停止行军，孤军深入却不害怕，然而竟然获得了成功，这些都令我们众人不明白。”李愬说：“在朗山我军战事不利，敌人必然轻视我，不再防备我们了。攻取吴房就会使敌众奔向蔡州，两军并在一起合力坚守就很难攻打了，所以留下他们以分散他们的兵力。风雪交加，就使他们无法以烽火告警，敌人就不知我军到来。我军孤军深入，那么人人就都知道人处死地，为求活命，必然加倍作战了。那些思虑长远的人不顾惜眼前，考虑大事的人不计较琐碎的事。如果稍稍获胜就满足了，稍受挫折就气馁了，那就先是自己已乱了方寸，哪还有机会立功呢？”诸将都佩服不已。

【按语译文】按语：李愬入蔡州、明成祖朱棣征讨乃儿不花都是在大雪天；高行周凭借雨天攻取郓城；药元福凭借逆风打败契丹；苏定方袭击颉利、西平王沐英征讨云南，都遇上天降大雾，他们能够获胜都是采用了出其不意、攻其无备的妙法啊。

周德威大败梁军

【题解】

周德威勇猛过人，智谋出众。因为长期驻守边塞地区，所以军事经验非常丰富，据说他仅凭观看烟尘便可以判断出敌人的数量。文中的这场战斗，就是历史上有名的柏乡大战。战争伊始，面对森然严整的三万梁军精兵，全军士兵产生了胆怯的情绪。作为大将，周德威深深懂得士气对于作战的重要性。于是首先进行了战前动员，鼓励将士们勇猛杀敌，争立战功。战斗过程中，周德威对战争形势的分析和作战最佳时机的把握更是将他的智谋发挥到极致。在晋王李存勖要求速攻的情况下，周德威据理力争并最终说服他，一定要诱敌出城，以发挥自己骑兵的作战优势。决战最后在有利于骑兵战斗的平原浅草地带展开，晋军又在梁军人马都感饥饿的下午时分发起冲击，结果大获全胜，梁军闻风丧胆，横尸数十里，梁军将领仅率十余骑逃生。这一仗，正是周德威坚持了以己之长击敌之短的用兵原则，才没有因为李存勖的冒险而失利，最后取得了柏乡大战的胜利，共歼敌两万多人，缴获粮食辎重和兵器无数。

梁王景仁击赵[①]，晋遣周德威屯赵州[②]。庄宗会德威营于野[③]。河北晋兵少，而景仁所将皆梁精兵，人马铠甲饰以组绣金银，其光耀日。晋军望之色动。德威勉其众曰："此汴宋佣贩儿，徒饰其外耳，其中不足惧也。其一甲之直数十千[④]，得之适足为吾资。无徒望而爱之，当勉以往取也！"退告庄宗曰："梁兵甚锐，未可与争，宜少待之。"庄宗曰："吾孤军千里，其利速战，不乘势急击，使敌知吾虚实，则无所施矣。"德威曰："赵人能城守，不能野战。吾之取胜，利在骑兵。平川广野，骑兵之所长也。今军于河上，迫贼营门，非吾用长之地也。"庄宗不悦，退卧帐中。德威谓张承业曰："吾兵少而临贼营门，所恃者一水耳。使梁得舟筏渡河，吾无类矣。不如退军鄗邑，诱敌出营，扰而劳之，可胜也。"承业入言之，庄宗乃退军鄗邑。德威遣三百骑挑战，自以劲兵继之，至鄗南，两军皆阵。庄宗登高望而喜曰："平原浅草，可前可却，真吾之胜地也。"使人告德威曰："吾为公先，公可继进。"德威曰："梁军轻出远来，必不暇赍粮糗，纵其能赍，亦不暇食，不及日中人马皆饥，因其将退而击之，胜。"诸将以为然。至未申时，梁军东偏尘起，德威鼓噪而进，麾其西偏曰："魏、滑军走矣！"又麾其东偏曰："梁军走矣！"梁阵动，不可复整，遂大败。

【注释】

①王景仁：唐末五代时的名将，原名王茂章。最初是唐末淮南节度使杨行密的部下，杨行密死后，他的儿子杨渥与王茂章不和，王茂章被迫投奔后梁政权的朱全忠，被任命为宁国军节度使，改名为王景仁。

②晋:唐朝时封李克用为晋王,后来李存勖袭爵晋王。柏乡之战时,晋王李存勖还没有称帝。周德威(?—919):五代时朔州马邑(今山西朔州东北)人,字镇远,小字阳五,以勇敢多谋闻名。最初担任晋王李克用的骑兵将领,因功升任衙内指挥使。在李克用、李存勖父子与后梁交战的数十年中,屡立战功。910年,他诱敌出营,以少胜多,大败梁军。918年,因李存勖轻敌,在胡柳陂一战中惨败,周德威力战阵亡。

③庄宗:即后唐庄宗李存勖(885—926),五代时期后唐王朝的建立者。沙陀部人,小字亚子。父亲李克用,曾被封为晋王。因为不愿服从朱温所建立的后梁王朝,所以仍然沿用唐朝的年号。李存勖即位后,厉行改革,整顿军纪。攻占幽州后,捉住并杀死刘仁恭父子,击溃南下的契丹兵。923年在魏州即位,国号唐,即后唐。很快就灭掉后梁,建都洛阳,统一了黄河流域。

④直:通"值",价值。

【译文】

后梁王景仁攻打赵州,晋王派周德威率军屯驻在赵州。庄宗在城郊外与周德威会师并安营扎寨。当时在河北的晋军士兵人数很少,而王景仁所率都是后梁的精兵,人马铠甲都拿成组金银彩绣装饰着,光彩耀日。晋军望见梁军的军威有些害怕。周德威激励众人说:"这都是汴宋的小商贩,只是外表好看罢了,其实是不值得害怕的。他们的一件铠甲价值数万,得到它们正好充足我们的军资。你们不要光是看着、喜爱它,应该前去把铠甲抢过来!"回到营中,周德威对庄宗说:"梁兵很精锐,不能与他交锋,我军应该稍后等待时机。"庄宗说:"我军孤军深入千里,利在速战,如果不乘势尽快进攻,等到敌人知道我军虚实,可就无计可施

了。”周德威说：“赵人善于守城，不善于野战。我军取胜，优势在于骑兵。平川广野，正是骑兵发挥优势的地方。现在我军驻扎在河边，靠近敌军营门，这不是施展我军长处的地方啊。”庄宗听了不高兴，就回去躺在帐中。周德威对张承业说：“我军兵少而又靠近敌人营门，所倚仗的只是一条河。假如梁兵得到船筏渡河，我们自身难保了。不如退到鄗邑，诱敌出营，采取扰敌战术使他们疲惫不堪，就能获胜了。”张承业进去把周德威的话告诉庄宗，庄宗于是退军到鄗邑。周德威派出三百骑挑战，自己率领精兵跟在后面。到了鄗邑南边，两军都布好阵势。庄宗登上高处四处观望，高兴地说：“这里平原浅草，可进可退，真是我军取胜之地啊！”派人对周德威说：“我冲在你的前面，你随后跟进。”周德威说：“梁军轻装远来，一定没有带足粮草，即使带着粮草，也没来得及吃，不到中午人马就都会饥饿了。趁他们要后退的时候再攻击他们，必能取胜。”诸将都赞成这个计策。到了未申时，梁军东面开始后撤扬起灰尘，周德威指挥将士呐喊着前进，指挥他的西翼部队说：“魏军、滑军逃跑了！”接着指挥他的东翼部队说：“梁军逃跑了！”梁军全军阵势混乱了，无法重新整顿，于是大败。

曹玮巧计胜敌

【题解】

此例见于《东都事略》和《梦溪笔谈》。曹玮在西北素有威名，此次和西夏的军队刚一交锋，他们就溃逃了。曹玮想：“我来彼逃，我走彼进，如此反复，必须彻底消灭方能解除后患。”于是设下计谋，摆出贪图战利品的假象，装作军纪涣散的样子欺骗敌军，引诱他们返回袭击，西夏军队果然落入圈套。由于敌军一去一返，连续奔波近百里，已经相当疲惫，但此时敌军的士气还很旺盛。在这种情况下，曹玮又运用了“以利诱敌”的计谋，好似替敌方着想故意让他们休息，实际上这样做恰恰是挫伤了他们的士气，使他们精神松弛，宋军最后轻松取胜。宋史评价其用兵“平居甚闲暇，及师出，多奇计，出入神速不可测”。曹玮最著名的是三都谷之战，以少胜多，载入史册。曹玮死后，宋朝名将葛怀敏就曾以被赐予曹玮穿过的铠甲为荣耀。敌方对他也非常尊敬，厮啰人一听到曹玮的名字，就“即望玮所在，东向合手加额”。契丹使者经过曹玮驻地时，一律慢行，不准策马飞奔。

宋曹玮知镇戎[①]，军尝出战，小捷，虏引去。玮侦虏去远，乃驱所掠牛羊辎重缓行而还，颇失部伍。其下曰：“牛羊无用，不如弃之，整众而归。”玮不答。虏闻玮利牛羊而师不整，遽还袭之。玮愈缓行，得地利处，乃止以待之。虏将近，玮使人谓曰：“番军远来，必甚疲，我不欲乘人之怠，请休憩士马，少选决战。”虏方疲甚，皆忻然解严。良久，玮又使人谓曰：“歇定，可相驰也。”于是各鼓军而进，大破虏师。弃牛羊而还。谓其下曰：“虏既去复来，几行百里矣！吾知其已疲，故为贪利以诱之。若乘锐便战，犹有胜负。远行之人若小憩，则足疲不能立，人气已阑，吾以此取之。”

【注释】

①知：主持；管理。

【译文】

宋朝曹玮任知镇戎军时，曾经率军出战，刚获得小小的胜利，敌军就逃走了。曹玮探知敌人跑得远了，就驱赶着所俘获的牛羊辎重慢慢回来，军队散漫不整。部下说："要这些牛羊没有用处，不如抛弃它们，好好整饬军纪回营。"曹玮没有理会。敌人听说曹玮贪图牛羊而且军纪不整，就立即回师袭击宋军。曹玮行走得就更加缓慢，等到了地形有利的地方，才停下来等待敌军。敌军将要靠近了，曹玮派人对他们说："你军跑了很远的路，必定很疲惫。我不想乘人之危，请你们先让人马休息休息，过一会儿再决战。"敌人正疲倦不堪，听到这话都非常高兴，就不加防备。过了很久，曹玮又派人对他们说："休息好了，可以决战了。"于是各自指挥军队进攻，宋军大败敌军。然后宋军舍弃牛羊，凯旋而归。曹玮对部下说："敌人已逃去又回来，一往一来几乎跑了一百里路。我知道敌人已疲劳不堪，所以故意做出贪图牛羊之利的样子来诱骗他们。如果在敌人士气还很旺盛时便决战，胜负都会有可能。远行疲惫的人如果稍稍休息，脚就会更感疲乏无法站立，气力已尽，我因此获得胜利。"

狄青追敌有节

【题解】

狄青平定南岭的敌人后，侬智高败逃到邕州。狄青的部下都要求一举直捣敌巢，还有人责备狄青不及时进占邕州，致使侬智高脱险。狄青则认为因贪图利益而到情况不明之地进兵，不是大将应该做的事。狄青用兵的策略，在于稳中求胜，而不在创建奇功，所以狄青一生未曾有过大败，功劳最多，终于成为一代名将。

面临胜利而能及时停止进攻，这正是狄青过人之处。

狄青在泾原[1]，常以寡当众，必以奇取胜。密令军中：闻钲一声则止[2]，再声则严阵而阳却；声止则大呼驰突。士卒皆如教。才遇敌，未接战，遽声钲，士卒皆止；再声皆却。虏大笑曰："孰谓狄天使勇？"时虏谓青天使也。钲声止，忽前突之，虏兵大乱相蹂践，死者不可胜数。追奔数里，前临深涧，虏忽壅遏山隅。青遽鸣钲而止。将佐悔不追击，青曰："不然。奔命之虏，忽止而拒我，安知非谋？军已大胜，残寇不足利，宁悔不击，不可悔不止也。"

【注释】

①狄青（1008—1057）：北宋汾州西河（即今山西汾阳）人，字汉臣。出身于普通士兵，善于骑马射箭。他为人谨慎，能整顿军纪，赏罚分明，和士兵们同甘共苦，有功劳都推让给自己的部下，声望很高。他一生前后二十五战，以 1052 年正月十五夜袭昆仑关最为著名。

②钲（zhēng）：古代的一种乐器，用铜做成，形似钟而狭长，有长柄可以举在手中，敞口向上，击打它发出声音，行军时使用。

【译文】

狄青戍守泾原时，常常以少胜多，以奇谋取胜。曾暗暗命令部队：听到钲响一声就停止前进，听到第二声就严整队伍而假装后退；钲声一停就大声呐喊向前冲锋。士兵们都接受了这种训练。狄青军队刚一和敌人接触，还未交战的时候，突然钲响一声，士兵们都停止前进；第二声响起士兵们都后退。敌人都大笑着

说："谁说狄天使的军队勇敢？"当时敌人称狄青为天使。当钲声一停，宋兵忽然向前冲击，敌兵军阵大乱，相互践踏，死的不可计数。宋军追击了几里远，前面是幽深的山涧，逃敌忽然停下，扼守住山角。狄青急忙鸣钲停止追击。手下将领们后悔没有继续追击，狄青说："不应这样。逃命的敌人，突然停下抵御我军，怎么能知道这不是他们的诡计？我军已获大胜，这些残敌也不值得再追击，宁可后悔不追击，也不能后悔不停下来。"

卷十八兵戎类七

招　抚

高仁厚降敌有方

【题解】

阡能是邛州安仁县的土豪，由于公事违期，为了逃避朝廷残酷的刑罚，聚众叛乱，仅仅一个多月的时间，聚集了近万人，蜀人罗浑擎、勾胡僧、罗夫子、韩求等人闻风而动，群起响应，州县不能控制。唐朝大将高仁厚采取从内部分化瓦解的策略，首先进行攻心战术，以宽容仁厚巧施“归顺法”，并成功进行了策反。由此，阡能军队人心涣散，在短短六天的时间里溃不成军。高仁厚采取的兵法战术既不失人情，又达到了不战而屈人之兵的目的。

邛州阡能亡命为盗[①]，陈敬瑄以高仁厚为都招讨使[②]，将兵五百人讨之。未发前一日，有鬻饼者到营中，逻者执而讯之，果阡能之谍也。仁厚命释缚，温言问之，对曰：“某村民，阡能囚其父母妻子，云：‘汝诇事得实[③]，则免汝家，不然尽死。’某非愿尔也。”仁厚曰：“诚如是，我何忍杀汝？今纵汝归，救汝父母妻子。然我活汝一家，汝当为我

潜语寨中人，云：仆射愍汝曹皆良人[4]，为贼所制，故使尚书拯救汝曹。尚书来，汝曹各投兵迎降。当使人以'归顺'二字书汝背，遣汝复旧业。所欲诛者，阡能、罗浑擎、勾胡僧、罗夫子、韩求五人耳，必不横及百姓也。"遂遣之。明日，引兵发至双流。罗浑擎立五寨于双流之西。仁厚遣人释戎服，入贼中，告谕如昨所以语谍者。贼大喜，争弃甲来降，仁厚因抚谕，书其背，使归语寨中。余众争出降，浑擎逾堑走，众执以诣仁厚。仁厚焚五寨及其甲兵，唯留旗帜。谓降者曰："始欲即遣汝归，为前途诸寨未知吾心，藉汝曹为我前行，过穿口、新津寨下，示以背字，告谕之。比至延贡，可归矣。"乃取浑擎旗倒系之，每五十人授以一旗，使前扬旗疾呼曰："罗浑擎已擒送使府，大军行至，汝曹速如我出降，立得为良人，无事矣。"至穿口，勾胡僧置十一寨，寨中人争出降。胡僧大惊，拔剑遏之，众投瓦石击之，共擒以献仁厚，其众皆降。明旦又焚寨，使降者执旗先驱至新津。韩求置十三寨皆迎降。求自投深堑，众钩出之，斩首以献。明日，仁厚纵双流、穿口降者先归，使新津降者执旗前驱，且曰："入邛州境亦可散归矣。"罗夫子置九寨于延贡，其众前夕望新津火光，已待降不眠。及新津人至，罗夫子弃寨奔阡能，阡能谋悉众决战，计未定，延贡降者至，诸寨呼噪争出，执阡能、罗夫子，迎官军，拥马首，大呼曰："百姓负冤日久，今遇尚书，如出九泉睹白日[5]，已死而复生矣！"贼寨在他所者，仁厚分遣诸将往降之。出军凡六日，五贼皆平。

【注释】

①阡能(?—882):唐朝末年成都西部农民起义军首领,或作千能、忏能,安仁(今四川大邑东南)人。原本是邛州(治今邛崃)的衙吏,因公事误期,害怕受刑,逃亡后聚众起义,转战于邛、雅(治今雅安西)二州,接连攻克多座城镇。

②高仁厚(?—886):唐朝末年名将。早年追随剑南西川节度使陈敬瑄,官至营使,平定阡能之乱后,天子在御楼犒劳,授他任检校尚书左仆射、眉州刺史。

③诇(xiòng):侦察。

④仆射:指陈敬瑄。

⑤九泉:泉,指地下水,九泉,指多层地下水,喻指死人埋葬的地方,即在阴间。

【译文】

邛州阡能亡命为盗,聚众作乱,陈敬瑄荐举高仁厚为都招讨使,带兵五百名征讨阡能。还没出发的前一天,有个小贩到军营卖饼,巡逻的士兵捉住讯问他,果然是阡能派来的密探。高仁厚命令给他松绑,温和地问他,他回答说:“我是某村的村民,阡能把我的父母妻子都囚禁起来,说:‘你打探的情况如果属实,就免你一家不死,不然全都杀掉!’我不得已才这样做。”高仁厚说:“果真是这样,那我怎么忍心杀你呢?现在我放你回去,救你的父母妻子。然而我救活了你一家人,你也要为我偷偷告诉他们营寨中的人,就说:仆射陈敬瑄同情你们都是良民,被坏人挟制,所以派尚书高仁厚来救你们。尚书一来,你们就各自放下兵器前来投降。我会派人在你们背上写‘归顺’二字,放你们回家恢复旧业。我想要诛杀的,只是阡能、罗浑擎、勾胡僧、罗夫子和韩求五个人,一定

不会连累百姓们的。”于是就放了他。第二天，高仁厚领兵来到双流。罗浑擎在双流西面设立了五个营寨。高仁厚派人脱掉军服，混入敌营中，把昨天对密探说的话告诉众人。敌军听了十分高兴，都争相丢弃铠甲前来投降。高仁厚趁机安抚告慰他们，并在他们的背上写了“归顺”二字，让他们回去告诉寨中其他人。寨中剩下的众人也都争相出营投降，罗浑擎想跳过壕堑逃走，众人捉住他送给高仁厚。高仁厚把乱贼的五座营寨和铠甲兵器都烧了，只留下旗帜。他对投降的人说：“原先想立即放你们回家，只是因为前面营寨中人还不知道我的心意，请你们替我前面带路，经过穿口、新津寨的时候，把背上的字给他们看，跟他们讲说明白。等到达延贡以后，你们就可以回家了。”于是取来罗浑擎的旗帜，倒过来系上，每五十个人给一面旗，让他们在前面扬着旗帜大喊：“罗浑擎已被捉住，送往官府了！大军就要到了，你们快些出来像我们一样投降，立刻就是良民了，保证不会有事的。”到了穿口，勾胡僧在这里安下了十一座营寨，营寨中人都争着出来投降。勾胡僧大惊，拔剑阻止，众人就用瓦石投击他，一起把他捉住献给高仁厚，叛军都归降了。第二天，又把营寨烧掉，让归降的人拿着旗帜先跑到新津宣扬此事。韩求安置在这里的十三座营寨都归降了。韩求投深沟里自杀了，被士兵用钩子钩上来，斩下首级献给高仁厚。第二天，高仁厚放走双流、穿口的降兵，又让新津降兵拿着旗帜前进，并说：“进入邛州境内，你们也可以回家。”罗夫子在延贡安置了九座营寨，这里的叛军头一天晚上就望见新津的火光，早已等待归降而睡不着觉。等到新津投降的人到来，罗夫子只好弃寨逃到阡能那里，阡能想率全军出来决战，还没有计划好，延贡的降兵就到了，各寨都乱哄哄地争相出降，活捉了阡能、罗夫子，迎接官军，拥到高仁厚马前，大声呼喊说：“我们这些百姓蒙冤很久了，现在遇到尚书大人您，就如出九泉而看到太阳，就像是死而复生一样啊！”其他地方的叛军营寨，高仁厚分别派诸将前往使他们投降。出军共六天，五地叛乱都平定了。

攻　取

耿弇取巨里

【题解】

东汉初年，建威大将军耿弇奉光武帝之命率军东进，平定割据势力张步的叛乱。耿弇久经沙场，善于谋兵布阵，曾经立下赫赫战功。攻打巨力时，他采取了“围城打援”之术。所谓“围城打援”，是指进攻一方以部分兵力包围守城之敌，诱使敌人派兵援救，然后以主力歼灭敌人援军的一种作战方法。耿弇对巨里围而不打，吸引济南守敌前来救援，然后占据有利地形，全歼援敌。野战运动之后，迅速调转兵力攻打巨里，援军被歼灭，守城之敌没有了希望，只好不战而逃。耿弇带兵接连攻下四十余个敌军战营，一举平定了济南地区的叛乱。耿弇攻取巨里的战役创造了调动敌人就范的成功战例。

张步大将费邑军历下[①]，分遣弟敢守巨里。耿弇先胁巨里[②]，严令军中趣修攻具[③]，后三日当悉力攻巨里城。阴缓生口，令得亡归，以弇期告邑。邑果自将精兵三万人救之。弇喜谓诸将曰：“吾所以修攻具者，欲诱致邑耳。野兵不击，何以城为?”乃分兵守巨里，自引精兵上冈坂，乘高合战，大破之，斩邑。收所斩首级以归，示巨里城中，城中恟惧，空城夜走。

【注释】

①张步(? —32)：新莽末年琅琊不其(今山东青岛)人，字文公。最初占据琅琊郡，聚集上千人马反对王莽，自称为五威将军。逐渐占有青、徐二州，公元27年，称齐王。公元29年，汉光武帝刘秀亲自征讨，最后归降，封安丘侯。

②耿弇(yǎn，3—58)：东汉扶风茂陵(今陕西兴平东北)人，字伯昭。新莽败亡后，劝父亲归附刘秀，曾率上谷、渔阳精骑部队攻击并斩杀王郎大将、卿校以下四百余人，斩首三万人。又建议刘秀占据河北，再夺取天下。一生中，平郡四十六，屠城三百，战功赫赫。汉明帝时，被列为云台二十八将。

③趣(cù)：通“促”，催促。

【译文】

张步的大将费邑驻守在历下，分兵派遣他的弟弟费敢守卫巨里。耿弇先进逼巨里，严令军中赶紧修造攻城器具，三天后要全力攻打巨里城。并暗中放掉俘虏，使他们逃回，以便把耿弇攻城的日期报告给费邑。费邑果然亲自率三万精兵前往救援。耿弇得到这个消息高兴地对诸将说：“我之所以修造攻城器具，就是想引诱费邑出兵。放着野外这么容易攻击的敌兵不打，要攻城做什么?”于是分出部分兵力防守巨里城，自己亲率精兵登上冈坂，乘着地势高峻，两军交战，大败费邑军，斩杀了费邑。把斩杀的首级带回来，给巨里城中守军看，城中守军十分恐惧，连夜弃城而逃。

赵遹火猴破敌

【题解】

火攻是经常被采用的对敌作战手段。所谓的“火攻”,实际上是用火焚之法辅助部队攻击敌人的方法。《孙子兵法》中专门有“火攻篇”。它将火攻分为五种:“火人”、“火积”、“火辎”、“火库”、“火队”,并指出“火攻”必须具备一定的条件,同时“火攻”还须有兵马的配合才能成功。这个故事中,战斗地点晏州地处山区,地势非常险要,到处都是悬崖峭壁,宋军正常的进攻方法根本没有施展的空间,因而使用了特殊的火攻手段。这场战斗取得成功的原因是多方面的:其一是选准了攻击地点,把敌人原本认为最安全的绝壁悬崖作为突破点;其二此地人们居住的房屋都是茅草竹子等易燃物搭建而成的;其三利用了猴子攀爬的特性,其四是借助软梯使后援部队能够跟进,得以配合战斗的展开。因而,这场战役也成为我国军事史中一次较为经典的火攻战例。

宋晏州夷卜漏反[①],招讨使赵遹讨之[②]。漏据轮缚大囤[③],其山崛起数百仞,林箐深密,垒石树栅以守,遹军不能进。巡检种友直所部多思黔土丁,习山险,而山多猱。遹遣土丁捕猱数十头,束麻作炬,灌以膏蜡,缚于猱背。夜复遣土丁负绳梯登崖颠,縋梯引下人。人衔枚挈猱蚁附而上[④],及贼栅出火燃炬,猱热狂跳,贼庐舍皆茅竹,猱窜其上火辄发。贼号呼奔扑,猱益惊,火益炽。官军鼓噪破栅,贼扰乱不复能抗,生禽卜漏,晏州平。

【按语】按：杜佑《通典》云：磨杏子中空，以艾实之，系雀足上加火。薄暮群放，飞入城垒中栖宿，其积聚庐舍，须臾火发，谓之"火杏"，火鸡、火猱亦其变法也。

【注释】

①卜漏(？—1116)：宋朝时泸州长宁(今属四川)多罔部少数族首领。1114年，泸州知府贾宗谅滥杀少数族大首领斗崮旁等人，又苛敛竹木，激起民怨。1115年卜漏联合诸部少数族十余万人起义，攻陷梅岭堡，围攻乐共、长宁等堡。与罗始党族联合，多次打败泸南招讨使赵遹，又垒石筑城据守，突围至轮多囤时被俘，次年在开封被杀。

②赵遹(yù，？—1126)：北宋开封(今属河南)人。1115年任梓州路转运使任时，正值泸南安抚使贾宗谅横征暴敛，激起晏州少数民族首领卜漏反叛，他弹劾罢免贾宗谅后，受命为泸南招讨使，率军三万，生俘卜漏，升任兵部尚书。

③轮缚大囤：古代还称为石头大寨，又名南春山、僰王山，今名博望山，位于四川宜宾兴文县境内，属喀斯特地形，省级风景名胜区。从宋代起，这里便是都掌族(即僰族)的生息之地。据县志记载：北宋政和五年(1115)，五斗夷(僰人一支)以此山为据点，起兵造反，至今，山上还保存着僰人所建大、小寨门、古城墙、古城堡等战场遗迹。

④衔枚：古代行军作战，尤其是在夜里，为防止将士、兵马发出声音，惊扰敌人，往往在嘴里叼着竹棍或木棍。

【译文】

宋朝时晏州的少数族卜漏反叛，招讨使赵遹前去征讨他们。

卜漏占据着险峻的轮缚大囤，这座大山高耸数百仞，林竹茂密，他们垒石建寨进行防守，赵遹的军队无法进攻。巡检种友直所率领的军队多是思黔地方的土兵，习惯于爬山登险，而山上有很多猴子。赵遹就派这些土兵捉了几十只猴子，用麻捆成火把，浸满油和蜡，绑在猴子的背上。又派土兵夜里背着绳梯登上悬崖顶部，再用绳梯把下面的人拉上去。士兵口中衔枚带着猴子像蚂蚁一样攀登而上，到了敌人营寨就点起火把，猴子背上发烫就上蹿下跳，叛军的房舍都是茅草和竹子搭建的，猴子窜到上面就立即烧着了。叛军呼喊奔逃，猴子更加惊恐乱窜，火势就更加猛烈。官军呐喊着攻破敌寨，叛军乱作一团，无法再进行抵抗，结果活捉了卜漏，晏州平定下来。

【按语译文】按语：据唐朝杜佑的《通典》记载：把杏核一面磨破，当中剔空，用艾绒塞在里面，点燃后系在麻雀的脚上。傍晚时把麻雀放掉。麻雀飞入城中栖宿，都聚在房屋上，一会儿火燃烧起来，称之为“火杏”。火鸡、火猴，都是由此演变来的。

卷十九兵戎类八

守　御

张特巧使缓兵计

【题解】

公元253年7月，吴将诸葛恪趁势围攻合肥新城。魏将张特带领部众死守数十日，在吴军的猛烈攻击之下，城北即将沦陷。张特于是谎称将要投降吴军，并拿出自己的官印作为信物，诸葛恪竟然没有识破张特的计谋。于是魏军得到了喘息的机会，并暗中修好了城墙，这样就可以继续抵御吴军了。吴军因为被张特戏耍，愤怒急躁之下更为凶猛地攻城。时值溽暑，吴军昼夜攻城，疲劳不堪，很多士卒患病无法继续作战。各路官兵多次要求诸葛恪体恤将士，诸葛恪认为其中有诈、诸将厌战，于是残忍地将那些叫苦不迭者斩首示众。从此，吴军将领再也无人向他提及士卒患病的事。后来，诸葛恪久攻不下，只好下令退兵。张特的缓兵之计，保住了合肥，使得吴军终因破城无望而撤离。

张特守合肥[①]，吴诸葛恪围之[②]。特吏兵战死者过半，城将陷。特乃谓吴人曰："我无心复战矣。然魏法：被攻

过百日而救不至者,虽降,家不坐。自受敌以来已九十余日,城中四千余人尚有半人不欲降,我当还为相语之条名别善恶[3],明日早送名,且持我印绶去以为信。"乃投其印绶与之。吴人听其辞而不攻。特还,夜撤屋材栅,补其缺为二重。明日,谓吴人曰:"我但有斗死耳!"吴人大怒,攻之不能拔,引去。

【注释】

①张特:字子产,三国时魏国涿郡(今河北涿县)人。毌丘俭派张特驻守合肥新城。东吴将领诸葛恪围攻新城,张特率三千人马固守,最终迫使东吴军队退走。张特受到朝廷嘉奖,封列侯,任安丰太守。

②诸葛恪(203—253):三国时琅琊阳都(今山东沂南)人,字元逊。诸葛瑾的长子。234年,任东吴抚越将军,兼任丹阳太守,率兵攻打山越,以围困夺粮的方法使山越族人饥饿穷困,只好出山投降。陆逊死后,任大将军,代替陆逊掌管荆州。任太傅时,能够改善国政,很得人心。252年在东兴(今安徽巢湖)打败曹魏后,进封阳都侯,总管中外诸军事,开始骄傲轻敌。253年攻打曹魏的新城(今安徽合肥),没有成功,又不顾士兵死活,致使国内怨声载道,被皇族孙峻杀死。

③条名:逐条说明、解释。

【译文】

曹魏将领张特驻守合肥,东吴将领诸葛恪围攻合肥。张特的将领和士兵战死的超过了一半,合肥城即将被攻陷。张特于是对东吴军队说:"我无心再战了。然而我们魏国的军法规定:城被攻一百天而救兵不到的,即使投降了,家属也不受连坐。自从合肥城被围以来已有九十多天了,城中的四千多人还有一半不想投降,我回去对他们说明利害关系,明天早晨送来投降名单,现在暂且拿走我的印绶作为信物。”就把印绶投给城下东吴军队。东吴人听信了张特的话,不再攻城。张特从城墙上回来,下令连夜拆掉房屋作为修建城栅的材料,将缺口修补成两重。第二天,张特对吴兵说:“我只有战斗到死了!”东吴军队大怒,攻城但不能取胜,只好领兵而去。

刘锜大败兀术

【题解】

刘锜是中国南宋抗金将领,与岳飞、韩世忠齐名。建炎十年,金兵统帅金兀术率领大军进攻南宋,刘锜仅有二万之众,能出战者不足五千,守卫着毫无依靠的孤城,以“背城一战,于死中求生”的精神,打败了金军气势汹汹的十万大军,堪称战争史上的奇迹。刘锜面对强敌毫不示弱,他首先振奋士气,修筑防御工事,迎击金敌。金军的先头部队被刘锜的车轮战术打得尸横遍野。等到敌方援军兵临城下,刘锜又利用反间计让敌军误认为自己是贪生怕死之辈,贪图享乐之徒。金兀术没听过刘锜的名声,大意轻敌。时值溽暑,金兵不能忍受酷热,纷纷取河水解渴,谁料水中和草地上都被宋军提前下了毒,于是不论士兵还是战马都中毒患病,顿时金兵的战斗力锐减。宋军则轮番休息,以逸待劳,然后主动出击,又在敌军无奈后撤时乘胜追击,取得空前的胜利。这次战役后,宋军士气大振,对抗金国的信心倍增。刘锜率领将士同心协力,先发制敌,挫敌锐气;麻痹敌军,制造战机,终于以少胜多,以

劣胜强，大灭了金军的嚣张气焰，挡住了金军自两淮南侵后的锋芒，这一战是金军南侵以来遭到的最大惨败。

金人南侵，刘锜与将佐趋顺昌[①]，时守备一无可恃。锜取伪齐所造痴车[②]，以轮辕埋城上，又拆民户扉周帀蔽之。凡六日，粗毕。而游骑已至城下矣。锜令开诸门，金人疑不敢近。初，锜傅城筑羊马垣[③]，穴垣为门，至是闭垣为阵。金人纵矢，皆自垣端轶著于城，或止中垣上。时受围已四日，金兵益盛。锜募壮士五百人，夜斫其营。是夕天欲雨，电光四起，见辫发者辄歼之。金兵退十五里。锜复募百人往，或请衔枚，锜笑曰："无以枚也。"命折竹为嘂[④]，如市井儿戏者，人持一为号，直犯金营。电一闪则奋击，电止则匿不动。敌众大乱。百人者闻嘂声即聚，金人益不能测，终夜自战，积尸盈野。兀术在汴闻之，即索靴上马，七日至顺昌。锜募得曹成等二人，谕之曰："遣汝作间事，捷重赏。第如我言，敌必不汝杀。今置汝绰路，骑中遇敌则佯坠马，为敌所得。敌问我何如人，则曰：'太平边帅子，喜声伎。朝廷以两国讲好，使守东京，图逸乐耳。'"已而二人果为敌所得。兀术大喜，即置鹅车炮具不用[⑤]。翌日，锜登城望见二人来，縋而上之。乃敌械成等来归，以文书一卷系械上，锜惧惑众，立焚之。兀术至城下，锜遣耿训约战。兀术怒曰："刘锜何敢与我战？以我力破尔城，直用靴尖趯倒耳！"训曰："太尉非但请战，且谓太子必不敢济河，愿献浮桥五所，济而大战。"迟明，锜果为五浮桥于河上，敌由以济。锜遣人毒颍上流及草中，戒军士虽渴死毋得饮于河。时天大暑，敌远来昼夜不解甲。锜军番休，更食羊马垣下，而敌人马饥渴，饮食水草又辄病。方晨气清凉，锜按兵不动，逮未申时敌气已索。忽遣数百人出西门接战，俄以数千人出南门，戒令勿喊，但用锐斧犯之，敌大败，兀术拔营去。

朱仲晦曰："顺昌之役正值暑天，刘锜分兵五千为五队，先备暑药，饮酒食肉。以一副兜牟与甲置日下晒，时令人以手摸看热得几何。直待热如火不可容手，乃唤一队军至，令吃酒饭，少定，与暑药，授兵出西门。战少顷，又呼一队授之出南门。如此数队分诸门，迭出迭入，虏遂大败。缘虏人众多，其立无缝，仅能操戈，更转动不得。而我兵执斧直入人丛，掀其马甲以断其足，一骑倒即压数骑，杀死甚众。虏人至是方有怯中国之意，遂以和议耳。"或曰，是战也，锜戒甲士人带一竹筒，其中实以煮豆，入阵则割弃竹筒，狼藉其豆，虏马闻豆争低头食；又为竹筒所滚，脚不得下，以故士马俱毙云。

【注释】

①刘锜（1098—1162）：宋朝德顺军（治今甘肃静宁）人，字信叔。任陇右都护时，西夏人不敢来侵犯。1140年，宋金达成和议，刘锜任东京副留守，率所部赴任，途经顺昌时，正赶上金兀术撕毁盟约，前来攻击。刘锜沉着冷静，守城御敌有方，大败金兵精锐十余万人。1141年，与张浚会师援救淮西，又在柘皋（今安徽巢湖北）大败敌军。顺昌：即今安徽阜阳。

②伪齐：即宋朝叛将刘豫投降金后，在金扶植下建立的大齐

政权。

③羊马垣：古代为了防守和御敌而在城外修筑的类似城圈的工事。

④䚯(jiào)：乐器名。《尔雅·释乐》："大埙谓之䚯。"

⑤鹅车：金军制造的集洞屋与云梯于一体兼顾防守与攻击的攻城武器，这种形如鹅状的装备下部安有车轮，上面蒙上铁皮，能够有效地保护士卒攻城。

【译文】

金兵南侵，宋将刘锜与将佐赶往顺昌防守，当时防御设施没有一样可以凭靠的。刘锜就把伪齐刘豫所造战车的车轮与车辕埋在城上，又拆百姓房屋的门板覆盖在城上，绕城一圈遮住城墙。共用了六天，才粗略地布置好。而敌人的游骑已到达城下了。刘锜下令打开各个城门，金兵怀疑反而不敢接近。当初，刘锜在城墙外围一圈修筑了羊马墙，再在墙上挖洞为门，到这时以一圈羊马墙对阵金兵，金兵放箭，都从羊马墙的外侧掉落到城墙上，有的只射到羊马墙上，都无法伤到城内。当时被包围已有四天，金兵来得更多了。刘锜招募五百名壮士，夜里去劫营。这晚上将要下雨，电闪雷鸣，宋兵凡是看见有编辫子的就砍杀。金兵只好后退十五里。刘锜又招募百人前去劫营，有人建议衔枚，刘锜笑着说："不用衔枚。"就命令每人砍一段竹作哨子，如同市井儿戏一样，每人一支吹声为号，直接闯入金营。电光一闪就奋起砍杀，电光停止就隐藏不动。敌兵大乱。这一百个壮士听到竹哨之声就聚集在一起，金兵更不知偷袭的宋兵有多少，整夜自相砍杀，尸横遍野。兀术在开封听说后，立即穿靴上马，七天就赶到了顺昌。刘锜招募到叫曹成的两个人，对他们说："派你们作密探，成功归来就有重赏。只要按照我的话去做,敌人一定不会杀你们。现在让你们在大路上走,遇到金兵就假装落马,让敌人捉住你们。如果敌人问起我是怎样一个人,你们就说:'太平时期任命的边帅子弟,喜爱声色犬马。朝廷因为两国订了和约,所以让他来守东京,图个安逸享乐罢了!'"不久,曹成二人果然被金兵捉住。兀术听了他们的话十分高兴,就放弃鹅车炮具不用。第二天,刘锜登城望见曹成二人回来,就用绳子把他们拉上城。敌人用刑具戴在他们身上,把一卷书信系在刑具上让他们回来送信。刘锜害怕书信会扰乱军心,当即就烧掉了。兀术来到城下,刘锜派耿训与他约战。兀术大怒说:"刘锜怎么敢同我交战?以我的力量要攻破你的城池,只要用我的靴尖一踢就倒了!"耿训说:"我家太尉不但要和你交战,而且还说你一定不敢渡河,我们愿意献上五座浮桥,等你大军过河决战!"天刚亮,刘锜果然在河上搭起五座浮桥,金兵由此渡过河。刘锜派人在颍水上游放毒,草中也放了毒,告诫宋兵即使渴死也不得饮用河水。当时天气炎热,金兵远道而来,白天夜里都没有解开甲胄。刘锜的军队能轮流休息,在羊马墙下吃饭,而敌军却人马饥渴难耐,饮水吃草的人和马都中毒患病。正当早晨清凉的时候,刘锜却按兵不动,等到未申时敌人的士气已消耗殆尽。刘锜忽然派遣数百人出西门与敌交战,一会儿又以数千人从南门出城交战,都不允许呐喊,只用锐斧砍杀,金兵大败,兀术只好拔营退去。

朱仲晦说:"顺昌之役正逢炎夏,刘锜把五千名兵卒分成五队,先预备防暑药,让士兵饮酒吃肉。并用一副头盔和铠甲放在太阳下晒,不时令人用手摸摸看热的程度。直到热得如火烤,手都不能放在上面时,就命令一队人马来,令吃饱酒饭,稍作休息后,每人服用暑药,然后拿着兵器出西门。战了一会儿,又令一队

人马来，和前队一样，令出南门与敌交战。按这样方法，数队轮流从各门进出，迭出迭入，金兵于是大败。因为金兵人多，队列间没有缝隙，只有持戈的空间，根本不能转动。而宋兵手执利斧直入敌人队列中，掀去战马身上的铠甲，专砍马腿，一马倒地就压倒数匹马，所以杀死很多。敌人从此才有惧怕宋朝之意，于是同意议和。”有人说，这一战，刘锜命战士每人带一个竹筒，里面满满装着煮熟的豆子，进入敌阵后就割开并丢弃竹筒，使豆子撒得到处都是，敌人的战马闻到豆香就低头争食；又因为竹筒滚动，马脚站立不稳，因为这个缘故金军的士兵战马都死了。

卷二十兵戎类九

定　乱

段秀实大义责郭晞

【题解】

郭子仪在平定安史之乱中立了大功，威望很高。他的儿子郭晞也是个将领，协助邠州节度使白孝德驻防邠州。他倚仗父亲的权势，滋长了骄傲情绪，部下的士兵也纪律松弛，胡作非为，欺压百姓，干了许多坏事。邠州节度使白孝德是郭子仪的老部下，又碍于其父的权位，不敢过问这件事。而段秀实却对此很不满意，主动请缨，妥善地解决了问题。这是一篇叙事严谨、描写生动的传记文章，作者选取段秀实勇服郭晞的逸事，表现了人物外柔内刚、勇毅见于平易的个性特征，刻画了一位正直官吏的形象。全文用冷静从容的写实手法，在客观的叙述中隐含着歌颂之情。唐代柳宗元"段太尉逸事"中有其相关记载。

唐郭晞在邠州纵士卒为暴[①]，节度使白孝德患之[②]。段秀实自请补都虞候[③]。既署一月，晞军士十七人入市取酒，刺酒翁，坏酿器。秀实列卒取之，断头注槊上，植市门

外。晞一营大噪，尽甲。秀实徐解佩刀，选老躄者一人，持马至晞门下。甲者出，秀实笑曰："杀一老卒何甲也？吾戴吾头来矣！"甲者愕。因谕曰："尚书负若属耶[④]？副元帅负若属耶[⑤]？奈何欲以乱败郭氏为？白尚书出听我言。"晞出，秀实让之曰："副元帅勋塞天地，当务为终始，今尚书恣卒为暴，暴且乱，乱天子边，欲谁归罪？罪且及副元帅，郭氏功名其存者几何？"晞再拜，叱左右解甲，敢哗者死。秀实曰："吾未哺食，为我设具。"已食，又曰："吾疾作，愿留宿门下。"遂卧军中。晞大骇，戒候卒击柝卫之。明日，与俱至孝德所陈谢，邠赖以安。

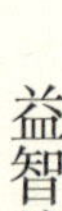

【注释】

①郭晞（？—794）：唐朝华州郑县（今陕西华县）人，郭子仪第三子。擅长骑马射箭，跟随父亲征战多年，建有很多功勋。764年，仆固怀恩叛唐后，勾结吐蕃、回纥入侵，郭晞率领朔方军队援救邠州（今陕西彬县），与马璘一起大破叛军。783年，朱泚在长安篡权作乱，他在家守丧，闭口不谈世事，却偷偷奔往奉天（今陕西乾县），投归唐德宗，被封为赵国公。邠（bīn）州：唐朝开元十三年（725）改为豳州，治地在新平县（今彬县）。辖境相当于现在的陕西彬县、长武、旬邑、永寿四个县。

②白孝德（715—780）：唐朝安西（治今新疆库车）胡人。剽悍有胆识、有勇力，曾任李光弼的偏将。叛军史思明进攻河阳时，他率轻骑斩杀了史思明的大将刘龙仙，因功升为安西北庭行营节度使。永泰初年，吐蕃、回纥联合围攻泾阳，他奉郭子仪之命与吐蕃大战于赤沙峰，斩杀了大量敌军，晋封为昌化郡王。

③段秀实（719—783）：唐代名将，陇州汧阳（今陕西千阳西

北)人,字成公。曾在军中跟随高仙芝、封常清等名将;肃宗时,随从李嗣业、白孝德征战。777年任北庭、四镇行营兼泾原、郑颍节度使,吐蕃不敢进犯。因反对修筑原州城,被杨炎削夺了兵权。783年,泾原发生兵变,太尉朱泚想篡权做大秦皇帝,他听到这个消息后,在朝廷上勃然大怒,用笏板痛打朱泚,当场被杀。都虞候:官名。唐代中后期各节度使设置,负责整肃军纪,职权很重,甚至能够继任为节度使。元帅、都统率军出征时,一般都在军中设置一名中军都虞候。

④尚书:官名。隋、唐时期为尚书省吏、户、礼、兵、刑、工六部长官,分掌行政事务,正三品。中唐以后,多由宰相兼任或由地方官员挂名,并不管理六部事务,逐渐成为虚衔,六部的事务实际由各部的侍郎主持。在这里指代郭晞。

⑤副元帅:指代郭子仪。

【译文】

唐朝郭晞在邠州放任士兵横行不法,节度使白孝德为这件事很头痛。段秀实自愿请求担任都虞候。到任刚一个月,郭晞军营里有十七个士兵在一家酒店里酗酒闹事,刺伤了酒店主人,还把酒桶全部打翻。段秀实派出一队士兵,把十七名酗酒闹事的人统统逮住,就地正法,并把砍下来的头挑在槊上,竖在集市门外。这消息传到郭晞的军营后,全营士兵鼓噪起来,全都穿戴好盔甲。段秀实慢慢解下佩刀,选了一个跛脚的老兵作随从,拉着马一起到了郭晞的军营。郭晞的卫士们全身盔甲杀气腾腾地冲出营来,段秀实笑着说:"杀我这个老兵还用得上披挂铠甲?我把我的脑袋带来了!"卫士们全都惊愕呆住了。段秀实于是告谕他们说:"郭尚书对不起你们吗?副元帅对不起你们吗?为什么要用暴乱来败坏郭家的名声呢?告

诉郭尚书出来听我说话。"郭晞走出军营,段秀实责备他说:"副元帅功盖天地,应该做到有始有终,现在尚书你放纵士卒为非作歹,为非作歹就会导致动乱,扰乱国家的边境,这是谁的罪过? 罪责将落在副元帅身上,郭家的功名还能保存多少呢?"郭晞听了忙再拜表示歉意,并叱责全军将士卸下盔甲,有胆敢喧闹的就处死。段秀实说:"我来时还没有吃饭,给我把饭准备好。"吃过饭后,又说:"我旧病发作了,要在这里留宿一夜。"于是就睡在军营里。郭晞非常惊恐害怕,下令哨兵击柝巡逻保卫他。第二天,郭晞与段秀实一起到白孝德处谢罪,邠州靠段秀实而获得安宁。

王德用执法公正

【题解】

事见司马光的《涑水纪闻》和李焘的《续资治通鉴长编》。此事一是官员失职,主管官员在事发后,又畏罪潜逃,罪不可恕;而专管此事的副职官员也失职,因为并没有向士卒作出说明,理应受罚;二是军士变乱,违反军规,也应受罚。王德用首先分清罪责,由仓库官员到士卒再到军营中的军官,剖析清楚,执法严明,所以能平定变乱,稳定人心,又使受罚者心服口服。

宋王德用知定州①,仓中给军粮,军士以所给米黑,喧哗纷扰。监官惧,逃匿。有四卒以黑米见,德用曰:"汝从我,当自入仓视之。"乃往召专副问曰:"昨日我不令汝给二分黑米、八分白米乎?"曰:"然。""然则汝何不先给白米后给黑米? 此辈见米腐黑,以为所给尽如此,故喧耳。"专副曰:"然,某之罪也。"德用叱从者杖专副人二十。又呼四卒，谓曰："黑米亦公家物，不给汝当弃之耶？汝何敢乃尔？"四卒相顾曰："向不知有八分白米故耳，某等死罪。"德用又叱从者亦人杖二十。召指挥詈之曰[2]："衙门何不戢士[3]，使如此！欲求决配乎？"指挥使百拜流汗，乃舍之，仓中肃然。

【注释】

①王德用（980—1058）：北宋郑州管城（今河南郑州）人，字元辅。年17岁时，就跟随父亲王超攻打西夏李继迁。后来主要对契丹作战，任保静军节度使，升任真定府、定州路都总管，能够勤于训练士卒，加强战备。定州：北宋庆历八年（1048）设置定州路，是河北四安抚司路之一，治定州（今河北定州）。辖境相当于今河北阜平北大茂山、满城、徐水等县以南，安新县安州镇、高阳、饶阳、武强等县以西，曲阳、新乐、无极、晋州、辛集等市、县以东和滏阳河以北地区。

②指挥：军事编制单位。五代后唐时期开始设置，隶属军，每军下设十指挥。宋朝时，编制为军、厢、指挥、都，每都一百人，五都为一指挥。统兵官为指挥使和副指挥使。北宋禁军屯驻、更戍和出战，往往都以指挥为军事单位。

③戢（jí）：本义为收敛、收藏，在这里应为管束、约束。

【译文】

宋朝王德用主管定州期间，粮仓中发给军粮给养，士兵因为发给的米粮已经发霉变黑，就喧哗纷扰起来。监守官员害怕，藏匿起来。有四名士卒带着黑米来求见，王德用说："你们跟随着我，一起亲自到粮仓里去看。"于是前往粮仓召见专副官们问道："昨天我不是让你们发给二分黑米、八分白米吗？"专副官们回答

说："是的。""那么你们为什么不先给白米后给黑米呢？这些人看见米发霉变黑，以为给的全都是像这样的米，所以喧闹抱怨。"专副官们说："是的，这是我们的罪过。"王德用就厉声命令随从杖责专副官每人二十下。又叫过那四个士卒说："黑米也是公家之物，不给白米你们就可以把它扔掉吗？你们怎么敢这样？"四名士卒相互看看说："当初不知道还有八分白米的缘故，我们现在知罪了。"王德用又喝令随从人员将这四个士卒也每人杖责二十下。又召来这些士卒的统军指挥骂道："你为什么不控制住士兵，使他们竟敢这样！你难道想被充军发配吗？"吓得指挥使连连叩拜、浑身冒汗，于是赦免了他，粮仓从此纪律整肃了。

于谦镇定平朝乱

【题解】

于谦的曾祖于九思在元朝时到杭州做官，把家迁至钱塘，所以史载于谦为浙江钱塘人。于谦与岳飞、张苍水并称"西湖三杰"。明英宗时，太监王振独揽大权，想拉拢于谦，可于谦却不领情。每逢朝会期间，百官大臣争相献金求媚，而于谦不向王振进献任何东西。有人劝他说："您不肯送金银财宝，难道不能带点土产去？"于谦甩了甩他的两只袖子，说："只有清风"，还特意写诗《入京》以表明自己的心志："手帕蘑菇与线香，本资民用反为殃。清风两袖朝天去，免得闾阎话短长！"这就是"两袖清风"的由来。明英宗在土木堡被围困，而太子年幼，所以群臣请皇太后立郕王为皇帝，郕王害怕，想要推辞。于谦大声说："我们完全是为国家考虑，不是为个人打算。"郕王只好答应。然而郕王监国上朝时，王振等太监想要图谋作乱，朝上秩序大乱，当时朝廷上下全都寄希望于于谦，于谦也毅然把国家的安危视为自己的责任，终于平定了朝中的变乱。明英宗回朝后，于谦却被诬陷而死。《明史》载于谦“死之日，阴霾四合，天下冤之”，抄家时家无余财。于谦的风骨，正如其《石灰吟》所言：“千锤万击出深山，烈火焚烧若等闲。粉身碎骨全不顾，要留清白在人间。”

国朝郕王监国摄朝[①]，台谏廷劾王振[②]。监国仓卒未有处分。锦衣指挥马顺素附振，叱众，众怒，捽顺击死，复索毛、王二长，随将击之，廷中大哗，无复朝仪。文武诸大臣皆惊避，于忠肃公谦时为兵部侍郎，坚立不动。监国疑惧，屡起欲退。公直前扶掖止之，请降旨令群臣立班勿擅动，命将军瓜击二长，随期亟死。监国从之。时在廷上下相顾未已。公恐事出不测，复进曰：“请再宣谕群臣，王振罪当赤族，俟启太后行诛未晚。马顺罪应死，勿论。”众稍定。朝退，过午刻矣。公袍袖皆裂，徐步出左掖门。王文端公谢曰[③]：“今日事起仓卒，赖公镇定。虽百王直何能为！”

【注释】

①郕王（1428—1457）：明朝第七代皇帝朱祁钰，明宣宗朱瞻基的次子，明英宗朱祁镇的弟弟，明宪宗朱见深的叔父。明英宗即位后，被封为郕王。英宗亲征瓦剌首领也先，在土木堡受困被俘后，皇太后命郕王监国。不久瓦剌以英宗要挟明朝，于谦等人为了断绝也先的企图，于是立郕王为帝，尊英宗为太上皇，以英宗之子朱见深为太子。后来，英宗回国复位。郕王死后，以亲王的

礼仪下葬。

②王振(？—1449)：明山西蔚州(今河北蔚县)人。永乐年间入宫为太监。明宣宗时入内书堂，后来成为皇太子的教师。明英宗即位后，掌管司礼监，逐渐操纵朝中大权，成为明朝宦官专权的开端。大兴土木，广收贿赂，并私运兵器与瓦剌进行贸易。1449年，瓦剌首领也先率大军南犯，他极力鼓动英宗率军亲征，结果在土木堡(今河北怀来东)被困兵败，为乱军所杀。

③王文端公：即王直(1379—1462)，永乐初年进士，历经明宣宗、明仁宗两朝，累升至少詹事兼侍读学士。1438修成《宣宗实录》，升任礼部侍郎，后升任吏部尚书。明英宗率军亲征蒙古瓦剌部首领也先时，命他留守北京。英宗在土木堡全军覆没，因为事发非常突然，朝中大臣们向英宗提出的各种奏议，都以他为首。景泰帝时，也是他力主派遣使臣迎接英宗回归北京。

【译文】

明朝郕王朱祁钰监国处理朝政时，御史上书朝廷揭发王振的罪状。事起仓促，郕王没能及时处理。锦衣卫指挥马顺一向依附王振，这时他竟呵斥众臣，众臣大怒，群殴马顺致死，又找到了毛、王二人，随即将要击杀他们，朝堂上一片混乱，此时朝廷礼仪规矩都不复存在了。文武大臣们都惊恐逃避，唯独当时任兵部侍郎的忠肃公于谦，稳稳站立岿然不动。郕王也惊疑害怕，几次想起身离开。于谦上前扶住他不让他走，请他降旨命令群臣立在班中不得擅动，命将军用金瓜武器击毛、王二人，迅速杀死了毛、王二人。郕王听从了他。当时朝堂上各位大臣都互相观望，不知举措。于谦恐怕再出意外，又对郕王说："请求再明谕群臣，王振罪该灭族，等禀奏太后再诛杀也不迟。马顺也该处死，不用再讨论了。"群臣们稍微安定下来。等退朝时,已经过了中午了。于谦袍袖在扯拉中都裂开了,却仍不紧不慢地走出左掖门。时任吏部尚书的王直惭愧地对于谦说:“今天事情发生得很突然,全依靠您的镇定处事,才平息了这场动乱,就算有我一百个王直又有什么用呢!”

詹荣平定大同兵乱

【题解】

詹荣曾任户部员外郎,奉命总理山西大同储粮时,遇到当地驻兵发动叛乱,总兵李谨被杀害,总督刘源清率兵围攻叛兵一百余天,始终无法取胜。詹荣主动请缨,不惧个人生死,设计策反叛兵,智擒主犯,平息了一场叛乱。通过战略形式分析,詹荣指出:叛乱主要是几个罪魁祸首之人引发的,绝大多数士兵不知详情,只是受到威胁不得不从。如果从内部瓦解叛军,问题就会迎刃而解了。“夫渠魁不数十人,而城中生齿且数万”,一旦强攻,双方都会伤亡惨重。而詹荣以其计谋和胆略,使战争消于无形,保全了城中无辜军民。因此,詹荣以功勋奇著,受到朝廷特别嘉奖,升迁为光禄寺少卿。

嘉靖中,大同兵作乱。户部郎詹荣以理储至镇[①]。有父丧,值变作,不克去。闻官军战数不利,潜使镇抚王宁诣军门呈储牒[②]。宁既呈牒,踞不去[③],督府屏人与语,宁曰:“今屯兵已久,外寇且复来。上德音屡布,罪至渠魁,而为凶徒所遏,城中弗闻,即闻弗信也。得片札为征,约内应图之,不数日可办。夫渠魁不数十人,而城中生齿且数万,军门忍尽残之乎?”督府曰:“善。”给之印札。荣以

示游击戴廉[4]。时叛卒推指挥杨麟、马昇主军事，廉召昇，激以大义，昇从之。荣复欲计事军前，使昇扬言曰："自兵断炭路，城中冻甚！詹郎中有信义，盍挽之出乞军门[5]？"叛卒不之疑。荣计事毕，出遇兵部郎楚书，谓书曰："城中不知德音，欲就公以天使赍诏入，一省慰之，则事济矣。"书曰："诺。"荣入城，给曰："炭路许通。闻有天使赍赦至，阖城或可生也。"乃密与昇等共盟于廨。昇扬言天使至，众迎书入。宣慰毕，是夜昇等擒诸首恶斩之，遂定。

【注释】

①詹荣(1500—1551)：字仁甫，号角山，福建尤溪(今福建新阳镇)人。博通经史，擅长书法，尤其精通篆书。明嘉靖二十五年升任兵部左侍郎。鞑靼首领俺答常常举兵侵犯边境，为保边境长治久安，詹荣向朝廷建议，提出以大同一年的车马费充作军需，以及开山口、筑堡台等八项建议，被朝廷全部采纳。他还亲自督修了大同东段的边防长城。后来因积劳成疾，病逝于北京。

②王宁：明朝凤阳寿州(今安徽寿县)人。洪武十五年(1382)召为怀庆公主驸马，掌管后军都督府事。建文帝时私下结交燕王朱棣，向朱棣泄露朝中机密，被抄家后，被锦衣卫关押入狱。明成祖(即朱棣)即帝位后，封他为永春侯。后来因劝谏明成祖信佛而失宠。军门：明朝初年，文职官员升至总督时，才能称为军门。以后巡抚、提督都俗称为军门。本文在此指总督刘源清的官署，后文中的军门指刘源清本人。

③跽(jì)：长跪，两膝着地，上身挺直。

④游击：官名，即游击将军。明朝时在镇戍军队中设置此职，位在参将之下，掌管和率领游兵往来防御。

⑤浼(měi)：恳托，央求，请求。

【译文】

明朝嘉靖年间，大同守军发生叛乱。户部郎中詹荣以监督物资粮饷到大同城。正值父亲丧故，因为兵变不能离城回家。詹荣听说官军作战多次失败，他就偷偷派遣镇抚王宁到总督刘源清处呈报仓储公文。王宁呈上公文后，仍然跪在那里不肯离去，刘源清就屏退众人和他交谈起来，王宁说："现在我军屯兵城下已有很长时间，叛贼的外援将会再来。听说皇帝陛下已下诏令，只惩办为首作乱的人，但被暴徒拦阻，城里人还不知道，即使知道了也无法相信。请总督大人给我一封公文作为证明，我带公文进去和他们约定内应，不用几天就可平息叛乱。为首的不过几十个人，而城中军民将近几万，军门您忍心全都杀掉吗?"刘源清说："好。"就给王宁一封印信公文。詹荣把公文给游击将军戴廉看了。当时叛军推举指挥使杨麟、马昇主持军务。戴廉找到马昇，晓以大义，马昇听从了他。詹荣又想出城与官军商量计划，就让马昇在城中扬言说："自从断了薪柴炭路，城中冻得厉害！詹郎中是个讲信义的人，为什么不请他出城向刘源清乞求向城中供应柴炭?"叛兵们没有产生怀疑。詹荣出城到军营中谋划好计策之后，出营遇到兵部郎楚书，就对楚书说："城中人不知皇帝已下开恩的诏书，想请您以天使的身份进城宣诏，稳定人心，事情就成功了。"楚书说："好的。"詹荣回到城中，骗叛军说："炭路可以通了。听说朝廷派使者带赦免的诏书来了，全城军民或许有活路了！"詹荣与马昇等人悄悄在官署一起订下平乱反正的盟约。马昇于是扬言天使已到，众人都来迎接楚书。楚书抚慰稳定人心之后，当夜马昇就擒获叛军中的首恶之人将其斩首，于是叛乱被平定了。

卷二十一兵戎类十

制叛逆

张浚谈笑制叛将

【题解】

北宋大将曹玮在渭州时，侍卫向他报告说有人叛逃到西夏去了，当时曹玮正与客人下围棋，听到报告后，毫不在意地说："是我派去的。"他的这句话被泄露出去，西夏人得知后，以为那个投降者真是曹玮派来的奸细，就把他杀了，还把人头扔到双方边境上。曹玮能在瞬息之间，就用计除掉了那个叛逃者，可见其智慧过人。本文中，张浚也是用离间计使叛将郦琼在金国备受困苦。在这两个典故中，当探马来报，部下都大惊失色时，两人却都是不动声色，不屑一顾，这是一般人难以做到的事！五代后唐大将刘鄩借敌之手杀掉叛将王彦温，也是用的这个方法。他们之所以能这样从容和思虑敏捷，都是因为熟知先例。早在先秦时期，西周大臣宫他叛逃去了东周，大臣冯且对西周的君王说："我有办法杀掉宫他。"西周君王给冯且三十斤黄金。冯且当即叫人拿着黄金和一封反间信，送给在东周的宫他。信上写着："如果事情可以办成，你就尽量努力办成；如果办不成就赶快逃回来，时间长了，事情可能会败露，你就会自身难保。”同时，又假装泄密，致使送信人被捕，东周的君王看到信后，立刻就将官他杀掉了。

刘光世在淮西[①]，军无纪律。张魏公奏罢之[②]，命参谋吕祉往庐州节制。祉，儒者，不知变，绳束颇严，诸军忿怒。统制郦琼率众缚祉归刘豫[③]。魏公方宴，僚佐报至，满座失色。公色不变，徐曰：“此有说，第恐虏觉耳。”因乐饮至夜分。乃为蜡书，遣死士持遗琼[④]，言“事可成，成之；不可，速全军以归”。虏得书疑琼，分隶其众，困苦之。边赖以安。

【注释】

①刘光世：南宋高宗时抗金名将，为“中兴四将”之一。宋徽宗时奉命镇压河南叛军张迪，因功授承宣使。靖康初年率部驻守边关，大败西夏于杏子堡。金兵大举南侵，与韩世忠等共守江南，屡立战功，升任殿前都指挥使，封荣国公。绍兴年间，为三京招抚处置使，率部抗金，后来因朝廷主张议和而被召回。刘光世虽位列“中兴四将”，并创立了淮西军，却没有什么谋略，而且胆小怕死，常常不战自退。伪齐刘豫南侵时，因为宋高宗以死相威胁才使他勉强留在前线，但全靠部下王德等人奋战，他只是浪得虚名。绍兴六年十月，伪齐发兵分道侵犯，刘光世慌忙南逃。执政张浚闻讯后，乘马奔到采石，下令有一人渡江者斩，刘光世才被迫停止南逃。

②张魏公：即张浚（1097—1164），南宋宰相，字德远，汉州绵竹（今属四川）人。宋徽宗政和八年（1118）进士，高宗建炎、绍兴年间，历任侍御史、川陕宣抚处置使、尚书右仆射同中书门下平章

事兼知枢密院事，都督各路军马。因为郦琼率兵叛逃，于是引咎辞官。秦桧执政期间，被排斥在外近二十年。1163年，任枢密使，督师北伐，因为将领不和，在符离之战中惨败，后来被主和派所排挤。

③统制：官名。南宋屯驻大军的各军、各部统兵的军官，分为统制、同统制、副统制、统领、同统领、副统领等。各军往往设统制一员、统领二员。

④死士：指敢于奔赴死亡之地的人。

【译文】

刘光世驻守在淮西时，军队没有纪律。张浚奏请罢免刘光世，任命参谋吕祉前往庐州指挥管辖各军。吕祉是个儒生，不知权变，对待诸军严格苛刻，各军将士非常愤怒。统制官郦琼率领部下把吕祉捆绑起来投奔了刘豫。张浚正在宴席上，僚属部下来报告，满座都大惊失色。张浚却不动声色，慢慢地说："这是有说法的，只是担心被敌人察觉罢了！"仍旧高兴地饮宴到半夜才结束。于是用蜡制成密信，派不怕死的人送给郦琼，信中说如果能成功，就做；如果不能成功，就带领全军快些回来。金人搜得这封信后便怀疑郦琼，就把他带去的叛军分割管辖，使他们受尽困苦。边境于是安定下来。

李泌单骑入陕州

【题解】

唐朝奇人李泌，是历经唐肃宗、唐代宗、唐德宗三个朝代的宰相，他一生好谈神仙，崇尚老子及鬼谷子学说。当国家出现危机时就出山辅政，局势安定时则隐居山林，成为当时的传奇人物。恰如兰山鱼所说：智者处事，法无定式，不拘形式，事急则败，事缓则成。“李泌单骑入陕州一事”，洪迈在《容斋四笔》中，认为李泌只凭单人匹马就想进入叛逆之城，危险至极，但从容镇定，其智勇双全世间罕有！对于李泌而言，放走区区一个达奚抱晖，为的是不用大兵围攻城池，减少死伤。孙子兵法云：兵者，凶器也。只要交战，动则死伤成千上万，生灵涂炭。这正是李泌大智大勇之处。

唐贞元初，陕虢兵马使达奚抱晖鸩杀节度使张劝，代总军务，邀求旌节，阴召达奚小俊为援。德宗谓李泌曰：“若蒲陕连衡，则猝不可制，不得不烦卿一往。”乃以泌为陕虢都防御、水陆运使。欲以神策军送之[①]，泌曰：“陕城三面悬绝，攻之未可以岁月下也。臣请以单骑入。”上曰：“单骑如何入？宁失陕州，不可失卿。当使他人往耳。”对曰：“他人必不能入。今事变之初，众心未定，故可出其不意，他人犹豫迁延，彼成谋则不得前矣。”上许之。泌见陕州将吏在长安者语之曰：“主上以陕虢饥，故不授泌节而领运使，欲令督江淮米以赈之耳。陕州行营在夏县，若抱晖可用，当使将之，有功则赐旌节矣。”抱晖觇者归告之，抱晖稍自安。泌具以白上曰[②]：“欲使其士卒思米，抱晖思节，必不害臣矣。”因疾驰而前，宿曲沃。将佐不俟抱晖之命来迎，泌曰：“吾事济矣！”去城十五里，抱晖亦出谒。泌称其摄事保完城壁之功，曰：“军中烦言不足介意，公等职事皆安堵如故。”既视事，但索簿书，治粮储。明日，召抱晖语之曰：“吾非爱

汝而不诛，恐自今危疑之地，朝廷所命将帅皆不得入，故丐汝余生。汝为我赍版币祭节使，慎无入关，自择安处，潜来取家，保无他也。”后上遣中使诣陕，必欲诛之，抱晖遂亡命。小俊兵至境，闻泌已入陕而还。

【注释】

①神策军：禁军名。唐代后期主要禁军。754年，陇右节度使哥舒翰在临洮郡（治今甘肃临潭）设神策军。宦官鱼朝恩迎驾唐代宗、收复长安后，将神策军收归中央，成为禁军。784年，分神策军为左右厢，由宦官任兵马使。903年，朱温诛杀宦官后，废除了神策军。

②具：同“俱”，都，完全。

【译文】

唐朝贞元初年，陕虢兵马使达奚抱晖用毒酒毒杀节度使张劝，代理军务，要求朝廷赐给旌节，暗中让达奚小俊做好外援。唐德宗对李泌说：“如果蒲州、陕州联合起来，恐怕短时间里难以控制，看来不能不麻烦您一下了。”于是命李泌为陕虢都防御、水陆运使。德宗想用神策军送他，李泌对德宗说：“陕城三面都是悬崖峭壁，如果攻城不知要多久才能攻下！请让我单枪匹马入陕。”德宗说：“单枪匹马怎么能去？朕宁愿失掉陕州，也不愿意失掉爱卿你的性命。朕派别人前去吧。”李泌说：“其他人肯定进不了陕州。现在是事变之初，军民之心还未定，所以可以出其不意制服他们，让别人入陕必然会犹豫不决，拖延时日，等到叛军已谋划妥当可就无法前去了。”德宗同意了。李泌召见长安的陕州将官说：“陛下因为陕虢闹饥荒，所以不让我任节度使而让我任运使，是要我督运江淮米粮赈济陕虢。陕州的行营在夏县，如果达奚抱晖可堪任用，就让他负责，他若有功就请朝廷赐给旌节。”达奚抱晖在京中的心腹就回去把李泌的话告诉他，达奚抱晖听了也就稍微安心了。李泌把情况完全禀告德宗说：“这是让他的士兵等待粮草，使达奚抱晖想让朝廷赐给旌节，这样他必定不会加害于我了。”于是，李泌疾速行进，到了曲沃住下来。将佐们不等达奚抱晖下令就自动前来迎接，李泌心中暗喜说：“我的事情可以成功了！”离陕州城还有十五里时，达奚抱晖也出来拜见。李泌称赞他保全城池有功，说：“军中有人说三道四，你不要介意，你们的职事都不变动，还和往常一样。”到了处理公务时，李泌果然别的事不管，而只管钱粮之事。第二天，李泌召见达奚抱晖说：“我不是爱惜你才不杀你，而是担心从今以后朝廷将帅都不能进入这危险之地，所以才给你一条生路。你现在替我带礼品去祭奠被你杀害的节度使张劝，千万不要入关，自己选一个平安之地住下，偷偷地来带走全家人，保你不会出其他变故。”后来皇帝派宦官到陕州，一定要杀达奚抱晖，达奚抱晖已经逃走了。达奚小俊的军队来到陕州来援助叛乱，听说李泌已经进入陕州，就率兵回去了。

徐氏巧计杀妫览

【题解】

盛宪当吴郡郡守时，曾举荐其党羽妫览、戴员为“孝廉”。后来，盛宪被讨虏将军孙权诛杀，妫览、戴员逃亡到山中躲藏起来。孙权的弟弟孙翊担任丹阳郡郡长后，礼聘他们出来任职，妫览担任都督、戴员担任郡丞，但二人不是谋划如何任官尽职，而是一心只想替故主盛宪报仇。东汉建安九年，妫览、戴员刺杀了郡长孙

翊。叛乱发生后，驻军京城（现镇江）东吴将军孙河，立即赶到宛陵，却被妫览、戴员斩杀。在"诸将皆知览、员所为，而力不能讨"的情况下，孙翊的妻子彰显巾帼本色，运用女性的优势和自己的智慧，终于为丈夫报了仇。因此"举军震骇，以为神异"。

吴孙翊为丹阳守①。都督妫览、郡丞戴员与左右边洪等，数为翊所困，常欲叛逆。会翊送客，洪从后斫杀翊，进走入山。翊妻徐氏购募追捕，得洪，杀之。诸将皆知览、员所为，而力不能讨。览遂入居府中，悉取翊嫔妾及左右侍御。欲复取徐，徐恐见害，乃绐之曰："乞须晦日，设祭除服乃可。"览听之。徐潜使人语翊旧将孙高、傅婴等，说："览已虏略婢妾，今又欲见逼。所以外许之者，欲安其意，以免祸尔。欲立微计，愿二君哀救。"高、婴涕泣，共盟誓合谋，到晦日设祭，徐哭泣尽哀毕，乃除服，薰香沐浴，更于他室安施帏帐，言笑欢悦，示无戚容。览密觇视，无复疑意。徐先呼高、婴与诸婢罗住户内。览入，徐出户拜览，适得一拜，即大呼："二君可起！"高、婴俱出，共得杀览。余人就外杀员，徐乃还缞绖，奉览、员首以祭翊墓。举军震骇，以为神异。

【注释】

①孙翊（yì）：又名孙俨，是孙坚的第三个儿子，孙权的弟弟。勇猛果断，很有长兄孙策的风格，曾被大臣推荐为孙策的后继者。孙权继位后，孙翊任丹阳太守，不久被身边的人杀害。

【译文】

三国吴孙翊任丹阳太守。都督妫览、郡丞戴员与侍从边洪等人，多次被孙翊责罚，于是常想叛逆。有一天正逢孙翊送客，边洪就从身后砍杀了孙翊，然后逃入山中。孙翊的妻子徐氏用重金募人追捕，终于捉到边洪，把他杀掉了。诸位将领都知道这是妫览、戴员主使的，但都没有能力讨伐妫览等人。孙翊死后，妫览就住进府衙，把孙翊的嫔妾和侍女都霸占了。还想霸占孙翊的妻子徐氏，徐氏担心受到祸害，就哄骗他说："必须等到晦日，祭过先夫除下孝服才可以。"妫览答应了她。徐氏偷偷派人告诉孙翊的旧将孙高、傅婴，说："妫览已霸占了孙翊所有婢妾，现在又想逼迫我。我表面答应他的原因，是想先稳住他，以免被害。我想用计除掉此贼，希望你们两位能同情并帮助我。"孙高、傅婴痛哭流涕，一起发誓并共同谋划。到了晦日，设祭祭奠，徐氏哭泣尽哀后，就脱去孝服，薰香沐浴，在另一房中摆设了帏帐，徐氏说笑欢愉，没有一点悲戚的样子。妫览暗中派人察看后，也就不再怀疑。徐氏已先让高、婴二将和其他侍女埋伏在室内。妫览进房，徐氏出门拜见，刚刚拜了一拜，就大叫道："你们两人可以动手了！"孙高、傅婴一起冲出，共同杀死了妫览。其余的人又在外边杀了戴员。徐氏又重新穿戴孝服，用妫览和戴员的首级到孙翊墓上祭奠。徐氏以一弱女子竟然能够替夫报仇，斩杀叛将，使得全军都震惊不已，认为这是天下奇闻。

温峤巧施韬晦之计

【题解】

东晋的温峤，当时有人称赞他"森森如千丈松，施之大厦，有栋梁之用"。"温峤巧施韬晦之计"就充分展现了他的栋梁之材。

东晋政权是在琅琊王氏等大族的扶持下建立的，他们握有军政大权，直接威胁着皇权。为改变主弱臣强的局面，晋元帝有意限制大族势力，导致与琅琊王氏的关系日趋紧张。王敦先后两度举兵内乱，就是这种矛盾激烈冲突的结果。在第一次变乱中，温峤并没有看清王敦篡权的野心，所以当朝廷军队节节败退，太子欲亲自帅兵决战时，温峤极力谏止。但是当王敦攻入建康，想要以不孝之名废黜太子时，温峤才醒悟过来，并设法挫败了王敦的阴谋。元帝在忧愤中死去，明帝即位。温峤拜为侍中，王敦对温峤颇受明帝重用很忌恨，便想拉拢温峤，让温峤担任自己的左司马。温峤假意奉承，既保护了自己，又取得王敦的信任。此时，正值丹阳尹的位置空缺，王敦上书请温峤为丹阳尹，以便让其在朝廷为自己通风报信。温峤回到都城后向明帝奏明王敦的逆谋。王敦果然再次举兵作乱。这一次王敦的矛头直指向温峤，发誓要亲自拔掉温峤的舌头。但温峤已提醒朝廷作了充分的准备，并直接参与和指挥讨伐战斗，最终平定叛乱。

晋温峤转中书令[①]，甚为王敦所忌[②]，因请为左司马[③]。峤于是谬为设敬，综其府事，干说密谋以附其欲，深结钱凤，为之声誉，每曰："钱世仪精神满腹。"凤闻而悦之。会丹阳尹缺[④]，峤说敦曰："京尹，辇毂喉舌，公宜自选其才。"敦然之。问谁可作？峤曰："钱凤可用。"凤亦推峤。峤伪辞之，敦不从，表补丹阳尹。峤犹惧凤为之奸谋，因敦饯别，峤起行酒，至凤前，凤未及饮，峤因伪醉，以手版击凤帻坠，作色曰："钱凤何人？温太真行酒而敢不饮？"敦以为醉，两释之。临去言别，涕泗横流，出阁复入，如是再三，然后即路。及发后，凤入说敦曰："峤于朝廷甚密，而与庾亮深交[⑤]，未必可信。”敦曰：“太真昨醉，小加声色，岂得便相谗贰？”由是凤谋不行。峤还都，具奏敦逆谋，请为之备。

【注释】

①温峤（qiáo，288—329）：东晋政治家，字太真，太原祁县（今山西祁县）人。西晋末年，匈奴、羯人横行中原，温峤与刘琨死守并州，和北方各少数族武装对峙。晋元帝即位后，任王导的骠骑长史，又升为太子中庶子。晋明帝即位后，拜为侍中，又升为中书令。王敦请他作自己的左司马，想借此控制他。温峤设计逃出，平息了王敦的叛乱。晋成帝即位后，任江州刺史、都督平南将军，镇守武昌。平定苏峻之乱后，拜为骠骑将军开府仪同三司，封始安郡公。死后赠侍中大将军，谥曰忠武。

②王敦（266—324）：字处仲，东晋初的权臣。琅琊临沂（今山东临沂北）人，士族出身，娶晋武帝司马炎的女儿襄城公主为妻。与王导共同扶植司马氏的江东政权，镇压以杜弢为首的荆湘流民起义。因功升为镇东大将军、开府仪同三司，加都督江、扬、荆、湘、交、广六州诸军事、江州刺史，封汉安侯，掌握了长江中上游的所有军队，还统辖着地方州郡，应上缴的贡赋全都归自己所有。当时朝廷中的许多将相官吏都是他提拔的，权势显赫，严重威胁着东晋王朝的安危。

③左司马：官名。司马之类的官职，多是负责参掌军政。魏晋时期，司马都为军中官职，在将军之下，全权负责将军府各种事务，并可以参与军事谋划。

④丹阳：今湖北秭归东南。

⑤庾亮（289—340）：东晋时外戚，颍川鄢陵（今河南鄢陵北）人。曾任司马睿的西曹掾，很受器重。后来他的妹妹做了皇太子

妃，因此庾亮与太子关系很好。太子继位（即晋明帝）后，任中书监，遭到权臣王敦的忌恨，只好托病辞官。325年明帝死，庾亮任中书令，与王导共同辅佐六岁的太子晋成帝继位，庾亮的妹妹即庾太后临朝，政事完全由庾亮决断。苏峻之乱，建康陷落，他逃奔浔阳（今江西九江）投靠温峤。叛乱平定后，庾亮以皇帝娘舅兼任江、荆、豫三州刺史，并都督六州军事，权倾朝野。

【译文】

东晋温峤转任中书令，王敦对他非常忌恨，于是请温峤任他的左司马以图拉拢。到任后，温峤借机假装对王敦很尊敬，综理将军府事务，勤于政务又替王敦秘密谋划以满足他的欲望。还深深结交钱凤，宣扬钱凤的名声，常常说："钱世仪（指钱凤）满腹才华。"钱凤听到后很高兴。正逢丹阳太守一职空缺，温峤就劝王敦说："京城的长官，是皇帝的车轮和喉舌，您应该亲自选拔人选。"王敦认为说得对。问谁可以担任，温峤说："钱凤可以任用。"钱凤也推荐温峤。温峤假意推辞，王敦不同意他的推辞，上表朝廷补任温峤作丹阳尹。温峤还是担心钱凤会有阴谋诡计，借王敦为自己饯行的机会，温峤起身敬酒，来到钱凤面前，钱凤还没来得及喝，温峤借机假装酒醉，用手版打掉了钱凤的头巾，生气发怒地说："钱凤是什么东西？我温太真敬酒竟敢不喝？"王敦以为温峤喝醉了，就两边劝开了。温峤临行与王敦话别，泪流满面，出来进去有两三次，然后才上路。等温峤出发离开以后，钱凤进见王敦说："温峤与朝廷（指晋明帝）关系很亲密，而且和庾亮有深交，未必可信。"王敦说："温峤昨天喝醉了，对你稍微严厉了些，你怎么可以说他的坏话呢？"因此钱凤的阴谋没能得逞。温峤回到京都，把王敦谋叛的事详细奏报给皇帝，请求早做准备。

卷二十二兵戎类十一

待降附

程昱不杀降

【题解】

史载程昱“长八尺三寸,美须髯”,是个一米九多、胡须漂亮的美男子。《魏书》记载:程昱小时候经常梦到爬上泰山,两手捧着太阳。程昱自己觉得很奇怪,就向荀彧询问。荀彧又把他的梦告诉曹操。程昱本名叫程立,是曹操在“立”上加个“日”,更名为昱。不久,程昱迁升振威将军。当时袁绍移兵南渡,而程昱却只有七百士兵守着鄄城,曹操知道危急,命人告诉程昱,想派二千兵前往助守。程昱不肯接受,认为“袁绍拥兵十万之众,自以为所向无前。如果看到程昱领兵少,必不敢轻易来攻。但如果增加了守军,就会来攻”。袁绍听到程昱兵少,果然不再进兵。曹操说:“程昱的胆量,比孟贲、夏育还大。”198年,刘备失去徐州,前来归附曹操。程昱劝曹操杀刘备,曹操不听。后来曹操后悔不及。曹操征讨荆州时,刘备奔吴求助。有人认为孙权必杀刘备,程昱认为两家必会联合以共同防御曹操,事实果真如此。荀彧认为:“程昱有谋,能断大事。”此文也充分展现了程昱的深谋远虑。

曹操征马超[1]，文帝留守[2]，田银等反河间。遣将军贾信讨之。贼千余人请降。议者以为宜如旧法。参军程昱曰[3]："诛降者谓在扰攘之时，天下云起，故围而后降者不赦以示威天下，使不至于围也。今天下略定，且在邦域之中，杀之无所威惧，非前日诛降之意。纵诛之，宜先启闻。"议者曰："军事有专无请。"昱曰："凡专命者，谓有临时之急，呼吸之间者耳。今此贼制在信手，无朝夕之变故，老臣不愿将军行之也。"帝曰："善。"白操，果不诛。操还闻之，谓昱曰："君非徒明于军计，又善处人父子之间。"

【注释】

①马超（176—222）：三国时扶风茂陵（今陕西兴平东北）人，字孟起，马腾长子。208年，曹操上表马腾为卫尉，召马腾入朝参政，任马超为偏将军。211年，曹操派兵讨伐张鲁时，马超联合韩遂，与曹操在潼关交战，被曹操施离间计打败。214年归附刘备，任平西将军，后升为骠骑将军。

②文帝：指魏文帝曹丕（187—226），魏武帝曹操的长子。三国时期著名的政治家、文学家，魏的开国皇帝。公元220—226年在位，庙号高祖，谥为文皇帝。

③参军：官名，也作参军事。东汉末年，车骑将军的幕府设置此职作为僚属，掌管参谋军务。曹操作丞相时，总揽军政，僚属中设有参丞相军事，职权很重。程昱（141—220）：字仲德，曹魏时期重要谋臣，兖州东郡东阿（今山东阳谷）人，官至卫尉、安乡侯，谥曰肃侯，追赠车骑将军。

【译文】

曹操出征马超，曹丕在京留守，田银等人在河间反叛。曹丕派将军贾信前去征讨。有一千多名叛军请求投降。参议人员认为应该按照过去办法处置。参军程昱说："诛杀投降者是指在社会动荡混乱的状态下，那时天下云起，所以对围攻之后才投降的敌人不予赦免，用来威慑天下，以达到使敌人还不到被围攻时就投降。现在天下基本安定，河间又在我们的管辖之中，杀降起不到威慑的作用，不同于往日杀降的用意。再说，纵然杀降，也应该先禀告曹丞相。"参议的人说："军事措施可以专行处理，不必请示。"程昱说："凡是专行，应该是在紧急状态下，就像一呼一吸之间那样紧急。现在这些降兵都控制在贾信手里，不会有什么变故，因此老臣我不希望将军(曹丕)杀降。"曹丕说："好的。"报告给曹操，果然不杀降兵。曹操回来后听说是程昱力主不杀降，就对程昱说："您不但懂得军事计谋，还善于处人事于父子之间。"

罗隐巧谏钱镠

【题解】

罗隐的讽刺散文成就很高，堪称古代小品文的奇葩。最有代表性的是他的《谗书》，其中《说天鸡》、《汉武山呼》、《三闾大夫意》、《叙二狂生》、《梅先生碑》等篇，都是嬉笑怒骂，涉笔成趣，显示了他对现实的强烈批判精神和杰出的讽刺艺术才能。他的文章对鲁迅影响很大，鲁迅在《小品文的危机》中认为，唐朝末年诗歌衰落，而小品文章却大放光彩，罗隐、皮日休和陆龟蒙的小品文，在唐朝末年的乱世里，"正是一塌糊涂的泥塘里的光彩和锋芒"。"罗隐巧谏钱镠"的点睛之处在于"巧"字上，装嗔装痴，却引

出内心真实。在痴嗔无知似的劝谏中，不仅透露出“巧”意，还有“谏”语中的讽刺意味。

浙帅钱镠时[1]，宣州叛卒五千余人送款钱，纳之以为腹心。罗隐屡谏[2]，以谓敌国之人，不可轻信。不听。杭州新治城垒，楼橹甚壮。浙帅携寮客观之。隐指却敌佯不晓曰：“设此何用？”帅曰：“君岂不知欲备敌耶？”隐谬曰：“审如是，何不向里设之？”帅大笑曰：“本欲拒敌，设于内何用？”对曰：“以隐所见，正当设于内耳。”盖指宣卒将为敌也。后帅巡衣锦城武勇[3]，指挥徐绾等挟宣卒为乱。赖城中有备，绾等寻败。几于覆国。

【注释】

①钱镠(liú,852—932)：五代时期吴越国的建立者，杭州临安(今浙江临安北)人。唐朝末年任杭州刺史，896年兼并越州(治今浙江绍兴)，任镇海、镇东节度使。898年，割据两浙。907年后梁政权封他为吴越王。在位时，重视农桑生产，兴修水利，修筑捍海石塘，修整西湖、太湖、鉴湖等灌溉工程，又奖励通商，开拓海运，发展贸易。

②罗隐(833—910)：字昭谏，唐末五代时期新城(今浙江桐庐东北)人，诗人。年少时就精通诗文，很有名气。但因为相貌丑陋，十次应试都没有考中，史称“十上不第”。于是将自己的文章汇编成《谗书》，揭露当时政治黑暗，这使得朝廷更加憎恶他，所以罗衮赠诗说：“谗书虽胜一名休。”黄巢起义后，避乱隐居在九华山，五十五岁时回到故乡投靠吴越王钱镠，历任钱塘令、司勋郎中、给事中等职。他所编著的《谗书》和《两同书》，以老子修身之

说为内，以孔子治世之道为外，融合儒道之说，议古讽今，笔锋犀利，与罗邺、罗虬合称“三罗”。

③衣锦城：故址在现在的临安镇。唐朝末年吴越王钱镠赏赐故交老友时，“山林皆覆以锦”，以示衣锦还乡。天复元年(901)又升县为衣锦城。

【译文】

吴越王钱镠统治两浙时，有五千多宣州叛兵贿送钱财，钱镠就收留了他们，还把他们作为心腹。罗隐对此多次劝谏，认为敌国之人不可轻信。钱镠没有接受。后来杭州城重新修缮了城防，城楼、箭牒都很坚固壮观。钱镠带着幕僚们前去观看。罗隐指着退敌楼假装不懂地问道：“建这个楼是做什么用的?”钱镠说：“你难道不知这是用来防备敌人的吗?”罗隐故作荒谬地说：“果真如此的话，为什么不在城里面建呢?”钱镠大笑道：“本来是为御敌用的，建在城里有什么用?”罗隐回答说：“以我所见，正应当建在城里面啊。”大概是寓指宣州降卒将来恐怕会在城内叛乱。后来，钱镠外出巡视衣锦城的军队，指挥使徐绾等人挟制宣州降卒发动了叛乱。幸亏城中预先有准备，徐绾等人很快兵败。吴越几近于亡国。

安反侧

留侯封雍齿安人心

【题解】

留侯就是汉初名臣张良。早在楚汉战争期间，张良曾经画箸阻拦分封。当时谋士郦食其献计主张分封，张良在饭桌上用筷子比画着进行分析，他认为古今时移势异，绝不能照抄照搬前人的做法。尤其重要的是，封土赐爵是一种很有吸引力的奖励手段，赏赐有功之臣，激励将士，分封是维系将士之心的重要措施。但分封一定要掌握恰当的时机，否则得不偿失。张良的分析鞭辟入里，所以一千七百年之后，明人李贽仍情不自禁地赞叹为“快论”。张良借箸谏阻分封，为以后汉王朝的统一减少了不必要的麻烦和阻力。张良的确是一位洞察秋毫的谋略家和富有远见的政治家。汉王朝建立以后，刘邦大封包括张良在内的二十多位功臣，其余没受封的人则议论纷纷，争功不休。因此，张良进谏分封雍齿，以安定人心。张良此举，不仅纠正了刘邦任人唯亲、徇私行赏的弊端，而且轻而易举地缓和了矛盾，避免了一场可能发生的动乱。他这种“安一仇而坚众心”的权术，也常常为后世政客们如法炮制。北宋政治家王安石曾写诗赞道：“汉业存亡俯仰中，留侯于此每从容。固陵始义韩彭地，复道方图雍齿封。”

汉高帝封功臣二十余人，其余争功不决，皆未封。群臣自疑，恐不得封，咸不自安，有摇动之心。上在洛阳宫从复道望见诸将往往相与坐沙中语①。上曰：“此何语？”留侯曰②：“陛下不知乎？谋反耳。”上曰：“天下属安，何故而反？”留侯曰：“陛下起布衣，以此属取天下，今所封皆故人所亲爱，而所诛皆生平所仇怨，此属畏陛下不能尽封，又恐见疑平生过失及诛，故相聚谋反耳。”上曰：“为之奈何？”留侯曰：“上平生所憎，群臣所共知谁最甚者？”上曰：“雍齿与我故，数窘辱我③，我欲杀之，为其功多故不忍。”留侯曰：“今急先封雍齿，则群臣人人自坚矣。”于是乃封雍齿为什方侯，而急趣丞相、御史，定功行封。群臣喜曰：“雍齿尚为侯，吾属无患矣！”

【按语】按：凫须之见晋文④，留侯之封雍齿，二事不类，而释一旧憾以安众人疑惧之心，其意则同。魏郑公贷二李⑤，陆宣公请释赵贵先罪⑥，廉希宪释纽邻奥鲁官⑦，皆此意也。

【注释】

①复道：楼房之间在高处的通道。

②留侯（？—前190）：即张良，字子房，秦朝末年城父（今安徽亳州）人。汉初三杰之一，谋略家、政治家。先祖原为韩国颍川郡贵族，其祖三代任韩国丞相。秦灭韩后，曾在古博浪沙（在河南原阳东南）袭击秦始皇，没能成功，逃亡至下邳（今江苏睢宁北），从圯上老人学《太公兵法》。秦末战争中，率部投奔刘邦，协助平定

关中。刘邦西入武关后，在峣下用计破敌；鸿门宴上帮助刘邦脱离险境；灞上分封时“为汉王请汉中地”。楚汉战争期间，“长计谋平天下”，提出联合英布、彭越，重用韩信等策略，都为刘邦所采纳。汉朝建立后，封为留侯。

③雍齿（？—前193）：秦朝末年泗水沛（今属江苏）人，家族是地方豪姓大族。公元前209年，随刘邦起兵反秦，因为与刘邦一直有矛盾，于是投奔了魏王。公元前207年刘邦分封功臣时，将领们因争功劳大小而无法封赏。张良建议刘邦先封雍齿以安抚群臣，于是封他为什方侯。

④凫须之见晋文：里凫须是春秋时期晋国公子重耳的仓库官员。重耳从晋国逃亡时，里凫须偷窃财宝后逃走。重耳返国立为国君后，里凫须前来投靠。晋文公重耳问他还有何面目来见，凫须说：“您回到晋国后，还有一半人的人心不定，您是愿意放弃人心，还是想得到所有人的人心？”晋文公问：“这是什么意思？”凫须说：“得罪您的人中，罪过没有比我更大的，您如果赦免了我，并让我显赫起来，像我凫须这样罪重的人，您都能赦免，更何况那些比我罪轻的人呢？”文公于是赦免了他，在国中巡行时，让他坐在上首，晋国全境都人心稳定了。

⑤魏郑公贷二李：魏郑公即魏徵，曾任太子李建成的东宫僚属，多次劝建成要先发制人，铲除李世民。太宗虽已即位，然而“玄武门之变”后，李世民并没有治他的罪。由于李建成、李元吉在山东地区影响较大，他们的余党大多逃亡在那里，李世民于是任命魏徵为特使，全权处理安抚山东事宜。半路遇到地方差役押送李建成的侍卫官李志安和李元吉的护军李思行。魏徵认为已有诏令赦免这些罪人，现在地方官却将李志安、李思行等人押送京城，会令山东各地惶恐不安，不再相信朝廷。他没有因为这两

人是死去的太子建成和齐王元吉的近臣，就采取回避态度，而是释放了李志安等二人。当魏徵的奏书传递到朝廷，李世民非常高兴，更加信任魏徵。

⑥陆宣公请释赵贵先罪：陆宣公指唐朝的李贽，唐德宗时期，朱泚造反，李怀光也反叛，并派大将赵贵先在同州（今陕西大荔）修城筑垒。唐朝众官员都议论诛杀赵贵先，李贽上书《初收城后请不诛凤翔军将赵贵先状》，说明叛军"人人皆自怨尤，各悔归国之晚"。赵贵先受到感悟，归顺朝廷，保全了同州。

⑦廉希宪释纽邻奥鲁官：元朝时廉希宪任京兆尹。当时四川宣抚使浑都海造反，西川将领纽邻奥鲁官刚要举兵响应，就被蒙古八春捕获，连同党羽五十多人监禁在监狱，并命廉希宪诛杀他们。廉希宪说："浑都海有反叛之心，但是还不坚决。如果看见自己的将领受到拘禁诛杀，反而更加心生反叛。可以宽释他们，并由八春带领。"最初八春逮捕各军官们，全军士兵都非常恐惧，后来听说军官都安全并得到赦免，人人感佩，全为朝廷所用。

【译文】

汉高祖封授了二十多位功臣，其余人为功劳大小争论不休，都没有受封。群臣心怀疑虑，担心不能得到封赏，内心都十分不安，甚至有变乱的想法。高祖刘邦在洛阳宫从复道上远远望见诸位将领常常坐在沙地上相互交谈商量。高祖问："他们在商量什么呢？"留侯张良答道："陛下不知道吗？他们是在商量造反啊！"高祖说："天下刚刚安定，为什么要造反呢？"张良说："陛下您从平民百姓中出身，靠这些人争得了天下，现在您封的都是您的故交亲近之人，而所杀的都是您生平所仇恨的人，这些人担心陛下您不能对他们全都封赏，又害怕您忌恨自己以前的过失而被诛杀，因此相互聚在一起谋反。”高祖说:“那该怎么办?”张良说:“陛下生平最憎恨的,而且群臣们都知道的是谁?”高祖说:“雍齿与我是故交,曾多次为难、羞辱过我,我想杀他,因为他功劳多所以不忍下手。”张良说:“现在赶紧先封赏雍齿,那么群臣就会人人自安了。”于是高祖就封雍齿为什方侯,又赶紧催促丞相、御史论功封赏。群臣们高兴地说:“雍齿尚且被封了侯,我们这些人没有什么可担心的了!”

【按语译文】按语:里凫须谒见晋文公,留侯张良奏请封赏雍齿,两件事情不完全一样,但消除一件过去的憾事而使众人疑惧之心得以安宁,寓意是相同的。魏徵宽待二李,陆宣公请求释免赵贵先之罪,元朝廉希宪释免纽邻奥鲁官响应叛军之罪,都是这个意思。

卷二十三兵戎类十二

镇人心

狄青巧用两字钱

【题解】

狄青是我国家喻户晓的历史人物，有关他的记载和演绎非常多。狄青最初得到韩琦、范仲淹的赏识。范仲淹教导他“将不知古今，匹夫勇尔”。狄青于是发愤读书，“悉通秦汉以来将帅兵法，由是益知名”。皇祐年间，广源蛮人侬智高入侵，攻陷数州之地。狄青主动请战，但到达前线后，却按兵不动，在侬智高放松警惕之后，狄青一昼夜急行军，越过昆仑关，使侬智高失去天险，全线溃败。有关此次作战，宋人记载很丰富，都非常精彩，都突显了狄青善于用智。如在大战前，由于此前几次征讨失败，士气低落，如何振奋士气？狄青看到南方有崇拜鬼神的风俗，便心生一计，暗地里准备好两面都一样的铜钱，率兵刚出桂林时，就拜神祈佑，当众占卜：若得正面，我军必胜。结果连掷数次，都是钱的正面，使全军以为必有神助而信心大增。又如连续三夜大摆酒宴，自己则假借醉酒，退席而暗夺昆仑关。这些虽未必全是事实，但至少表明狄青是一位有勇有谋的战将。时人对此次作战的评论是：“为将

之道有三：曰'智'、曰'威'、曰'权'。观狄青讨伐侬智高，可谓是能施其智而奋其威，在当世都是绝无者。"狄青巧计激士的典故，后来被《三十六计》收入，作为第二十七计"假痴不癫"的注脚战例。

宋狄武襄青征侬智高[①]，大兵出桂林，道旁有一庙，人谓其神甚灵。武襄驻节而祷之，祝曰：胜负无以为据。乃取百钱自持之，与神约，果大捷则投此期尽钱面也。左右谏止，倘不如意恐阻师。武襄不听。众方耸视，挥手一掷，百钱尽红。举军欢呼，声震林野。武襄亦大喜，顾左右取百钉随钱疏密布地而钉帖之，加青丝笼覆，手自封焉，曰："俟凯旋，当谢神取钱。"其后破昆仑关[②]，败智高师，还取钱与幕府士大夫共视之，乃两字钱也。

【注释】

①侬（nóng）智高（1025—1055）：北宋时广南西路羁縻广源州（治今越南高平省广渊）侬峒人。1041年起兵，建立大历国。1052年，起兵反宋，攻陷邕州（今广西南宁），建立大南国。又从邕州沿江东下，连破横、贵、浔、龚、藤、梧、封、康、端各州，进攻广州，被宋朝大将狄青败于邕州昆仑关归仁堡，逃亡到云南大理后，被大理国王杀死，并将他的人头装在盒子送往京师。

②昆仑关：位于广西南宁东北方五十九公里处，昆仑山东侧。它是邕柳（南宁至柳州）、邕梧（南宁至梧州）必经的隘口。昆仑山巍峨峻险，谷深坡陡，地势险要，是南宁东北面的自然屏障，有"南方天险"之称，历来为兵家必争之地。

【译文】

宋朝大将狄青征讨侬智高，大兵出了桂林之后，路边有一座庙宇，人们告诉说庙里的神非常灵验。狄青就停下来去祷告，并祝祷说：胜负不能没有凭据。于是取出一百枚钱自己拿好，与神灵约定，果真能凯旋而归，那么撒下这些钱，希望全都正面朝上。左右部下劝谏不要这样做，倘若不像期望的那样，恐怕会影响军心。狄青不听。众人正伸头争看结果，狄青随手一抛，百枚铜钱都是正面朝上。全军欢呼，声震林野。狄青也非常高兴，回头让左右部下取来百颗铁钉，把撒在地上的百枚铜钱随其疏密钉在原地上，并用青丝覆盖，亲自封好，说："等到凯旋的时候，再谢神取钱！"后来狄青大破昆仑关，打败侬智高，回来取钱与幕僚一齐查看，原来两面都一样。

刘裕巧解麾断沉水

【题解】

辛弃疾在《永遇乐·京口北固亭怀古》写到："斜阳草树，寻常巷陌，人道寄奴曾住。想当年，金戈铁马，气吞万里如虎。"这首词中的"寄奴"就是指宋武帝刘裕，辛弃疾感叹自己所在的时代已经没有刘裕这样的英雄了。《南史·武帝本纪》记载刘裕"雄杰有大度，身长七尺六寸，风骨奇伟，不事廉隅小节"，对继母也孝顺恭敬（其继母生有二子，为刘道规、刘道怜）。刘裕在不到二十年的时间里，对内平息战乱，先后击败了孙恩、卢循的海上起义，消灭了桓玄、刘毅等军事集团；对外致力于北伐，取巴蜀、伐南燕、灭后秦，从一名普通的军人成长为名垂青史的军事统帅，取得了令世人瞩目的成就。刘裕幼年贫寒，以卖履为业，仅识文字。由于刘裕喜欢赌博，所以被邻居们看不起，但没想到后来竟当上了开国皇帝。北魏军事谋略家崔浩称

他："奋起寒微，不阶尺土，讨灭桓玄，兴复晋室，北禽慕容超，南枭卢循，所向无前，非其才之过人，安能如是乎！"

刘裕与贼卢循战于左里[①]，大破之。循将趣豫章[②]。乃悉力栅断左里。裕麾兵将进，所执麾竿折，幡沉水。众并怪惧。裕欢笑曰："往年覆舟之战[③]，幡竿亦折，今者复然，必破贼矣！"即破栅而进，杀溺死者万余人。

【按语】按：刘裕讨桓玄与卢循，皆从麾折幡沉而胜。然则妖祥岂足信？而怪异果足骇乎？众皆惴惧失色，裕独欢笑如常。所以安人心而振士气也。向使稍有迟疑，我军旧气一阻，不可复收，何以取胜？故行军之际，如以顺讨逆，以直伐曲，以贤击愚，或枭集牙旗[④]，或杯水变血，或麾竿断折，惟主将决之，统兵直进，不可疑也。法曰："禁邪去疑，至死无所之。"裕得之矣。

【注释】

①刘裕（363—422）：字德舆，小名寄奴，彭城（今江苏徐州）人，后来迁居到京口（江苏镇江）。南北朝时期刘宋王朝的建立者，史称宋武帝。中国历史上杰出的政治家、卓越的军事家、统帅。卢循（？—411）：东晋末年的农民起义领袖，出自范阳大族卢氏，原范阳涿（今河北涿州）人，士族出身。卢循曾与刘裕在东阳（今浙江金华）、永嘉（今浙江温州）和晋安（今福建福州）一带交战，失败后浮海南下。410年，卢循趁刘裕北伐南燕、东晋后方空虚之际，分两路北上，直逼建康。刘裕星夜赶回，卢循损失惨重，南退到广州。411年，交州刺史杜慧度击败卢循。卢循见大势已去，用酒毒死妻子，再杀掉不愿殉死的姬妾，然后投水自杀。

②豫章：古郡名，即今江西省，狭义的豫章指今南昌一带。

③覆舟之战:404年,桓玄起兵反叛东晋,将军队驻扎在覆舟山。刘裕率军轻装前进到覆舟山东面,派老弱士兵设下疑兵,迷惑桓玄。桓玄急调武卫将军庾赜之率领精兵出击。刘裕突然发动攻击,又借风纵火,敌军大败,桓玄率领败军乘船沿江向南逃走。在这次战役中,刘裕率领精兵突击,并用计谋迷惑对方,以少胜多,获取胜利,成为经典战例。

④枭:本义指一种恶鸟,捕捉后将它头砍下,将头悬挂在树上以示众。

【译文】

刘裕与反贼卢循在左里交战,大败卢循军队。卢循想要逃奔江西。于是刘裕树起栅垒阻断左里通往外部的水路。正在刘裕指挥军队将要发动进攻时,手中所执的将帅旗杆折断,旗帜沉入水中。将士们全都感到怪异并恐惧起来。刘裕却喜形于色说:"往年覆舟之战时,旗杆也断过,今天又这样,一定会大败贼军!"随即冲出栅垒进攻敌军,杀死溺死敌人一万多。

【按语译文】按语:刘裕讨伐桓玄与卢循,都曾因麾折旗沉而获胜。既然这样,那么妖祸吉祥真的可信吗?那些怪异的事真的可怕吗?将士们都惊恐失色,唯独刘裕谈笑如常。这是因为要稳定军心而振奋士气啊!假使当时刘裕稍有迟疑,我军原有乘胜追击的士气一受到阻碍,就不可能再重振军威了,还怎么能取胜呢?所以行军之际,如果是以顺讨逆,以直伐曲,以贤击愚,有时会出现枭鸟全落在牙旗上,有时会出现杯中的水变成血红色,有时会出现麾杆断折,所有这些情况只能由主将来决断,率兵勇往直前,不能有丝毫迟疑啊。兵法说:"禁绝妖邪、打消疑虑,即使到死也不为所惑。"刘裕真正做到了这一条。

卷二十四刑狱类一

刑　法

高柔献策

【题解】

三国曹魏时，高柔充任廷尉。当时曹操认为，在太平盛世，治理天下应该首推礼教，但是在动乱年代，要想治乱世，就只能把刑罚放在首位。所以，曹军中的纪律十分严明，将士稍有差错，就会遭受严刑峻法，而且还会牵连到亲属。高柔认为，在军中实行这种重刑，不但不能止住将士逃亡，反而是使逃亡现象增加了。他分析得透彻入理，使曹操逐渐取消了这些重刑，因此蒙受高柔之恩活命的人非常多。

魏宋金等在合肥亡逃。旧法，军征士亡，考竟其妻子。曹操患犹不息，更重其刑。金有妻母及二弟皆给官，主者奏尽杀之。高柔曰[①]："士卒亡军，诚在可疾，然窃闻其中时有悔者。谓宜贷其妻子。一可使贼中不信，二可诱其还心。正如前科，固已绝其意望，而猥复重之，恐自今在军之士见一人亡逃，诛将及己，亦且相随而走，不可复得杀也。此重刑非所以止亡，乃所以益志耳。”操曰：“善。”即止不杀。蒙活者甚众。

【注释】

①高柔(174—263)：三国时陈留圉县(今河南杞县西南圉镇)人，字文惠。最初依附袁绍，曹操灭掉袁绍后，任命他为丞相仓曹属。213年为尚书郎，掌管案件的审理。按照曹魏旧法规定，如果有军士逃亡，要罪及妻子。他认为，重刑并不能阻止逃亡，反而坚定了逃亡者的心，也使他们无法再回来。曹操听取了他的建议，逐渐放宽了逃亡法令。魏文帝时，任命他为治书侍御史，赐爵关内侯，最后官至司徒。

【译文】

三国时魏军的宋金等人在合肥逃跑了。按照过去的法律规定，军队出征作战时士兵逃亡，其妻子、儿女就应受到拷打逼问。曹操担心即使这样仍然不能控制士兵逃亡，又加重了对逃亡的刑罚。宋金有妻子、母亲和两个弟弟都被捕入狱，主管官员上奏要求把他们全部杀死。高柔说：“士兵逃离军队，确实非常可恨，但我私下里听说逃亡的士兵中也有后悔的。我认为应该宽贷他们的妻子、儿女。一是使敌方不能信任他们真心逃亡，二是使他们还有归来之心。假如像以前的法律那样处置，本来已经使他们断绝回归的希望，如今再要加重处罚的话，恐怕从现在起，士兵们只要看见人逃跑，连累自己也要受到诛罚，也将会跟着逃亡，不可能再抓住他们杀掉了。这种重刑不是阻止逃亡的办法，反而却会坚定他们逃亡的心意啊。”曹操说：“太好了！”立即停止不再诛杀。承蒙高柔这番谏言得以活命的人非常多。

满宠考掠脱杨彪

【题解】

太尉杨彪的祖上是行善积德的人，本人又是著名大臣，按照古代礼法的规定不应对他施行拷打。满宠不是不知道这个道理，但是因为曹操是个多疑之人，既然把杨彪下狱交给满宠审讯，必然会派遣亲信暗中观察处理的情况。满宠如果不先对杨彪拷打用刑，就无法达到使杨彪无罪释放的目的。历史上贾逵通过自己戴上刑具的办法免于灾祸，满宠用拷打的办法使杨彪脱离牢狱之灾，这都是因为他们深深了解曹操的为人处世。裴松之在《三国志》注中指责满宠是滥用刑罚的酷吏，并认为即使满宠将来做了善事，也不能解脱以前的债孽。这种说法脱离实际，是简单地看待问题。

满宠为许令[①]，故太尉杨彪收付县狱[②]。荀彧、孔融并属宠[③]，勿加考掠。宠一无所报，考讯如法。数日，见曹操曰："彪考讯无他辞，此人有名海内，若罪不明白，必大失民望。窃为明公惜之。"操即日赦出彪。初彧、融闻宠考掠，皆大怒，及因此得了，乃更善宠。

【注释】

①满宠（？—242）：汉魏时期兖州山阳昌邑（今山东巨野）人。十八岁就做了郡的督邮官。当时郡内李朔等聚集不法之徒，祸害平民，太守派满宠惩治了他们。曹操到兖州后，征召他为许昌县令。东汉太尉杨彪被收押在许昌县大牢里，满宠使曹操当日就赦

免杨彪出狱。关羽围攻襄阳时，满宠协助征南将军曹仁驻扎在樊城进行抵抗。关羽急攻樊城，满宠防守严密，关羽只好撤退。魏文帝即王位后，亲率大军南征，满宠因功封为南乡侯。魏明帝时，因满宠年岁已高，调回朝中，尊为太尉。

②杨彪（142—225）：东汉名臣，字文先，弘农华阴（今陕西华阴东）人，因为与袁术有亲戚关系，被曹操打入大牢，经孔融斡旋后才得以保命。后来他的儿子杨修被曹操所杀，于是十余年闭门不出。杨彪至死仍自称为汉朝臣子，而曹丕登位后也并没有为难他，仍礼遇他。

③荀彧（yù，163—212）：字文若，颍川颍阴（今河南许昌）人。东汉末年曹操帐下主要谋臣，为曹操制定并规划了统一北方的蓝图和军事路线，在战术方面也有很多建树。政治方面为曹操举荐了钟繇、荀攸、司马懿、郭嘉等大量人才。曾任尚书令，掌握重权前后达数十年，因此后人敬称他为"荀令君"。孔融（153—208）：东汉时鲁国（今山东曲阜）人，字文举，东汉文学家，有家学渊源，为建安七子之首，是孔子的二十世孙。孔融年少时就已出名，如人们所熟知的"孔融让梨"。汉灵帝时"辟司徒杨赐府"，开始步入仕途。185年，任侍御史，因为与御史中丞不合，便托病辞官回家。汉献帝初平元年（190），至青州北海郡（东汉郡国名，治所在今山东昌乐西）为相，因为很有政绩，所以当时人又称他为"孔北海"。曹操挟持汉献帝建都许昌后，他与曹操在政治上很有分歧，208年被曹操所杀。

【译文】

曹魏时，满宠任许昌令，原东汉太尉杨彪被捕投入许昌监狱。荀彧、孔融都嘱托满宠，不要对杨彪施加刑讯拷打。满宠一点也没照他们说的做，按照法律规定审问拷打了杨彪。几天后，满宠拜见曹操汇报说："经过拷问，杨彪并没有什么供词，此人天下闻名，如果没有确实的罪证，再关押下去必然要丧失民心。我私下为您感到惋惜。"曹操于是当日便将杨彪无罪释放。开始荀彧、孔融听说满宠拷打杨彪，都非常愤怒，等因为这样处理而使杨彪脱狱后，就更喜欢满宠了。

张咏斩吏

【题解】

张咏是宋初一位有较大影响的大臣，宋仁宗时人们甚至将他与赵普、寇准并列。他在四川为官时发明了纸币即交子，现在英国中央银行种了一棵专门从成都运过去的桑树以纪念他这个纸币的发明者。"张咏斩吏"就是"一钱斩吏"的故事。张咏任崇阳令期间，常有军卒侮辱将帅、小吏冒犯长官的事，张咏下决心要整治这种现象。按宋律，监守自盗"一钱"是不够实施死罪的，即使是死罪，也要通过上报、御批、秋决等司法程序。但就是因为张咏想整治侮辱将帅、冒犯长官等现象，恰巧这个小吏撞在枪口上，还敢出言顶撞，因此，张咏从防微杜渐的目的出发，怒杀小吏。古代"乱世用重典，治世用轻刑"，在正常情况下，因为一钱而斩杀官员是违法的，但在文中这种非正常情况下，不杀小吏无以立威严，杀了他就起到了很好的震慑作用。故事中的"绳锯木断"、"水滴石穿"等成语沿用至今。

张咏为崇阳令，一吏自库中出，视其鬓傍巾下有钱[①]，诘之，乃库中钱也。咏命杖之，吏勃然曰："一钱何足道。

乃杖我耶！尔能杖我，不能斩我也。”咏援笔判云：“一日一钱，千日一千，绳锯木断，水滴石穿。”自仗剑下阶斩其首，申台府自劾[2]，崇阳人至今称之。盖自五代以来，军卒陵将帅，胥吏陵长官，余风至此时独未尽除。咏此举非为一钱，而其意深矣。

【注释】

①髩(bìn)：同“鬓”。

②台府：尚书台、三公府的合称。

【译文】

张咏任崇阳县令的时候，有一个衙吏从库房中出来，张咏看见他靠近胡须的围巾下有钱币，就责问他，原来是库房里的钱。张咏命令用杖刑责打他，这个衙吏竟然发怒喊道：“一个钱还值得大惊小怪吗，竟然要杖责我一顿！你也只能杖责我罢了，却不能因此杀了我！”张咏拿起笔立即书写判词：“一天偷一个钱，一千天就偷一千钱。绳索不停地锯木，木料也会断掉；水滴不断地往下滴，石头也会穿透。”随后亲手持剑走到阶下斩杀了这名衙吏，并写明公文申报台府自我弹劾。崇阳这个地方的人们至今还在传颂此事。大概是从五代以来，士兵们敢欺凌将帅，衙吏们顶撞长官，这种坏风气至今还没有全部消除掉。张咏此举不仅仅是因为一个钱的事，它的意义深远啊！

李孝寿勘案

【题解】

宋徽宗时，李孝寿曾作开封府尹，因而留传下了这个有趣的故事。与此同类的事例还有：宋元献被罢免丞相之后，出任洛阳太守。一个赶考的举子，在他所带的行囊中有漏税的东西，被他的仆人告到官府。宋元献说："举子们来应考，怎么可能不携带些东西，所以不必深究其罪。但是作为奴仆，动不动就控告主人，这种风气决不可助长！"于是只将那个举子送到税院罚两倍的税金，而那个仆人反而被治罪，送去充军。这两个事例都说明，在古代，奴仆首先要尊重主人，欺主犯上、不尽心帮扶主人，是会受到抨击斥责的。

李孝寿知开封[①]。有举子为仆所陵[②]，忿甚，缚之作状，欲送府。为同舍劝解。久之，释去，自取其状，戏学孝寿押字判曰："不勘案，决臀杖二十。"其仆翌日窃状走府，曰："秀才学知府判状，私决人。"孝寿令追之。既至，具陈所以。孝寿翻然谓仆曰："如此秀才，所判正与我同，真不用勘案。"命吏就读其状，如数决之。是岁，举子会省试于都下数千人[③]，凡仆闻之，皆畏戢[④]，无敢肆者。

【注释】

①李寿孝：生卒年、籍贯不详。宋朝时曾任开封府尹，蔡京曾遣他审理盗铸钱案，牵连了众多士大夫，被时人称为"李阎罗"。

②举子：举人的俗称。宋代指应试中举的人，明清是指参加乡试合格的人。

③省试:即科举中的礼部考试,在唐、宋、金、元时期称为省试,在明、清时期称为会试。考试在京城举行,由尚书省的礼部主持,每三年一次,逢辰戌丑未年为正科,遇皇室庆典加恩科,一般安排在二三月进行,因此又称为“春试”。考试的时间、场次和内容与乡试相同,但难度要大得多。省(会)试合格的称为贡士,第一名称“会元”。通过省(会)试后就可以参加殿试了,也就是通常所说的“考状元”。

④畏戢:惊恐、害怕并收敛自己的言行。戢,收敛、收藏。

【译文】

李孝寿出任开封知府。有一个应试的读书人被奴仆欺凌,十分愤怒,用绳子将其捆绑起来,写了张状子想将仆人送到开封府。被同住一起的人劝阻住了。过了很长时间,把奴仆释放了,自己拿起那份状子,戏要着仿照李孝寿的笔迹、语气在自己所写的状子上判了一句:“不值得立案受审,判决杖打屁股二十下。”那个奴仆第二天偷了这张状子跑到开封府,告状说:“我家秀才模仿府尹判案,私自判决。”李孝寿命令追查此事,那个秀才来到官府后,详细地说明了前后过程。李孝寿明白真相马上对这个奴仆说:“就像这个秀才所做的,他的判词正符合我的心意,真是用不着立案调查了。”命手下的衙吏当场宣读秀才的判状,并按判状上的数目施行杖刑。这一年,在京城参加省试的举子有几千人,他们的奴仆凡是听到这件事的,都畏惧害怕并收敛起来,没有人胆敢放肆了。

谳　议

陈奉古判执盗误伤无辜者

【题解】

古代议罪要“先正名分,次原情理”。分析这个事例,正是古代“情、理、法”的充分体现,司法审判一定要缘情明理,不能武断。如宋朝时有一案件,有人饥饿偷了别人的东西吃,被主人发现后,在打骂中却把人打死了。主审官员认为,应把被窃食物的主人判处杖刑,而不是死刑。从名分上讲,被打的人是偷窃东西的盗贼,打骂的人是财物的主人;从情理上讲,这不是平常情况下两个人的斗殴打架,为了维护自己的财物才发生的打斗,所以罪不至死。同样是杀了人,但是在什么情况下杀人,主、客观条件不同,罪责也就不同。本文讲的也是这个意思。

陈奉古通判贝州①,有卒执盗者。其母欲前取盗,卒拒不与,仆之地,明日死。以卒属吏,论弃市②,奉古议曰:“主盗有亡失,法令人取之,法当得捍,捍而死,乃以斗论,是守者不得主盗也。残一不辜而剽夺生事,法非是。”因以闻，报至杖卒，人称服之。

郑克曰："古之议罪者，先正名分，次原情理。彼欲前取者，被执之盗也，母虽亲，不得辄取也。此拒不与者，执盗之主也，主虽弱，不得辄与也。前取之情在于夺，不与之情在于捍。夺而捍焉，其状似斗而实非斗。若以斗论，是不正名分、不原情理也。奉古谓'法非是'，不曰法当得捍乎！奈何归咎于法，盖用法者谬耳。"

【注释】

①陈奉古：生平事迹不详。除宋代郑克的《折狱龟鉴》记有此事外，别无记载。通判：官名。宋朝初期，为了加强对地方官的监察和控制，防止知州职权过重，宋太祖创设了"通判"一职。知州向下属发布的命令必须要通判一起署名才能生效，因上传下达的公文都要与知州联合署名，所以称之为通判。通判由皇帝直接委派，辅佐郡政，可以视作是知州的副职，但有直接向皇帝报告的权力。还辅佐、监督知州掌管粮运、农田、水利和诉讼等事项，此外，凡是地方上有关兵民、钱谷、户口、赋役、狱讼断案等事，都可以裁决，但必须与知州同签文书施行。

②弃市：古代刑法名称。即在闹市中执行死刑，并陈尸街头示众。《礼记·王制》："刑人于市，与众弃之。"后世沿用，是死刑中的重刑。

【译文】

陈奉古担任贝州通判时，有一名士卒捕捉住了强盗。强盗的母亲想去抢回强盗，士兵拒不交出，混乱中强盗的母亲跌倒在地，第二天死了。把这个兵卒交给有关官员处理，判决结果是将其处以弃市的死刑，陈奉古评议道："主管强盗事务必然会有逃亡隐匿的，依照法令就必然派人去追捕，法律必须得到维护，在捍卫法律的过程中死了人，竟然按照斗殴来处理，这就会使官员们无法主管盗贼事务了。使无辜的人受到伤害而为惹是生非、妨碍执法的人辩护，法律不应如此。"于是将此事汇报了朝廷，公文回来后果真判为杖责兵卒，人们都佩服他。

郑克说："古时评论一件罪行时，首先要端正名分，其次从情理上辨别事情原委。那个强盗的母亲想前往抢回的人，是已被捕获的强盗，母亲虽然是强盗的至亲，但也不能想抢就抢啊。这个拒绝不给的兵卒，是抓捕盗贼的执法者，执法者即使弱小，也不能把强盗擅自放掉啊！一个上前夺取的情理重在夺，一个不给的情理在于维护法律。夺回儿子与捍卫法律，其状态如同打斗而实质上不是打斗。如果以打架斗殴来论处，这既不符合名分也没有究清情理。陈奉古说'法律不应如此'，而不说法律应当予以捍卫，为什么要归罪于法律呢！大概是执法者的谬误啊。"

卷二十五刑狱类二

折狱上

子产气听术

【题解】

类似于"子产气听术"的案例有很多,如西汉时,庄遵巡行扬州,曾听到有一个女人哭泣的声音,但哭声并不悲哀,却满是恐惧。他派人询问缘故,回答说是"丈夫被火烧死了"。庄遵派人守护着尸体,不久就有苍蝇汇集在死者的头顶上,拨开头发一看,有一个大铁钉钉在头顶上。因此得知这个女人与别人通奸,杀死了丈夫,又做出丈夫被烧死的假象,但即便假装悲哀哭泣,也掩饰不住杀人后的恐惧。唐代的韩滉在润州时,也遇到了完全相同的案件。更有趣的是,北宋时,张咏镇守四川,有一次从街巷里过,听到有女人哭泣,哭声中只有恐惧而没有哀痛,就派人审讯她。她只说丈夫是暴死的。交给官吏认真调查审理,却毫无线索。这个官吏的妻子让他仔细查看死者的头顶,官吏查看,果然死者头顶钉了一个大铁钉,案件得以审清。官吏非常高兴,就向张咏夸耀自己的妻子。张咏却对她严加审问,原来她曾经用这个办法害死了前夫。打开前夫的棺材一看,头顶上的铁钉还在。这三件事大

致相同，都是使用子产的方法。古今案件虽然有所不同，但事情的道理都一样。

郑子产晨出，过东匠之间，闻妇人哭，抚其御之手而听之。有间，遣吏执而问之，则手绞其夫者也。其御问曰："夫子何以知之？"子产曰[1]："其声惧。凡人与其亲爱也，始病而忧，临死而惧，已死而哀。今夫哭已死，不哀而惧，是以知其有奸也。"

【按语】按：《周礼·小司寇》五听之法：其一辞听，其三气听。有相与讼者，子产离之，而无使通辞，倒其言以告而知之，此辞听之善术也。折狱者往往祖焉。至于闻妇人哭，而知杀夫之奸，则听之以气，有超于辞者矣。《传》称子产治郑，民不能欺，盖以此。

【注释】

①子产（？—前522）：春秋时期郑国（今河南新郑）人，著名的政治家和思想家。名侨，字子产，又字子美，郑穆公的孙子，所以又称公孙侨。他曾铸刑鼎，是第一个将刑法公布于众的人，是法家的先驱者。公元前554年任郑国的卿后，实行政治、经济改革，承认私田的合法性，向土地私有者征收军赋；主张保留"乡校"、听取"国人"意见，善于任用人才，采用"宽猛相济"的治国方略，将郑国治理得井然有序。

【译文】

郑国的子产早晨出门，经过东匠的闾巷，听到有妇人在哭，子产按住驾车人的手让他停车，以便细听这哭声。过了一会儿，他派遣吏卒将那妇人抓来审问，却是这个妇人亲手勒死了丈夫。子产的车夫问:“您怎么知道的呢?”子产说:“她的哭声里透露出恐惧。通常人们对待至亲至爱的人,刚有病时内心担忧,快死时又有些惧怕,死了以后内心应是哀痛。现在这是哭已死的人,却没有哀痛而只有惧怕。因此推断必有奸情呀!”

【按语译文】按语:《周礼·小司寇》记载有五种辨听的方法:其中一是听对方所说的话语内容,其三是听对方的声音气息所透露出的内心情感。有相互打官司的人,子产把双方分开来,使他们不能当面对话,然后把各方的话转告给对方,由此了解事情的真相。这就是听言语来剖析案情的最好办法。后世的审案官员往往效法这种方法。至于子产听妇人的哭声,就知道她杀夫的奸情,这是以“气”来听,已经远远胜过了辞听啊!《左传》称子产治理郑国时,百姓没有能欺骗他的,大概就是这个原因。

陆云察奸

【题解】

陆云勤奋好学,才思敏捷,五岁时能读《论语》、《诗经》,六岁时就能做文章,和哥哥陆机号曰“二陆”。东吴灭亡后,陆机、陆云二人隐退故里,闭门十年勤奋学习。后来刺史周浚召陆云任自己的从事官,称赞他说:“士龙,今之颜子也!”即像孔子最得意的弟子颜回。陆云后来任浚仪令,该地是出了名的难以治理。陆云到任后,下不能欺,市无二价,又能断疑案,所以全县的人都称赞他。但郡守嫉妒他的才能,屡次派人训责他,陆云只好辞官而去。百姓爱戴怀念他,画像来纪念他。

晋陆云为浚仪令[①],人有见杀者,主名不立。云录其

妻而无所问，十许日，遣出，密令人随后，曰："其去不出十里，当有男子候之，与语，便缚来。"既而果然，问之具服，云与此妻通，共杀其夫，闻妻得出，欲与语，惮近县，故远相邀候。于是一县称为神明。

【注释】

①陆云(262—303)：字士龙。西晋时吴郡吴(今上海松江)人，文学家。祖父陆逊为三国名将，父亲陆抗曾任东吴大司马，兄长为陆机。陆机兵败蒙冤被杀时，陆云也一起遇害。

【译文】

晋代陆云任浚仪县令时，有一个人被杀，主犯还没有被确定。陆云收押了死者的妻子却什么也没有问，十多天过去了，又放了她，暗中却派人跟踪她，并说："她离开此不出十里，应有男子等着她，只要两人一说话，立即捆绑捉来。"不一会儿果然如此，审问他之后全部认罪，说他与死者的妻子通奸，一起杀死了她的丈夫，听到该妇被放出，想问她情况怎么样，又怕离县城太近，所以相约在远处等候。于是全县人都称赞陆云神明。

何武断剑

【题解】

汉代著名的"何武断剑"是古代审案中常常遵循的以"情理"断案的方法，此案探求的是遗嘱的真实意图，是一种人情化的判案。郑克认为："夫所谓严明者，谨持法理，深察人情也。"在这里，主观动机的善恶是决定判案的标准。何武判案的"法理"是：女婿连剑都不给，表明他主观恶性大（贪财到连剑都不给）。“深察人情”，就是对遗嘱真实意图的探求。古代的财产继承，女儿和女婿是没有继承权的，但老翁的遗嘱只“予儿一剑”、家财“尽与女婿”不符合当时的人情，这里肯定有隐情，那就是：女儿、女婿有可能会因贪财而杀小儿，“子年才三岁，失其母，有女适人，甚不贤”。因此，老翁留财给儿子，才是真实意图！女儿、女婿果然极其贪财，连遗嘱中的一把剑都不愿给，充分说明了何武断案所依据的“情理”是正确的。

汉沛郡有富翁，家赀二十余万，子年才三岁，失其母。有女适人，甚不贤。翁病困，为遗书，悉以财属女，但遗一剑，云：“儿年十五以还付之。”其后又不与剑，儿诣郡陈诉。太守何武录女及婿[①]，省其手书，顾谓掾吏曰：“此人因女性强梁，婿复贪鄙，畏残害其儿，又计小儿得此财不能全护，故且与女，实寄之耳。夫剑者，所以决断；限年十五者，度其子智力足以自居。又度此女必复不还其剑，当关州县得见申展，其思虑深远如是哉！”悉夺取财与儿，曰：“敝女恶婿，温饱十年，亦已幸矣！”论者大服。

【注释】

①何武（？—3）：西汉蜀郡郫县（今四川郫县北）人，字君公。以射策甲科任官为郎将。汉哀帝死后，因为反对王莽为大司马而被免官，后因吕宽之狱，被诬自杀。

【译文】

汉代沛郡有一位富翁，家财二十多万，儿子才三岁时，母亲就

死了，有个女儿已经出嫁了，非常不贤惠。老人病危时，留下遗书，把全部财产都交给女儿，只留下一把剑，说："等儿子长到十五岁，把剑还给儿子。"儿子十五岁后，女儿却不肯把剑给儿子，儿子就到州郡去告状。太守何武逮捕了女儿和女婿，仔细斟酌了遗嘱之后，回顾左右的官吏说："这位老翁因为女儿性格凶狠，女婿又贪得无厌，担心他们会残害儿子。又考虑到儿子年纪幼小，即使继承了财产也不能保全，所以暂且把财产交给女儿，实际上是寄放在她那里罢了。剑，是用来决断的；限年龄为十五岁，是估计儿子的智力已发展到足以自立了。又考虑到女儿肯定不会把剑还给儿子，必定会闹到州县后得以伸张，他考虑事情真是如此深远周全啊！"于是何武把全部财产从女儿那里拿过来还给儿子，并说："这样坏的女儿、女婿，霸占老翁财产获得十年的温饱，已是他们的幸运了。"评议此事的人都非常佩服。

张老诡书

【题解】

中国的"情"与"理"在司法上被广泛运用。它要求断狱必须先弄清案情的来龙去脉，了解其中的情由，然后再据此判案。此案就充分体现了"情"与"理"的结合。古代人写字是没有标点符号的，所以存在着句读问题，张老临死时对女婿说的是："张一，非吾子也，家财尽与吾婿，外人不得争夺"，女婿认为又是自己拿着遗嘱，所以毫不怀疑，就敢于"以券呈官"。开始官府也以女婿的读法为准，所以"遂置不问"。当使者接受诉状时，看到遗嘱后对女婿的说法产生怀疑，使者从情理分析，张一飞明明是张老的儿子，遗嘱却写成"张一，非吾子也"，要说外人，女婿才是外人，怎么写“家财尽与吾婿，外人不得争夺”。仔细推敲后，恍然大悟，于是提笔断句：“张一非，吾子也，家财尽与；吾婿外人，不得争夺。”并解释说，遗嘱之所以故意将“张一飞”写为“张一非”，就是因为儿子年幼，害怕女婿谋财害命。听了使者的判解，人人都拍手叫好，女婿也不得不服。看来张老汉真是煞费心思，将一份遗嘱设计成两种读法。但是如果不是遇到这个使者，张老的苦心也就白费了。

有富民张老者，妻生一女，无子，赘某甲于家。久之，妾生子，名一飞，甫四岁，而张老卒。张病时谓婿曰：“妾子不足任吾财，当畀尔夫妇尔[①]，但养彼母子，不死沟壑，即尔阴德矣。”于是出券书云：“张一，非吾子也，家财尽与吾婿，外人不得争夺。”婿乃据有张业不疑。后妾子壮，告官求分。婿以券呈官，遂置不问。他日，奉使者至，妾子复诉，婿仍前赴证。奉使曰：“尔妇翁明谓‘吾婿外人’尔，尚敢有其业耶！诡书‘飞’作‘非’者，虑彼幼，为尔害耳。”于是断给妾子，人称快焉。

【注释】

①畀(bì)：给予。

【译文】

有一个富裕的百姓人称张老，他的妻子生了一个女儿，没有子嗣，于是招赘某甲为女婿入户奉养。多年以后，张老的妾室生了儿子，取名一飞，刚满四岁，张老就死了。张老病重时对女婿说：“妾生的儿子不足以继承我的财产，应当全给你们夫妇二人，

但你们要养活他们母子，不要使他们沿街乞讨、死于荒野，就算是你们积下阴德了!”说完，拿出一张遗书，上面写着：“张一，非吾子也，家财尽与吾婿，外人不得争夺。”女婿于是深信不疑，完全占有了张家的产业。后来妾生的儿子长大了，告到官府要求分得家产。女婿把遗嘱呈送官府，于是官府放置一旁不再过问。有一天，朝廷派出的使者来到当地，妾子一飞再次起诉，女婿仍像以前一样前往官府作证。使者说：“你岳丈明明说‘我女婿是外人’，你怎么竟敢占有他的产业呢！张老故意把‘飞’写成‘非’字，是担忧他还年幼，被你害了性命。”于是把家产全部断给张一飞，人人对此都拍手称快。

高柔察冤

【题解】

窦礼外出不归，首先是不是逃亡？军人逃亡要连累家属，可是，从他的为人来看，他不是对家庭不负责任的人，不可能逃亡；如果是被人杀害，首先是否是仇杀？他又没有与任何人有冤仇；其次就是怀疑钱财交往。窦礼曾经借钱给焦子文，却要不回来，或许发生嫌怨，导致凶祸发生。按照这样的推理，高柔察言观色，发现焦子文言语与神情都不正常，就推断出他肯定有隐情了。邪恶奸诈的人，做了坏事之后，必然要编造谎言掩盖自己的罪行。焦子文本来欠窦礼钱不还，却说自己单身又穷，撒谎说自己从来不敢向别人借钱。破绽一下子就暴露了，因而使这个冤案得以水落石出。高柔善于推理，又善于察言观色，所以能审清这个案子。

魏护军营士窦礼[①]，近出不还，营以为亡，没其妻盈及男女为官奴婢。盈至州府称冤，莫有省者，乃诣廷尉[2]。高柔问曰："汝何以知夫不亡？"盈泣曰："夫少单，特养一老妪为母，事甚恭谨，又哀儿女，抚视不离，非轻狡不顾室家者也。"柔曰："汝夫不与人有仇乎？"对曰："无。"曰："不与人交钱财乎？"对曰："尝出钱与同营焦子文，求不得。"时子文适坐事系狱，柔乃见子文问所坐，言次曰："汝颇曾举人钱不？"子文曰："自以单贫，初不敢举人钱也。"柔察子文色动，遂曰："汝昔举窦礼钱，何言不耶？"子文怪，知事露，应对不次。柔曰："汝已杀礼，便宜早服。"子文叩头，首杀礼本末，埋藏处所。遣吏卒往掘，得其尸，抵子文罪。

【注释】

①护军：东汉献帝时曹操在丞相府中设置此官职，掌管武官的选举，并与领军共同掌管禁军，出征时监护各带兵将领，隶属领军。207 年改名为中护军，资格老的称为护军将军，但都可以简称为护军。

②廷尉：官名，秦朝时设置，掌管刑狱，是秦、汉至北齐主管司法的最高官员。汉景帝中元六年(前 144)改名为大理，汉武帝建元四年(前 137)恢复旧称，哀帝元寿二年(前 1)又改名为大理。新莽时改名为作士，东汉时复称为廷尉。汉末又改为大理。曹魏黄初元年(221)改称为廷尉，后代一直沿用不改，北齐以后废除。

【译文】

曹魏护军营中有一名兵卒叫窦礼，到兵营附近外出一直没有回来，军营中的人都认为他已经逃亡，就抄没了他的妻子盈和儿

女做了官府的奴婢。盈到州府衙门喊冤,没有人能审理此案,于是告到廷尉衙门。廷尉高柔问:“你怎么知道你丈夫不会逃亡?”盈哭着说:“我丈夫年幼时就成了孤儿,特地奉养了一位老婆婆当母亲,服侍老人非常周到,他又疼爱儿女,抚养照看一刻也不愿离开,他不是那种轻浮狡猾不顾家室的人。”高柔说:“你丈夫是不是与人有仇呢?”盈回答说:“没有。”高柔又问:“在钱财上和别人有过交往吗?”盈回答说:“丈夫曾经把钱借给同一军营的焦子文,去讨时没有得到。”当时焦子文正因其他案发被捕囚禁在狱,高柔于是就提审焦子文,问他获罪入狱的事,并装作顺便问道:“你曾向人借过钱吗?”焦子文说:“我因为单身而又贫困,从不敢向人借钱。”高柔观察到子文在说此话时脸色有变化,于是问道:“你过去借窦礼的钱,为什么说没借过钱呢?”焦子文惊诧怪异,知道事已败露,无法应对回答问话了。高柔说:“你已杀了窦礼,就应该早点服罪。”焦子文叩着头,说出杀害窦礼的前后经过,以及尸首的埋藏地点。高柔派官兵前去挖掘,找到了窦礼的尸体,判处了焦子文的罪行。

蜜中鼠矢

【题解】

孙亮是东吴的第二代皇帝,孙权的第七子。孙权已定孙和为太子,又过分宠爱孙霸,致使发生争夺太子宝座的嫌隙。但孙权却认为:兄弟之间不和睦,臣子就会分成不同的派别……如果勉强立其中的一人为太子,天下从此就不会太平了,于是废掉太子孙和,赐鲁王孙霸死,另立所爱的潘夫人幼子孙亮为太子。孙亮非常聪明,观察和分析事物都非常深入细致,常常能使疑难事物轻松地得到解决，为一般人所不能及。此文就完全展示出了他的聪明睿智。

吴主孙亮出西苑[①]，食生梅，使黄门至中藏取蜜[②]。黄门素怨藏吏，乃以鼠矢投其中，启言藏吏不谨。亮呼吏，吏以蜜瓶入。亮曰："既盖而复油纸复之，无缘有此，黄门非有求于尔乎？"吏叩头曰："彼尝求贷而臣不与。"亮曰："决为此也。"会破鼠矢，里燥。亮笑曰："若矢先在蜜中，中外俱湿，今里燥，必是黄门所为。"黄门首服，左右莫不惊悚。

【注释】

①孙亮（243—260）：三国时吴国皇帝，字子明，孙权少子。252年继位，257年亲政，因为辅政大臣孙綝专权，孙亮想要诛杀他，事败后被废为会稽王。260年会稽郡有谣言说孙亮要回到都城当天子，于是孙綝将他废为侯官侯。遣送途中，孙亮自杀。

②黄门：指宦官。汉代宫中宦官有小黄门、中黄门、黄门令等。魏晋时期直接将宦官称为黄门，以后就成为对宦官的泛称。

【译文】

吴国君主孙亮去西苑游玩，想吃梅子，就派黄门官到中藏府取蜂蜜。这个黄门官一直怨恨中藏府的主管官吏，于是把鼠屎投到蜂蜜中，孙亮打开食用时发现有鼠屎，黄门官就诋毁说中藏府的官吏管理不严。孙亮召来藏吏，藏吏带着这个装蜂蜜的瓶子进来。孙亮说："既是盖好并且又用油纸覆盖在上面，没有理由会出现鼠屎的，莫非黄门官有求于你？"藏吏叩头说："他曾经向我借贷

过，但我没给他。”孙亮说：“一定是为这事了。”当众把鼠屎切开，里面是干燥的。孙亮笑着说：“如果屎早就在蜂蜜里浸泡着，里外都应该是湿的，现在外湿里干，一定是黄门官干的。”黄门官只得低头认罪，周围没有人不对此惊叹的。

苻融洗冤

【题解】

苻融特别擅长断案，任何狡猾的行径都逃不过他的眼睛，察言观色，究事推理，他都高人一筹。他担任司隶校尉时，侦破过很多疑难案件，他管理的地方“盗贼止息，路不拾遗”。他19岁任冀州牧时就审过一个案子，有个老妇人在路上遇到了劫盗，大声呼喊捉贼。一个过路人追上去，抓住了贼，可是贼却反诬抓贼者是贼。由于天色已晚，老人辨认不出谁是贼，干脆全送到官府。苻融笑着说：“这很容易查清，明天他们再跑一回，先跑出凤阳门的就不是贼。”等两人跑完了，苻融斥责跑得慢的人说：“你才是贼，却要诬赖好人。”贼如果比抓贼者跑得快，当然不会被抓住，跑得慢才会被追上。这说明苻融善于究事推理。但在苻融审核董丰案时，发现根本没有现实的证据。在缺乏证据和线索的情况下，他通过精心推理分析，紧紧抓住董丰案发前后的心理状态，研究他们的夫妻关系，终于发现董丰的妻子与人通奸。他设法揭露了奸夫，案情也就迎刃而解了。当然，其中也包含了一定的玄妙迷信的色彩。

秦苻融为司隶校尉[①]，京兆人董丰游学三年而反[②]，过宿妻家。是夜妻为贼所杀，妻兄疑丰杀之，送丰有司。丰不堪楚掠，诬引杀妻。融察而疑之，问曰：“汝行往还，颇有怪异及卜筮不?”丰曰:“初将发,夜梦乘马南渡水,反而北渡,复自北而南,马停水中,鞭策不去,俯而视之,见两日在水下,马左白而湿,右黑而燥,寤而心悸,窃以为不祥。问之筮者,云忧狱讼,远三枕,避三沐。既至,妻为具沐,夜授丰枕,丰记筮者之言,皆不从。妻乃自沐,枕枕而寝。”融曰:“吾知之矣。《易》坎为水,离马为乘马南渡,旋北而南者,从坎之离,三爻同变,变而成离,离为中女,坎为中男。两日,二夫之象。马左而湿,湿,水也。左水右马,冯字也。两日,昌字也。其冯昌杀之乎。”于是推验获昌,诘之,具首服,曰:“本与其妻谋杀丰,期以新沐,枕枕为验,是以误中妇人。”

【注释】

①苻融(?—383):字博休,略阳临渭(今甘肃秦安东南)人,前秦政权苻坚的弟弟,封平阳公,曾任司隶校尉、都督中外军事、车骑大将军、征南大将军,多次劝阻苻坚不要攻打东晋。苻坚率领号称百万大军南下攻晋时,他率二十五万军队为前锋,攻陷寿阳(今安徽寿县),隔淝水与东晋对阵。在淝水之战中,被败军将马冲倒,死于乱军之中。司隶校尉:官名。自汉朝至魏晋时期监督京师和地方的监察官。最初设置于汉武帝征和四年,成帝元延四年曾经废除,哀帝时又恢复,但省去了校尉而直接称为司隶。东汉时又称为司隶校尉。主要掌管缉拿、惩治罪犯,凡宫廷内外、皇亲国戚、京都百官,无所不纠,兼有领兵、检敕、捕杀罪犯的权力。

②游学:指远游异地,从师求学。

【译文】

前秦苻融任司隶校尉时,京兆人董丰出外求学三年回来,从岳父母家路过，天晚就住下来。当夜妻子被贼人杀死，妻子的哥哥怀疑是董丰杀死的，就把董丰送往官府。董丰经受不住严刑拷打，被迫承认自己杀死了妻子。苻融推究案情后产生了怀疑，询问董丰："你出外往返一路，有没有特别怪异的现象或者占卜过吗？"董丰回答："起初要出发的时候，夜里梦见自己骑着马往南过河，却反而往北过河，又从北往南过河，马停在水中不走，鞭子抽打仍然不动，我从马上低头往下看，看见水下有两个太阳，马左侧是白色而潮湿的，右侧却是黑而干燥的，惊醒以后心里很害怕，自己认为这是不祥之兆。去求问占卜算命的人，他说恐怕是会有牢狱之灾，让我回家后头三晚远离枕头，头三天不要洗澡。到家后，妻子为我准备了洗漱用品，晚上睡觉前递给我枕头，我想起了算命人的话，所以都没有依从妻子。妻子于是自己沐漱了，枕在枕头上睡着了。"苻融说："我知道怎么回事了。在《易》中，坎为水，离马就是骑着马往南过河，由北而南、由南而北往返来回，是指从坎到离，三个爻一起变化，变化即成离，离是中女，坎是中男。两个日，即是两个男子的象征，马左而湿，湿，表明有水。左边是水，右边是马，合起来是一个冯字。两个日，就是昌字。大概是冯昌杀死她的吧。"按照这个推断抓捕了冯昌，审问他，完全服首认罪，供认说："本来是想和他妻子谋杀董丰，约定等他洗完澡，枕在枕头上为凭证，因此误杀了他的妻子。"

刘崇龟换刀辨凶犯

【题解】

郑克在《折狱龟鉴》中认为：如果罪犯逃亡藏匿起来，想方设法诱使他出来，这样就可以免除追捕的劳苦，这种心智机巧不能废弃。人逃亡藏匿起来，采取欺诈诱惑的方法可以抓捕到他，那么隐藏遮掩起来的实情，也可以通过玩弄手段的权诈之术获取。所以，揭发奸情、消除邪恶，可以通过权变之术来获取实情。“刘崇龟换刀辨凶犯”就属于这一类。

刘崇龟镇海南[①]，有富商子少年，舟泊江岸，见高门一妙姬殊不避人，少年挑之曰：“黄昏当访宅矣。”姬微哂[②]。是夕，果启扉候之。少年未至，有盗入，欲行窃，姬不知，即就之。盗谓见执，以刀刺之，遗刀而逸。少年后至，践其血仆地，扪之见死者，急出，解维而去。明日，其家迹至江岸，岸上人云：“夜有某客船径发。”官差人追到，拷掠备至，具实吐之，惟不招杀人。视其刀乃屠家物，崇龟下令曰：“某日演武，大飨军士[③]，合境庖丁集球场，以俟烹宰。”既集，又下令曰：“今日已晚，可翌日至。”乃各留刀，阴以杀人刀杂其中，换下一口。明日，各来请刀，惟一屠最后至，不肯持去。诘之，对曰：“此非某刀，乃某人之刀耳。”命擒之，则已窜矣，乃以他死囚代商子，侵夜毙于市。窜者知囚已毙，不一二夕果归，遂擒伏法。商子拟以奸罪，杖背而已。

【注释】

①刘崇龟：唐朝滑州胙（今河南延津）人，字子长，唐昭宗乾宁年间进士。擅长书法、绘画，为官廉洁。做过多年的地方官，精明强干，善于处理疑难案件，人们送他“精敏”的美称。

②哂（shěn）：微笑。

③飨（xiǎng）：用酒食慰劳。

【译文】

刘崇龟镇守海南时，有个富商之子正值青春年少，船停泊在江岸边，看见高门大族中的一个美妙女郎并不避讳旁人观看，于是少年挑逗她说："黄昏时我去拜访你家。"此女微微一笑。当天晚上，女郎果真打开了门等候他。少年还没到时，有一个窃贼进来，想要偷东西，女子不知道他是贼，立即上前拥抱。窃贼认为被抓住了，马上用刀刺杀了女郎，丢下刀子逃走了。少年随后来到现场，因脚踩在血泊里摔倒在地，摸索尸体才看见有人死了，急忙跑出去，解开船缆逃离而去。第二天，女郎家人循着痕迹找到江岸边，岸上的人说："夜里有某某客船匆忙离开了。"官府派人追拿到了富商之子，严刑拷打，用尽各种刑罚，少年如实说出详情，只是不承认杀人。查看那把刀却是屠夫所用的刀，刘崇龟下令说："某日比武，要好好地用酒食慰劳将士们，辖境内的所有厨师都集合在球场上，等候命令进行宰牲烹食。"等到他们全都来到了，刘崇龟又下令说："今天已经晚了，明天再来吧！"于是各自把刀留下来，暗中把杀人刀混在里面，换下一把刀。第二天，各人都来取刀，只有一名屠夫最晚到，不肯拿走刀。质问他怎么回事，他对答说："这不是我的刀，乃是某人的刀。"刘崇龟下令擒拿此人，但他已经逃窜，于是以某个被判死刑的囚犯代替富商之子，入夜时分当众处死。窜逃的人得知囚犯已经毙命，没过一两天果然回来了，于是被捉伏法处死。富商之子拟定为通奸罪，只处以杖背的刑罚而已。

赵和判庄券

【题解】

赵和以审案神明著称，有人说他所用之术，是效仿唐代的张允济。但对比张允济审葱案，却没有太多的相似之处，所以不能说是“本于张允济也”。而赵和判案之术倒有后世效仿。如侯临作东阳令时，邻县有个平民百姓，因为想多分家产，就把财物寄藏在姻亲家里，但姻亲后来不肯承认此事，多次告状都没有结果。听说侯临善于断案，就前来申诉。侯临说：“我和你不在同一辖境，依法不能越境审理。”让他留下寄藏在姻亲家中财物名称、数量的清单后，就打发他走了。半年后，东阳县捕获强盗，于是侯临让强盗妄称有赃物寄存在某家（即前述姻亲家），借此将其抓捕入狱。等到按清单审问时，姻亲痛哭流涕说，强盗所说清单上的财物都是亲戚寄藏的。侯临通过这种方法，使那个平民百姓追回了自己的财物。正是这种迂回战术达到了察奸惩恶的目的。

咸通初，赵和为江阴令①。时淮阴二农比庄，东邻以庄券质于西邻，贯缗百万②。至期赎券，先纳八百千，期明日以余资换券。因隔宿，且恃通家，不立纳缗之文。明日，西邻不认，且无保证，终为所拒。东邻讼于县，以契券无证，不能决，乃越江诉于和。和乃召能干者数辈赍牒至淮阴，曰：“适有寇江者，言有同恶在某处，姓名形状甚悉，请捕送之。”时邻州条法惟持刀截江者无得藏匿，追牒至彼，果擒西邻以还。和厉声曰：“幸耕织自活，何为寇江？”曰：“耕稼之夫，未尝舟楫。”和曰：“所盗率金钱绵綵，非农家所宜蓄者，汝宜籍舍之产以辨之。”乃言稻若干斛，庄客某还者；细绢若干匹，家机所出者；钱若千贯，东邻赎券者；银器若干事，某匠造成者。和大喜曰：“汝虽非寇江者，何讳东邻赎券八百千缗耶！”令检券付东邻，置之于法。

【注释】

①赵和：唐代人，生卒年不详。

②贳(shì)：赊欠。

【译文】

唐代咸通初年，赵和任江阴县令。当时淮阴县有两户农夫田庄相邻，东邻以自家的田庄证券抵押给西邻，借得百万缗钱。到期赎回田庄证券时，东邻先交纳了八十万缗，约定明天再凑足余额赎回证券。因为只隔一宿，况且又仗着两家常年友邻，所以就没有立下八十万缗的收据。第二天，西邻却不承认收了钱，而且没有保人和证人，东邻最终被拒绝还券。于是东邻告到县里，因为契券没有证据，不能做出判决，东邻就越江来求诉赵和。赵和于是召集了几个得力能干的人带着公文来到淮阴，说："刚巧捕获一伙江上作案的抢劫犯，说有同党在某地，姓名形状非常详细，请逮捕送过来。"当时淮阴地区法律条文中规定，那些在江上持刀抢劫的人任何人不准藏匿，追捕文书到了淮阴后，果然将西邻抓获并带回来。赵和厉声问道："靠耕地织布能够养活自己，为什么要在江上抢劫呢？"西邻回答说："我是种地的农民，从来没有做过船上的事。"赵和说："你偷盗的都是金钱绵綵，这都不是种地农民所应该积蓄的东西，你应该将你家中的财产一一说清，以此辨明你无罪。"于是西邻说家中稻谷有多少斛，是佃户某人偿还来的；细与绢有多少匹，是自己家的织机织出来的；钱有多少千贯，是东邻赎田庄证券给的；银器有多少件，是某银匠制作的。赵和大喜："你虽然不是在江上抢劫的人，却为什么不承认东邻赎证券的八十万缗钱呢！"命令西邻把田庄证券交给东邻，并对他进行法律制裁。

李勉雪冤

【题解】

李勉有一条辨别忠奸的简单标准。德宗问李勉:"众人皆言卢杞奸邪,朕何不知?卿知其状乎?"李勉对答:"天下皆知其奸邪,独陛下不知,所以为奸邪也!"人人都认为是奸臣,而唯独皇帝不认为是奸臣,这就是对大奸臣最好的判定。李勉此番话传遍天下,人们都佩服他的正直。此外,李勉为后世所熟知的典故有"李勉埋金"、"李勉抬棺治贿"等。前者讲李勉少年贫困,客游外地时,曾与一书生同行,书生重病临终时,取出所带金银交给李勉,说:"左右无人知,幸君为我葬,余则君自取。"李勉在安葬时,将多余的金银放入棺材里。后来,书生的家人寻访,李勉和他们一起打开坟墓,把金银全部交给了他们。后者讲李勉任开封府尉时,勒令凡受贿者三日内自首,逾期抬棺来见,立即震慑了当地。有一个污吏,故意逾期,抬棺前来。李勉于是命令手下将他装进棺材,扔到汴河里。本文虽是"李勉雪冤",其实通读之后,都知是袁滋理冤。作为司法官员,一定要深思熟虑,善于发现疑点。而那个县令,自己接收坛中金的时候,粗心大意,没有查验,致使"不能自明",应当吸取教训。

李汧公勉镇凤翔①,有属邑耕夫得裹蹄金一瓮,送于县。宰虑公藏之守不严,置于私室。信宿视之,皆土块耳。瓮金出土之际,乡社悉来观验,遽有变更,莫不骇异,以闻于府。宰不能自明,遂以易金诬服,虽词款具存,莫穷隐用之所,以案上闻,汧公览之盛怒。俄有筵燕,语及

斯事，咸共惊异。时袁相国滋在幕中，俯首无所答。汧公诘之，袁曰："某疑此事有枉耳。"汧公曰："当有所见，非判官莫探情伪。"袁曰："诺。"俾移狱府中，阅瓮间得二百五十余块，遂于列肆索金溶泻，与块相等。既成，始称其半，已及三百斤。询其负担人力，乃二农夫以竹担舁至县。计其金数，非二人竹担可举。明其在路时，金已化为土矣。于是群情大豁，宰获清雪。

【注释】

①李汧公：即李勉(717—788)，唐朝的皇族宗室，字玄卿。曾经追随唐肃宗至灵武，被任命为监察御史，劝谏不要诛杀关东那些投降安禄山叛军的官员。后来因为不攀附奉承李辅国，受到李辅国的忌恨，被排挤到外地做官。大历初年担任京兆尹，因为不愿谄媚宦官鱼朝恩，又被排斥。为官二十年没有蓄积财物，一直礼贤下士，史书上称他可以作宗臣的表率。

【译文】

汧国公李勉镇守凤翔时，属县有一个农民从地里挖到一坛"裹蹄金"，送到县里。县令担忧县府库房守卫不严，就把它保存在自己家里。两天以后打开查看，(除了上面一层，下面)全变成了土块了！这坛黄金出土的时候，乡里的百姓们都来观看过，突然变成了土块，没有人不感到惊奇，这件事上报到了凤翔府。县令没有办法辩解，于是屈招偷换了金子而服罪，虽然有供词，却查找不到藏金的地方，于是又把此案上报，李勉看后非常愤怒。不久参加酒宴，酒席中间提及此案，在座的人都很惊讶。当时相国袁滋还在幕府中当僚属，只有他一人低头沉思，什么也没有说。

李勉便问他，袁滋说："我怀疑此事有冤情。"李勉说："你必有高见，不是你没人能探出真假来。"袁滋说："好吧。"派人将案件移到狱府中办理，袁滋查看坛中还有二百五十余块，就到市场上找来金子溶化，浇铸成与坛中土块的大小相等。铸成以后，刚刚用秤称了一半，就已经有三百斤重了。袁滋询问由几个人搬运的，是两个农民用竹扁担抬到县府的。统计一下黄金的数目，绝不是两个人用竹扁担能抬得起来的。很明显，在运往县府的路上，坛中的黄金已被人掉包，换成土块了。于是，人们恍然大悟，县令的冤情得到了昭雪。

冯仪滴桐油于茶

【题解】

"冯仪滴桐油于茶"断案，说明了知识广博的重要性，如果见多识广，很多问题都会轻易地得到解决。这样的例子很多，如五代时，有人向后汉的慕容彦超进献了一些新鲜的樱桃，但樱桃却被仆役偷吃了。慕容彦超知道后，就把仆役们叫来，安慰他们说："你们怎么敢偷吃呢？不要害怕！"然后就赏赐给这些仆役们一些酒，给他们压惊。实际上，慕容彦超已偷偷地在酒里放了药粉"藜芦散"。仆役们喝了酒以后，马上都呕吐起来，在吐出的东西中，就发现有樱桃。于是仆役们只好低头认罪。再如宋朝时秦桧的府中，有一棵石榴树。一共结了多少个石榴，秦桧都默记在心。有一次，秦桧发现少了两个石榴，他假装不知道。某天，府中要制作排马(用马力转动的鼓风器具)，秦桧竟然让左右的人去取斧子来砍这棵石榴树，站在他身旁的一个亲随小吏忙插嘴说："石榴那么好吃，砍了太可惜了！"秦桧回头对他说："是你偷吃了我的石

榴!”小吏吓得连忙叩头承认了。与这几个事例相比，下文按语中徐达的作法则过于笨拙、残忍了。

南唐冯仪为丰城令[1]，有田父诣令求决事。凌晨饭蕨，稍觉饥，至食肆求面，久不与，乃去。肆家坚索面金，不与，乃讼于县。公饮以茶，而洒桐油其中，田父尽吐，所食惟蕨耳，肆家乃伏罪。

【按语】按：武宁王徐达尝军于吴江[2]，有货食者知武宁军令严肃，诬一军士强食其面，冀赂己以丐免，闻于武宁。武宁心知其诬，剖腹视之，果无有。乃杀货食者。噫！武宁欲借一以警百，令则肃矣，彼无罪之军士，不几于冤死乎！彦超之吐樱，冯仪之吐蕨，其事可法，惜武宁之不知出此也。

【注释】

①南唐(937—975)：五代十国时期的十国之一，定都金陵(今南京)，历时三十九年，有先主李昪、中主李璟和后主李煜三位帝王。南唐最鼎盛时占地三十五个州，大致包括今江西全省及安徽、江苏、福建和湖北、湖南等省的一部分。人口约五百万。南唐时期，经济发达，文化繁荣，使得江淮地区在五代乱世中“比年丰稔，兵食有余”，为中国南方的经济开发作出了重大贡献。南唐后主李煜更是以他的书法、诗词留名后世。

②徐达(1332—1385)：明朝凤阳临淮(今安徽凤阳东)人，字天德。最初在家务农，1352年投奔郭子兴的起义军。1353年，仅率领二十四个人追随朱元璋攻取定远。鄱阳湖大战时，身先士卒，大败陈友谅的前锋，封为信国公。后来又拜为征虏大将军，与副将常遇春一起率二十五万兵马北伐，平定山东，攻破潼关，占领

元大都(今北京),转战山西、陕西。1370年封为魏国公,奉命镇守北平(今北京)。成为明朝的开国第一功臣。死后特追封为中山王,谥号武宁。

【译文】

南唐时期,冯仪任丰城县令时,有位种田人求县令决断一件事。早晨的时候,这个种田人吃的饭是蕨菜,到县城来后感到有点饥饿,就到面馆内想买碗面吃。等了好半天也没有给他上面,于是就离开了。但是店家执意索要那碗面钱,种田人不给他,于是告到县衙。冯仪请种田人喝茶,却在茶里滴了点桐油,种田人喝茶后立即呕吐,吃的全都是蕨菜,店家于是认罪伏法。

【按语译文】按语:明朝时武宁王徐达曾带领军队驻扎在吴江,有一小贩听说徐达军纪严明,就诬告一名兵士抢吃他的面食,以为如此,那个士卒害怕就会破财消灾,借此讹诈勒索。此事被徐达知道了,他明白这是诬告,但为证明自己军纪严明,随即将兵士剖腹检查,果然腹中没有面食,于是就杀了这个小贩。唉!徐达想以一警百,虽说军令够严厉了,但是那名士兵,不是白白冤死吗!慕容彦超吐樱桃,冯仪吐蕨菜,这些前代的事例都可效法。可惜徐达不知道用这些办法啊。

张咏识割牛舌者

【题解】

割掉别人家的牛舌头,以此来发泄怨气,是卑鄙无耻的行为。在古代,耕牛是非常珍贵的畜力,如果被割掉舌头,牛就很难存活,等于让牛活活饿死,但又不担负杀牛的罪责。类似的案

件相当多，所以，为官审案的人应该知道此类案件的破案方法。除了张咏外，北宋时期还有包拯也判过同样案件。包拯作扬州天长县县令时，有人来告状，说自己家的牛被人偷割了舌头。包拯秘密告诉他回家把牛杀了卖肉。在古代，私自杀牛是违法行为。等到这个人杀牛卖肉时，就有人告发他。一般情况下，同乡同村的人，碍于情面，都不愿意以这样的事告发别人，怕伤了同乡之情。只有有仇怨的人才会这么做，而这个有仇怨的人，就很有可能是割牛舌头的人。所以，包拯用此推理，找到了割牛舌头的人。明朝时人钱和作秀州嘉兴县令时，有村民的牛被盗杀，钱和让他赶紧回家，别对外说自己已告了官，只召集同村的人把牛肉分了，送给认识的人，平时有仇怨的人要加倍给。这个村民就按照钱和的话去做了。第二天，有人拿着牛肉来告发私杀耕牛。钱和立即审讯他，果然是他盗杀的。包拯、张咏、钱和用的都是同样的办法。

张咏知永兴，有父老诉牛舌为人所割①，咏曰："尔于邻伍谁是最隙②？"曰："有甲氏尝贷粟于某，不遂，构怨之深。"咏戒云："至家，径解其牛货之。"父老如教。翌日，有诉擅杀牛者，咏曰："尔割某氏牛舌以偿贷粟之怨，而反致讼耶！"其人服罪。

【注释】

①父老：古时职掌管理乡里事务的年长者；或是对老年人的尊称。

②邻伍：《说文》解释为："五家为邻，五邻为里。"

【译文】

张咏主管永兴军时，有一父老告状说牛的舌头被人割掉了。张咏说："你和邻居里谁有仇怨？"回答说："有甲某曾经向我借粟米，没有借成，就非常怨恨我。"张咏秘密告诉他："回家后，直接杀掉牛卖了。"父老按照张咏的话去做了。第二天，有人告状说父老擅自杀牛，张咏说："你割了人家的牛舌头，想宣泄没有借到米的怨气，现在反过来还要告别人杀牛？"这个人认罪伏法。

向敏中疑狱擒真凶

【题解】

这个故事记载在司马光的《涑水纪闻》中。向敏中善于明察是非，很有才略，而且熟悉民情，善于处理疑难案件。宋真宗提升他任尚书左仆射，这样高的职位从来没有授给别人，因此，真宗认为向敏中一定会喜庆炫耀一番，于是派人去暗察，却只见向敏中闭门谢客，家中静悄悄的毫无动静。宋真宗称赞说"大耐官职"，有宠辱不惊之风。数百年后，平江向氏建有"大耐堂"，以纪念和继承先祖的遗风。正是因为向敏中的谨慎心细，善于明察，才能够在这个疑案中擒获真的凶犯，否则，如此离奇的案子怎么能辨明呢？

向敏中判京西[①]，有僧暮过民家求宿，主人不许，僧权宿门外车箱中。是夜有盗自墙上扶一妇人并囊衣而出，僧见之，自念不为主人所纳而强求宿，今亡其妇及财，明日必执我诣县矣，因夜亡去。走荒草中，忽坠眢井[②]，妇人已为人所杀，先在其中。明日，主人搜得之，执诣县。不

堪掠治，僧自诬与妇奸，诱与俱亡，恐为人所得，因杀之投井中。暮夜不觉失足，亦坠其中。赃在井傍，不知何人所取。狱成，皆不以为疑，独敏中以赃不获，疑之，引僧诘问数四。僧但言："前生当负此人，死无可言。"固问之，乃以实对，敏中因密使吏出访。吏食于村店，店妪闻其自府中来，潜问曰："僧某狱何如？"吏绐之曰："昨已笞死于市矣！"妪曰："今若获贼何如？"吏曰："府已误决此狱，虽获贼，不敢问也。"妪曰："然则言之无伤矣。妇人者，乃此村少年某所杀也。"吏曰："其人安在？"妪指示其舍。使掩捕获之，案问具服，并得其赃。

【注释】

①向敏中(949—1020)：宋代诗人，字常之，开封人。太平兴国五年(980)进士。《宋史·向敏中传》记载了他的事迹。

②眢(yuān)井：干枯的井。

【译文】

向敏中掌管京西时，有一个僧人傍晚路过一户人家借宿，主人没有应允，僧人就暂且躺在门外农车的车箱中过夜。当天晚上有个盗贼挟持着一个妇人还有一包衣服翻墙而出，和尚看见整个过程，心想自己不被主人接纳而自己强求借宿，现在丢失了妇人与财物，明天必然会把我抓起来送到官府，于是趁夜色逃走。在荒野逃走过程中，忽然掉进一口枯井中，想不到那妇人已被人杀死，已先扔在井里了。第二天，主人搜查到和尚及妇人的尸体，就把他抓住送到县衙。因不堪忍受严刑拷打，僧人被迫承认自己与妇人通奸，引诱她一起逃走，担心被人抓住，于是杀了她并将尸体投入井中。夜里太黑，自己不小心失足，也掉进井里。赃物原来在井旁，不知被什么人拿走了。案子已审定，所有人都坚信不疑，只有向敏中认为赃物没有查获，对此案件还存有疑虑，提来僧人反复审问。僧人只是说："我前生应肯定欠下此人的孽债，死了也没什么可说。"向敏中一再问他，僧人才说出那晚实情，向敏中于是密派衙吏外出查访。有衙吏外出巡查时在某个村店吃饭，店中妇人听说他是从官府里来的，就偷偷地问："僧人杀人的案子怎么样了？"衙吏欺骗她说："昨天已在市上打死了。"妇人说："如果现在抓到真凶怎么办？"衙吏说："如果是那样，官府既然已经误判此案误杀了僧人，即使抓到真凶，也不敢过问了。"妇人说："既然这样，我说出来也就没有关系。那个妇女，是此村某少年杀死的。"衙吏说："此人在哪里？"妇人指明了他的房子。向敏中派人捕获了他，经过审讯全部招认了，而且查到了赃物。

卷二十六刑狱类三

折狱类下

老吏辨盗

【题解】

“老吏辨盗”寓意深刻，从表面上看来，年长胥吏由于久在官府衙门，非常熟悉案例中的各种阴谋诡计和断案技巧，因此，在主管官员出现疑难问题时，根据自己丰富的经验，往往能轻而易举地解决繁难问题。

安吉州富家娶妇，有盗乘人冗杂入妇室，潜伏床下，伺夜行窃，不意明烛达旦者三夕，饥甚奔出，执以闻官。盗曰：“我非盗也，医也。妇有僻疾，令我相随，常为用药耳。”宰诘问再三，盗言妇家事甚详，盖潜伏时所闻枕席密语也。宰信之，逮妇供证，富家恳免，不从，谋之老吏。吏白宰曰：“彼妇初归[①]，不论胜负，辱莫大焉。盗潜入突出，必不识妇，若以他妇出对，盗若执之，可见其诬矣。”宰曰：“善。”选一伎盛服舆至，盗呼曰：“汝邀我治病，乃执我为盗耶！”宰大笑，盗遂服罪。

【注释】

①初归：指女子刚刚嫁到夫家。古代以女子嫁到夫家为“归”，即成为夫家之人。

【译文】

安吉州有一富裕人家娶媳妇，有个贼趁人多混进新房内，偷偷躲在床底下，想等到晚上进行偷窃，没想到新房花烛通宵达旦一直三天，盗贼饿极了奔跑出来，被人们抓住报告给官府。贼狡辩说：“我不是贼，是医生。新媳妇有怪病，叫我一直跟随，方便随时用药。”长官多次讯问，贼说起新媳妇家的事很详细，大概是躲在床下偷听到的夫妇枕边的悄悄话。但官员却相信了他，要抓捕新媳妇来提供证词。这户富裕人家恳求饶恕，长官不同意，与一名老衙吏商量此事。老衙吏告诉长官说：“那个媳妇刚刚嫁到夫家，无论官司胜负，总归是一件莫大耻辱的事。贼是偷偷藏进房中的，又是突奔逃跑，一定不认识这个媳妇，如果让其他妇女来对证，此贼如果认可，就说明这是冤枉了。”长官说：“好。”就挑选了一名妓女穿起漂亮衣服，坐轿来到官府，贼看到就喊叫：“你请我来给你治病，怎能把我抓起来说是贼呢？”长官大笑，贼最终认罪伏法。

卷二十七刑狱类四

迹 盗

捕盗名官苏无名

【题解】

苏无名被称为“捕盗名官”，其实他也并没有什么特别的新奇手法，善于观察、善于发现，注意细节，这就是其难能可贵的制胜法宝。此文中就展现了苏无名的洞察能力，当他发现有一群胡人出殡发丧时，根据多年断案练就的火眼金睛，马上就判断出这伙人是盗贼，但因为不知他们把赃物藏在何处，所以暂时按兵不动，静观其变。由于已经发现了盗贼团伙，因而在武则天面前也就成竹在胸，敢于打下包票。后来又经过吏卒的跟踪、观察，进一步证实了先前的推测，又找到了藏匿赃物的地点。我们看到，在整个事件的处理过程中，苏无名洞若观火，沉着稳重，游刃有余，似乎所有的变化全在他的掌控之中，苏无名真不愧对“名捕”的美誉。

天后时[①]，太平公主妆奁为盗所窃[②]。后大怒，召潞州长史谓曰[③]：“三日不得盗，罪长史。”吏卒、游徼惧，计无所出。途遇湖州别驾苏无名[④]，相与请至县，白尉曰：“得盗物者来矣。”尉怒曰:“何诬辱别驾!”无名笑曰:“某历官,所在擒奸,适伏有名,盗至前,无得脱者。此辈应先闻之,故请为解危耳。”尉白之长史,闻于天后,后召谓曰:“卿得贼乎?”对曰:“若委臣取贼,无限日月,且宽州县,令不追求,两县擒盗吏尽以付臣,臣为陛下取之。”后许之。无名戒吏卒曰:“十人、五人为侣,于东门候之。见胡人十余辈,衣衰绖相随出赴北邙者,可踵之而报。”吏卒伺之,果得焉,驰白无名。问曰:“胡何向?”曰:“向一新冢设奠,哭而不哀,彻奠巡视冢旁,相视而笑。”无名喜曰:“得之矣。”使尽执诸胡,发其冢,剖棺视之,皆宝物也。后曰:“卿何策而得贼?”对曰:“非有他计,但识贼耳。臣到都之日,即此胡出葬之时,臣见即知是盗,但不知葬处。今当拜扫,计必出城,寻其所之,即知其墓。贼既奠,哭而不哀,明所葬非人也。相视而笑,喜墓无所伤也。向陛下迫促府县,贼既急,必取而逃之矣。”后曰:“善。”

【注释】

①天后:指武则天(624—705),唐高宗的皇后,武周王朝的皇帝。并州文水(今山西文水东)人。我国历史上第一位女皇帝。

②太平公主(?—713):唐高宗与武则天的幼女,深得武则天宠爱。最初嫁给薛绍,后来再嫁给武攸暨。710年,与李隆基(即唐玄宗)共谋诛杀了韦后和安乐公主,拥立睿宗,权震天下。唐玄宗即位后,又想发动政变,事情泄露后被唐玄宗赐死。

③长(zhǎng)史:地方官府的佐官。隋、唐时期各都督府、都护府、州府都设置这一官职,唐朝中期以后,除了扬州、益州等大

都督府的长史按旧例兼任本镇节度使外，其余的大多没有实际职任，只用来安置闲散及贬谪的官员。

④别驾：也称别驾从事、别驾从事史。隋、唐时期为州、府地方上的佐官之一，常常与长史互改名称，有时也会同时设置，大多没有实际职任。因为在地方上属于品高俸厚的官职，所以常用来安置受贬谪的大臣。

【译文】

唐代武则天时，太平公主的妆奁被偷了。武则天非常愤怒，召见潞州府的长史，对他说："三天内抓不到贼，就拿你长史问罪。"从府里的吏卒到乡里的缉捕人人惶恐不安，但又无计可施。有吏卒外出查访，路上遇见了湖州别驾苏无名，相互交谈后就请他到县里，报告县尉说："能抓贼的来了。"县尉生气地说："你们怎么能对别驾这样没有礼貌呢?"苏无名笑着说："我在各地当官，善于抓捕盗贼，小有些名气，盗贼从我眼前过，都逃脱不掉我的眼睛。这些衙吏可能先前听说过我，因此请我来帮助解决困难。"县尉禀告了长史，此事连则天皇后也听说了，则天皇后召见苏无名，问他说："你能拿到盗贼吗?"苏无名答复说："如果派我捉拿盗贼，请不要限定时间，并且宽放州县，不要让州、县去追查。两县捕盗的吏卒都交给我派遣，我一定为陛下捉拿到贼。"武则天同意了他的请求。苏无名告诫吏卒说："你们以十人、五人为一伙，到城东门等候着。如果看见十几个身穿孝服的胡人出城向北邙山方向走，就紧跟着他们并回来报告。"吏卒们等候在那儿，果然见到一群胡人，立即报告苏无名。苏无名问："胡人到哪里去了?"回答说："向一座新坟摆了供品祭奠，但哭得不伤心。祭奠之后绕着坟墓看了一看，又相视而笑。"苏无名大喜说："抓到贼了。"命令把这些胡人全抓起来,挖开坟墓,打开棺材一看,全是宝物。武后问苏无名:"你用什么办法抓到盗贼?"苏无名回答说:"没有什么计谋,只是认出这些胡人是贼。我来都城那天,正好遇见这些胡人出葬,我一看就知是盗贼,但不知他们把东西埋在什么地方,今天应是扫墓的日子,估计他们一定会出城,跟着他们,就能知道埋葬地点。这些盗贼设奠祭祀,哭而不哀,就说明墓里埋葬的不是人。他们又相视而笑,那是高兴墓没被人挖掘。如果陛下催促州、县破案,盗贼感到形势紧张,一定会急着取走赃物逃跑了。"武后说:"好。"

杨武善用奇

【题解】

俗话说"做贼心虚",但凡有人做了坏事,心里一定会忐忑不安,脸色、神情就会表露出来,再怎样掩饰,也无法像常人那样内心坦荡、神情自若。杨武就是抓住了坏人"做贼心虚、内心有鬼"这一点,通过吓唬、威慑,使贼自己心理承受不了,自然就暴露出来了。与杨武相同,北宋蔡高调任福州长溪县尉时,有一对夫妇全都外出不在家,强盗杀死了他们留在家里看家的孩子。蔡高于是召集全村百姓都坐在一起,环顾一圈,仔细观察后,指出一个人说:"就是你杀的人。"审讯之后,果然是他。后人评价"高之明察,尤可称也"。东晋时,孟嘉(陶渊明的外祖父)和一群人坐在一起,当时褚裒还不认识他,庾亮就让褚裒自己辨认谁是孟嘉。褚裒仔细观看了很久,指着孟嘉说:"此人小异,得无是乎?"以此来看,虽然观察的对象善恶不同,然而道理却是一样的,一个人的际遇、性格、品行在其外貌和行为处事的过程中自然会有所流露,"君子坦荡荡,小人常戚戚"说的也是这个道理。

佥都御史杨北山[1]，名武，为淄川令，善用奇。邑有盗市人稷米者，求之不得。公摄其邻居数十人跪于庭，而漫理他事不问，已忽厉声曰："吾得盗米者矣。"其一人色动。良久，复厉声言之，其人愈益色动。公指之曰："第几行第几人是盗米者。"其人遂服。又有盗田园瓜瓠者[2]，是夜大风雨，根蔓俱尽。公疑其仇家也，乃令印取夜盗者足迹，布灰于庭，摄村中丁壮者，令履其上，曰："合其迹者即盗也。"其最后一人辗转有难色，且气促甚。公执而讯之，果仇家而盗者也，瓜瓠宛然在焉。又有一行路者于路旁枕石熟睡，囊中千钱人盗去。公令舁其石于庭，鞭之数十，而许人纵观不与禁，乃潜使人于门外候之，有窥觇不入者即擒之。果得一人，盗钱者也。闻鞭石事甚奇，不能不来，入则又不敢，求其钱，费十文尔，余以还枕石者。

【注释】

①佥都御史：官名。明朝的都察院所设置的官职，分左、右佥都御史，正四品，低于左、右副都御史。

②瓜瓠(hù)：泛指瓜类作物。

【译文】

佥都御史杨北山，名叫杨武，曾经担任山东淄川县县令，擅长用奇特的方法处理案件。县里有人盗卖别人粮食的，人们没有抓到这个贼。杨武把失主的邻居数十人都抓来跪在大堂前，而自己却漫不经心地处理其他事情，不审问他们，过了一会儿突然高声严厉地说："我知道是谁偷米了。"其中有一个人脸色发生了变化。

过了很久，杨武又高声严厉地说知道谁是贼了，那个人的脸色越发变得厉害。杨武指着他说："第几行第几人就是偷米的人。"那个人于是认了罪。又有一件偷人家田园中瓜瓠的案子，当天夜里大风大雨，瓜瓠被人全都连根拔起。杨武怀疑是瓜园主的仇家干的，于是就下令取来那晚窃贼的脚印，在厅堂的地上撒上灰，抓来村里青壮年男子，让他们在灰上踩上脚印，说："与脚印吻合的即是窃贼。"有一个躲躲闪闪排到最后，一直犹豫不定，脸有难色，而且呼吸又很紧张。杨武把他抓起来进行审讯，果然是仇家偷的，偷的瓜还完全都在。又有一个过路人在路旁枕着石头睡着了，口袋内的千枚钱被人偷走了。杨武就令人把石头搬到大堂上，令人鞭打了几十下，同时允许人们随便观看这个场景而不加拦阻，却秘密派人在门外观察，发现有谁在偷看却不进入大堂，就立即捕获。果然抓到一个这样的人，就是偷钱的人。原来他听说鞭打石头的事，感到很新奇，所以没法不来，但又不敢进去。向他追问被盗的钱时，他已花了十文，剩下的全还给了枕石睡觉的人。

卷二十八说词类一

奉使

晏子论橘枳

【题解】

“晏子论橘枳”是众所熟知的故事，晏子和楚王之间看似在就事论事，其实他们之间是在斗智斗勇。故事中楚王看似随意询问犯人，实则是想让齐国使臣晏子难堪，从而获得外交中的优势。但睿智的晏子将计就计，以橘生淮南为橘、生于淮北为枳的比喻巧妙地羞辱了楚王，显示出自身的机智聪慧。

齐晏子使荆[①]，荆王请左右曰：“晏子，贤人也。今来，欲辱之，何以也？”对曰：“其来也，臣请缚一人过王而行。”于是荆王与晏子语，缚一人过王而行。王曰：“何为者也？”对曰：“齐人也。”王曰：“何坐[②]？”曰：“坐盗。”王曰：“齐人固盗乎！”晏子反顾之曰：“江南有橘，取而树之江北，乃为枳，所以然者，何其土地使之然也。今齐人居齐不盗，来之荆而盗，得无土地使之然乎！”王曰：“欲以伤子，而反自中也。”

【注释】

①荆：即楚国，荆王即楚王。

②坐：罪，定罪，由…而获罪。

【译文】

齐国的晏婴出使到楚国，楚王请来了侍从官员，说："晏婴是个有才能的人，如今出使来到我国，我想侮辱他，有什么好方法吗？"有人说："等他来了，我请求您能同意捆绑一个犯人在大王面前走过。"晏子到来了，楚王与晏子交谈时，有一人被捆绑着，从楚王面前走过。楚王说："这是什么人呢？"押送的人说："是齐国人！"楚王说："犯了什么法？"回答说："犯了偷盗罪。"楚王说："齐国人本来就是贼吧！"晏婴回过头对楚王说："江南有一种橘子，拿来把它种到江北，长大变成枳，为什么会这样呢？是江北的土质使它成长为枳啊！现在齐国人居住在齐国不偷，来到楚国就成了盗贼，该不是楚国使他变成这样吧。"楚王说："我本来是想羞辱您，却反而自取其辱了。"

蔺相如完璧归赵

【题解】

蔺相如是在秦国威逼利诱、赵国君臣左右为难的矛盾中出场的：秦王求璧，贪婪霸道，虎狼之秦易城求璧，诚意少而诈骗多，所以赵国君臣深感"予"或"勿予"两难。先突出难，以烘托蔺相如化"两难"为"两全"的智勇。赴秦之后分为三个场景来表现蔺相如这个人物。首先是献璧取璧。秦王在偏殿接见蔺相如，拿到璧后又"传示美人及左右，左右皆呼万岁"，毫无迎见外国使臣的礼貌和诚意，但蔺相如略施小计就收回玉璧，又以赵王"修敬"斥责秦王“倨傲”，并以人、璧俱碎迫使秦王“辞谢”割城。第二个场景是蔺相如看出不可能真正得到秦的十五城，就想方设法争取时间，将玉璧送回赵国。最后一个场景，蔺相如在大庭广众之下，揭露秦国历朝历代的背信弃义，秦王与群臣却“相视而嘻”，并不是因被戏弄侮辱而暴怒，足以说明这是一场外交骗局。当蔺相如告诉秦王和氏璧已送回赵国，并已将个人生死置之度外时，只好“卒廷见相如，毕礼而归之”。因此蔺相如成就了“完璧归赵”的佳话，打击了秦国的威风，捍卫了赵国的尊严。

赵惠文王得和氏璧[①]。秦昭王闻之[②]，使人遗赵王书，愿以十五城易璧，赵王与大臣谋，欲予秦，秦城恐不可得，徒见欺；欲勿予，即患秦兵之来。计未定，求人可使报秦者。宦者令缪贤曰：“臣舍人蔺相如[③]，其人勇士，有智谋，宜可使。”于是王召见，问曰：“秦以十五城易璧，可与不？”相如曰：“秦强而赵弱，不可不许。”王曰：“取吾璧，不与我城，奈何？”相如曰：“秦以城求璧，赵不许，曲在赵；赵予璧，而秦不与赵城，曲在秦。宁许以负秦曲。”王曰：“谁可使者？”相如曰：“臣愿奉璧往使。城入赵而璧留秦；城不入，臣请完璧归赵。”于是遣相如入秦。相如奉璧奏秦王，秦王大喜，传示美人及左右，左右皆呼万岁。相如视秦王无意偿赵城，乃前曰：“璧有瑕，请指示王。”王授璧，相如持璧却立，倚柱，怒发上冲冠，谓秦王曰：“大王欲得璧，使人发书至赵，赵王召群臣议，皆曰：‘秦贪，负其强，偿城恐不可得。’议不欲予秦璧。臣以为布衣之交尚不相欺，况大国乎！且以一璧故逆强秦之欢，不可。于是赵王斋戒五日，拜送书于庭，何者？严大王之威以修敬也。今大王见臣列观[④]，礼节甚倨；得璧，传之美人，以戏弄臣。臣观大王无意偿赵城，故臣复取璧。大王必欲急臣，臣头与璧俱碎于柱矣！”持其璧欲以击柱，秦王辞谢固请，召有司按图以十五城予赵。相如度秦王特以诈佯予赵城，实不可得，乃謂秦王曰：“和氏璧，天下所共宝也。赵王送璧时，斋戒五日，今大王亦宜斋戒五日，设九宾于庭，臣乃敢上璧。”秦王度不可夺，遂许斋五日，舍相如广成传舍。相如度秦王虽斋，决负约不偿城，乃使使者衣褐，怀其璧，从径道亡归。秦王斋五日，设九宾于庭，引赵使者。相如谓秦王曰：“秦自缪公以来[⑤]，未尝有坚明约束者也，臣恐见欺于王而负赵，故令人持璧归，间至赵矣。秦强而赵弱，大王遣一介之使，赵立奉璧来。今先割十五都予赵，赵岂敢留璧而得罪于大王乎？臣知欺大王之罪当诛，就请汤镬[⑥]。”秦王与群臣相视而嘻，左右欲引相如去，秦王曰：“今杀相如，终不能得璧，而绝秦赵之欢。”卒廷见相如，毕礼而归之。秦不以城予赵，赵亦终不予秦璧。

【注释】

①赵惠文王（约前307—前266）：原名赵何，赵武灵王次子，是继赵武灵王后比较有作为的赵国国君。任用乐毅和平原君为相，蔺相如为上卿，廉颇、赵奢为将，对外能以理对峙强秦，对内整顿税收，使得“国赋大平，民富而府库实”。军事上不断攻取齐、魏两国土地，当时人称赵国“尝抑强齐四十余年，而秦不能得所欲”。赵国在赵惠文王期间，成为在秦国兼并战争中唯一能与之抗衡的

国家。和氏璧:春秋时楚国人卞和在山中发现一块玉璞,献给楚厉王,玉工说是石头。厉王以欺君之罪砍了卞和的左脚。武王继位后,卞和再次献玉,玉工仍说是石头,卞和又失去了右脚。楚文王继位后,卞和抱着玉痛哭三天三夜,以致满眼流血。文王很奇怪,派人问他:"天下被削足的人很多,你为什么如此悲伤?"卞和感叹说:"我并不是因为被削足而伤心,而是因为宝玉被看做石头,忠贞之士被当作欺君之臣,是非颠倒而痛心啊!"文王命人剖开这块璞玉,果真是稀世之玉,便命名为"和氏之璧",即和氏璧。

②秦昭王(前 325—前 251):秦惠文王之子,秦武王之弟,战国时秦国的国君,为中国历史上在位时间最长的国君之一。先后大胜三晋、齐、楚等国,取得魏国的河东和南阳、楚国黔中和都城郢(今湖北江陵西北)。公元前 266 年,秦昭王采取远交近攻的策略,在长平(今山西高平西北)大胜赵军。占领和蚕食东方六国大片国土,使楚国国土缩小一半、魏国、韩国国土缩小 2/3、赵国缩小 1/3,并不断离间六国关系,前 256 年又灭亡东周。其在位后期,秦国实际控制疆域已经超过东方六国的总和。

③蔺相如(前 329—前 259):战国时期的政治家,赵国大臣。今河北曲阳人,一说山西临汾人。官至上卿。根据《史记·廉颇蔺相如列传》所载,完璧归赵、渑池之会与负荆请罪是他生平最重要的事迹。

④列观(guàn):一般的宫殿。此指秦国的章台宫。秦对赵使不尊重,所以不在朝廷上正式接见。

⑤缪公:即秦穆公(? —前 621),春秋时秦国国君。秦穆公非常重视人才,曾得到百里奚、蹇叔、由余、丕豹、公孙支等贤臣的辅佐,击败晋国,俘获晋惠公,又曾协助晋文公回国夺取王位。后来在崤(今河南三门峡东南)之战中被晋军大败,转而向西发展。周

襄王时，出兵攻打蜀国和其他位于函谷关以西的国家，“益国十二，开地千里”。因而周襄王任命他为西方诸侯之长，于是称霸西部。他对秦的发展和古代西部的民族融合都做出了一定的贡献，是颇有作为的政治家。

⑥汤镬(huò)：古代刑罚的一种，也作“烹”，就是把人放进大鼎或大镬，用滚汤将人活活煮死的酷刑。

【译文】

赵惠文王得到了和氏璧。秦昭王知道了这件事，派人给赵王送去书信，信中表明秦国愿意用十五座城池向赵国换取和氏璧。赵王便与大臣们商议，如果把和氏璧给秦国，秦国的城池可能会得不到，白白地被欺骗；如果不给，又担心秦国派兵来攻打。计谋定不下来，想找个可以差遣去回复秦国的人。宦者令缪贤说：“我手下有位叫蔺相如的，这人是个勇士，又有智谋，很适宜出使。”于是赵惠文王就召见蔺相如，问他：“秦国用十五座城来交换和氏璧，可以与他交换吗？”蔺相如说：“秦国实力强大而赵国弱小，不能不答应。”赵王说：“如果秦国拿了和氏璧，却不给我城池，怎么办？”蔺相如说：“秦国用城来求璧，赵国不答应，理亏的是赵国；赵国给了璧，而秦国不给赵国城池，理亏的是秦国。宁可答应秦国，让秦国负起理亏的名义。”赵王说：“谁愿意出使秦国呢？”蔺相如说：“我愿意捧和氏璧出使秦国。等到秦国的城划入赵国的版图，就把璧留在秦国；城不划到赵国，我将会把和氏璧完整地归还赵国。”于是赵王派遣蔺相如出使秦国。蔺相如捧璧上奏秦王，秦王很高兴，把和氏璧传给周围的妃妾及随从们观赏，随从们高呼万岁。蔺相如看秦王没有把城划给赵国的意思，于是就上前说：“这块璧有点瑕疵，请允许我指给大王看。”秦王把和氏璧交给相如，相如捧着璧退后站住，身体靠着柱子，愤怒得头发竖起，对秦王说："大王您想得到璧，派人将书信送到赵国，赵王即召集群臣商议，大家都说：'秦国贪婪，又仗势欺人，给城一事恐怕不能实现。'商议后不想把璧给秦国。我认为平民之间的交往，尚且不互相欺骗，更何况是秦国这样的大国呢！况且因为一块璧而违逆了与强秦的友好，这种做法是不恰当的。于是赵王就斋戒五天，在朝廷上亲自将国书交给我，这是为什么呢？这是尊重大王的威望，因而表示出特别的敬意。现在大王在普通的章台上接见我，礼节很傲慢，得到璧后又给周围的妃妾们观赏，以此来戏弄我。我看大王没有把城给赵国的意思，所以我又取回了璧。大王一定要逼我，那我的头与璧就一起在柱子上碰得粉碎了！"说完就捧着璧想去撞击柱子。秦王连忙表示歉意，请求蔺相如不要这样做，然后召来有关人员拿来地图，把十五座城池划给了赵国。相如看出秦王只是以此为诈，假装把城给赵国，实际上赵国不可能真正得到，于是对秦王说："和氏璧，是天下人所共知的一件宝物。赵王送和氏璧时，斋戒了五天，现在大王您也应该斋戒五天，在正殿上设九宾礼仪，臣才敢奉献此璧。"秦王考虑到无法强夺，就同意斋戒五天，安置蔺相如到广成馆驿休息。蔺相如想到秦王虽然斋戒，但一定会违约而不给赵国城池，于是就叫随从人员穿上平民的粗布衣服，把璧藏在怀中，从小道离开秦国回到赵国去了。秦王斋戒了五天，在正殿上设了九宾礼仪，然后派人延请赵国使者蔺相如。蔺相如对秦王说："秦国从缪公以来，就不曾出现过一个恪守信约的，我担心被大王欺骗而有负于赵国，所以派人带着璧回去了，估计现在已从小路回到赵国了。秦国强大而赵国弱小，大王派一个使臣到赵国，赵国立即捧璧来秦国了。现在先割十五城给赵国，赵国哪敢留下璧来得罪大王您呢？我知道欺骗大王的罪行是要被杀头的，我愿意接受汤镬之刑。”秦王与群臣相视嬉笑，两边武士想抓蔺相如去治罪，秦王说：“如今杀了蔺相如最终也得不到玉璧，反而断绝了秦、赵两国的友好关系。”结果还是在正殿上接见了蔺相如，完成外交礼节后，送蔺相如回国。秦国不把城给赵国，赵国最终也没有把璧给秦国。

卷二十九说词类二

盟会

秦赵渑池之会

【题解】

司马迁的《史记》文笔精湛，用词凝练，在“秦赵渑池之会”中，生动地表现了当时的场景，使人物形象、神态、心理和全场气氛跃然眼前。如在会场上，秦国早已蓄谋羞辱赵王，只待赵王一鼓瑟，秦御史就立即上前记录下来。而当蔺相如威胁秦王击缶后，赵御史在双方剑拔弩张的紧张气氛中却完全没有意识到要作记录，是蔺相如“顾召”即回头召唤他才恍然大悟的。可见，一是秦赵两国相比，秦蓄谋已久，奸诈阴险，赵毫无准备，猝不及防；二是赵王与蔺相如相比，赵王手足无措，蔺相如机智勇敢；三是秦王与蔺相如相比，秦王傲慢无礼，蔺相如有理有节。司马迁善于用词，用语不同则寓意不同，如秦王与赵王“会”饮，“令”赵王鼓瑟，而蔺相如则是“请奉”盆缶以相娱乐，秦王“为”赵王击缶。“渑池之会”蔺相如不仅表现出聪明智慧，更表现出士可杀不可辱的勇敢气概。

秦王使使告赵王，愿为好，会于河外渑池①。赵王欲毋行，廉颇、蔺相如计曰："王不行，示赵弱且怯也。"赵王乃行，相如从。颇送至境，与王诀曰："王行，度道里会遇之礼毕，还，不过三十日。过三十日不还，则请立太子为王，以绝秦望。"王许之，遂与秦王会渑池。秦王饮酒酣，曰："窃闻赵王善音，请鼓瑟②。"赵王鼓瑟，秦御史前书曰："某年月日，秦王与赵王会饮，令赵王鼓瑟。"相如进曰："窃闻秦王善为秦声，请奉盆缶以相娱乐。"秦王不许。相如前进缶，跪请秦王。秦王不肯击，相如曰："五步之内，请得以颈血溅大王矣！"左右欲刃相如，相如张目叱之，左右皆靡。秦王不怿，为一击缶。相如顾召赵御史书曰："某年月日，秦王为赵王击缶。"秦王竟酒终不能加胜于赵，赵亦盛设兵以待秦，秦不敢动。

【注释】

①渑池：位于今河南西部三门峡。北濒黄河，与山西省的垣曲、夏县、平陆隔河相望，南与洛宁、宜阳相连，东面与新安为邻，西界崤山、函谷关与陕县接壤。渑池之名来源于古水池名，本名黾池，以池内水多生黾（一种水虫）而得名。

②瑟：古代弹弦乐器。中国原始的丝弦乐器之一，共有二十五根弦。最早的瑟有五十弦，故又称"五十弦"。

【译文】

秦王派使者告诉赵王，希望两国结为盟好，约定在河外的渑池相见。赵王不想去，廉颇、蔺相如为赵王谋划说："大王您不去，就向秦显示出赵国的软弱与胆怯呀！"于是赵王就出发了，蔺相如随从一起去。廉颇送到边境，与赵王诀别说："大王此去，估计往返路程再加上会见的礼仪结束，到回来之日，不会超过三十天。如果超过三十天还没有回来，请允许立太子为王，以此打断秦国挟持您的奢望。"赵王同意了，于是与秦王在渑池相会。秦王酒喝得很酣畅，说："我听说赵王擅长音乐，请弹瑟。"赵王就弹瑟，秦国的御史走上前记道："某年某月某日，秦王与赵王一起饮酒，命令赵王弹瑟。"蔺相如走上前说："我私下里听说秦王善于秦乐，请让我为您奉上盆缶共同娱乐一番。"秦王不同意。蔺相如向前捧上缶，跪地请求秦王。秦王不愿意击缶，蔺相如说："五步之内，我颈中的鲜血将会溅到大王身上！"秦王左右的人都想杀蔺相如，蔺相如瞪大眼睛呵斥他们，左右的人都害怕了。秦王虽然不高兴，但也不得不击了一下缶。蔺相如回头召来赵国御史写道："某年某月某日，秦王为赵王击缶。"秦王直到酒席结束始终没能压倒赵国，赵国也准备重军防备秦国，秦国不敢轻举妄动。

善说

触龙说赵太后

【题解】

秦国大举攻赵，并已占领赵国三座城市。赵国形势危急，向齐国求援。齐国一定要长安君为人质，才肯出兵。赵太后溺爱长安君，执意不肯。触龙只有说服赵太后，才能解除赵国的危机。历史上的赵太后，并不固执任性，而是很有政治头脑的人。但她作为母亲，也同样溺爱子女。不过，在触龙的劝谏下，她很快认识到怎样才是真正的爱子。本文生动传神地描写了她由拒谏到纳谏的转变过程。文章一开始就写她："明谓左右，有复言长安君为质者，老妇必唾其面。"把一个有威势、顽固、任性、溺爱幼子的老太婆形象勾画得栩栩如生。但随着触龙劝谏的深入，她的情绪慢慢发生改变，由"盛气"而"色少解"而"笑"，最后说出"诺，恣君之所使之"，完全接受劝谏。触龙的形象也刻画得很生动，他与一般大臣只强调国家利益，不关心长安君利益，一味强谏不同。赵太后不只是被他所说的道理折服，也被他的真诚所感动。他善于层层开导，步步深入，有理有情。

秦急攻赵，赵求救于齐，齐曰："必以长安君为质，兵乃出。"太后不肯，大臣强谏[1]。太后明谓左右："复言长安君为质者，老妇必唾其面。"左师触龙请见[2]，太后盛气而胥之[3]。入，徐趋而坐[4]，谢曰："老臣病足，不得见久矣，恐太后玉体之有所郄也[5]，故愿望见。"太后曰："老妇恃辇而行。"曰："食得毋衰乎？"曰："恃粥耳。"太后不和之色少解。左师曰："贱息舒祺最少[6]，不肖，而臣衰，窃爱之，愿令补黑衣之缺，以卫王宫。"太后曰："诺，年几何矣？"对曰："十五岁矣，虽少，愿及未填沟壑而托之。"太后曰："丈夫亦爱少子乎？"对曰："甚于妇人。"太后笑曰："妇人异甚。"对曰："老臣窃以为媪之爱燕后贤于长安君。"曰："君过矣，不若长安君之甚！"左师曰："父母爱其子，则为之计深远。媪之送燕后也，持其踵而哭，念其远也，亦哀之矣。已行，非不思也，祭祀则祝之曰：'必勿使反'，岂非计长久有子孙相继为王也哉？"太后曰："然。"左师曰："今三世以前，至于赵王之子孙为侯者，其继有在者乎？"曰："无有。"曰："此其近者祸及身，远者祸及子孙，岂人主之子侯则不善哉？位尊而无功，奉厚而无劳，而挟重器多也。今媪尊长安君之位，封以膏腴之地，多予之重器，而不及今令有功于国，一旦山陵崩，长安君何以自托于赵哉？"太后曰："诺，恣君之所使之。"于是为长安君约车百乘，质于齐，齐兵乃出。

【注释】

①强(qiǎng)：竭力，极力。谏：古代臣对君、下对上的直言规劝。

②左师：春秋战国时期，宋、赵等国官制中有左师、右师，是掌握实权的执政官。触龙：战国时赵国人，官左师。

③胥：通“须”，即等待。

④徐趋：用快走的姿势，慢步向前走。徐，慢慢地；趋，小步快走。古礼规定，臣见君一定要快步往前走，否则便是失礼。触龙因年老病足，不能快走，又要做出“趋”的姿势，只好“徐趋”。

⑤郄(xì)：同“隙”，空隙，引申为毛病。

⑥贱息：卑贱的儿子。这是对别人谦称自己的儿子，与现在说的“犬子”“贱子”意同。

【译文】

秦国急攻赵国，赵国向齐国请求援救，齐王说：“必须先以长安君为人质，我们才出兵。”太后不肯，大臣们极力劝谏。太后明确地对大臣们说：“再有说让长安君做人质的，我一定吐他一脸唾沫。”左师触龙请求拜见太后，太后怒气冲冲地等着他。触龙进屋以后，慢慢地跑上前，到太后跟前跪坐下，谢罪说：“老臣的脚有病，走路不方便，所以很久没有拜见您了，因为担心您的玉体欠安，所以希望能来看看太后。”太后说：“我也只能靠坐辇车走路了。”触龙说：“饮食没有减少吧？”太后说：“靠喝粥罢了。”太后的怒色稍稍缓和了。触龙说：“老臣最小的儿子叫舒祺，还不成材，我年纪大了，最疼爱他，希望能让他做一名卫士，来保卫王宫。”太后说：“好吧！年龄多大啦？”触龙说：“十五岁啦！虽然还小，但希望趁我没死之前把他托付给您。”太后说：“男人也疼爱自己的小儿子吗？”触龙回答说：“比女人还厉害。”太后笑着说：“女人疼爱儿子才特别厉害。”触龙答说：“老臣私下认为您疼爱燕后超过了长安君。”太后说：“你错了，不如疼爱长安君那么厉害！”触龙说：

"父母疼爱子女,就会替他们从长远打算。您送燕后出嫁时,拉着她流泪,是想到她要远嫁了,伤心不忍离别。燕后走后,不是不思念她,但祭祀时却祝福说:'千万不要使她回来。'这难道不是替她从长远打算,希望她有子孙相继为王吗?"太后说:"是的。"左师说:"从现在三代人以上算起,赵王的子孙被封侯的,他们的后代还有在侯位的吗?"太后答:"没有。"左师说:"这些人中,早的灾难降在自己身上,晚的灾难降在子孙身上,难道是国君的子孙封侯后都不好吗?是因为他们地位尊贵却没有功勋,俸禄丰厚却没有劳苦,而且还拥有很多宝物。现在您使长安君的地位很尊贵,又封给他肥沃的土地,给他很多贵重的器物,而不趁现在让他有功于国家,一旦您去世了,长安君靠什么在赵国做君主呢?"太后说:"好吧!任凭您去安排吧!"于是为长安君准备了一百辆车,送到齐国做人质,齐国才出兵。

卷三十说词类三

善　谏

陈子亢谏止殉葬

【题解】

此事见于《礼记·檀弓》。先秦时期，君王和贵族在死后，往往以活人殉葬。当时的人们认为，人死后灵魂还会在阴间继续活着，同在生前一样。因此，要像生前一样享受荣华富贵，还要有人侍候照顾，于是便以活人陪葬。春秋时期，这种不人道的做法，开始遭到反对。孔子就旗帜鲜明指责这种做法，陈子亢是孔子的学生，也深受老师的影响。就连主张厚葬的荀子，也极力反对以人殉葬，他在《荀子·礼论篇》中说，杀掉活着的人用作殉葬叫做残害！在这里，陈子亢并没有采取荀子这样义正词严的斥责方式，也不是慷慨陈词地讲大道理，而是巧妙地以其人之道，还治其人之身，既达到了目的，又在幽默之中体现了智慧，很值得赞赏和回味。

陈子车死于卫。其妻与其家大夫谋以殉葬[①]。定而后，陈子亢至[②]，以告，曰："夫子病[③]，莫养于下，请以殉

葬。"子亢曰:"以殉葬,非礼也。虽然,彼病,当养者孰若妻与宰?得已[4],则吾欲已;不得已,则吾欲以二子者为之也[5]。"于是弗果用。

【按语】按:陈子亢谏止殉葬,而欲以妻与宰为殉,正孟子所谓仁术也。西门豹之沉巫,宋均之敕条巫家男女以备公妪[6],皆得子亢之意。

【注释】

①大夫:为卿大夫处理家务的总管。下文的"宰"与此相同。

②陈子亢:孔子的弟子,陈子车的弟弟。生卒年不详。

③病:指死亡,在这里是对死者委婉的说法。

④已:止,终止,停止。

⑤二子:指陈子亢的妻子和家宰(即家大夫)。

⑥ 宋均之敕条巫家男女以备公妪:东汉的宋均任九江太守时,辖境内的浚遒县有唐、后两座山,当地百姓信奉祭祀山神,于是那些巫婆神汉们便挑选百姓人家的女儿为山神娶妻,年年如此,结果造成百姓们不敢进行嫁娶之事,前后几任太守却不敢禁止。宋均命令说:"从现在开始,给山神娶的妻子都要从巫婆神汉家中挑选,不要再骚扰百姓。"于是,给山神娶妻这种事就再也没有了。宋均(? —76),东汉南阳安众(今河南邓州东北)人,字叔庠。

【译文】

陈子车死在卫国。他的妻子和他家的总管商量着要用活人给他殉葬。商量好了以后,陈子亢来了,把这件事告诉他说:"先生(指陈子车)死了,没有人在地下供养他,请用人给他殉葬。"子亢说："用活人殉葬，不合于礼。虽说如此，子车死了，应当在地下供养他的最合适人选谁也比不上他的妻子和管家了。如果停止这件事，那么我想就算了；如果不能停止这件事，那么我想让你们二位来殉葬了！"于是最终没有用人殉葬。

【按语译文】按语：陈子亢劝阻殉葬，而先说要用子车的妻子和管家作殉葬的人，这种方法，正是孟子所说的"仁术"。西门豹把巫婆丢进河里，宋均命令巫家人自己与山神"婚配"，都是深得陈子亢之意啊。

卷三十一说词类四

谐　讽

优孟谏楚庄王葬马

【题解】

古人言："玩物丧志"，春秋时期卫懿公好鹤而亡国，可说是玩物丧志的典型。他爱鹤达到如痴如醉、不恤国政的地步。他还把鹤封有品位，供给俸禄，养鹤训鹤的人也都加官晋爵。每逢出游，鹤也分班随从，前呼后拥，有的鹤还乘有豪华的车轿。为了养鹤，每年耗费无数，为此向老百姓增收赋税，官民怨声载道，人心丧尽。公元前660年北狄侵犯卫国，卫懿公下令招兵抵抗，老百姓躲藏起来不肯充军，都纷纷说：让他的鹤为他打仗去吧。结果国破家亡，卫懿公自己也被砍成肉泥。后来卫大夫弘演为他收尸，只见血肉模糊，尸体零碎不全，只有一只肝还完好。弘演大哭，对肝叩拜说："您一世风光，如今无人收葬，连个棺木也没，臣且以身为棺吧！"拔刀剖开自己的肚子，把卫懿公的肝放入腹中，倒地而亡。随从的人只好把弘演的尸体当作懿公的棺材，草草掩埋。卫懿公的前车之鉴，竟然没有引起楚庄王的重视，本文展现了他的荒唐与愚昧。优孟以滑稽表演的方式，婉转地批评了楚庄王只知用士却不养士的错误做法。同时此文还说明，劝谏要讲究方式方法，“左右争之”却激怒了楚王，而优孟“仰天大哭”，反其道而行之的做法却产生了意想不到的效果。

楚庄王有所爱马病肥死①，欲以大夫礼葬之。左右争之，王下令曰：“有敢以马谏者死！”优孟闻之，入殿门，仰天大哭。王惊问其故。优孟曰：“马者，王之所爱也，以楚国之大，何求不得，而以大夫礼葬之，薄！请以人君礼葬之！”王曰：“何如？”对曰：“请以雕玉为棺，文梓为椁②，楩楠豫章为题凑③，发甲卒为穿圹，老弱负土。齐赵陪位于前，韩魏翼卫其后，庙食太牢④，奉以万户之邑。诸侯闻之，皆知大王贱人而贵马也！”王曰：“寡人之过，一至此乎！为之奈何？”优孟曰：“请为大王六畜葬之，以垅灶为椁，铜历为棺⑤，赍以姜枣，荐以木兰，祭以粳稻，衣以火光，葬之于人腹肠。”王乃使以马属大官，无令天下久闻也。

【注释】

①楚庄王（？—前591）：春秋时期楚国君主，春秋五霸之一。在位期间非常重视选择人才，先后得到伍子胥、苏从、孙叔敖、子重等卓有才能的文臣武将的辅佐。楚庄王在内政方面做过一些改革，赏罚分明，群臣和睦，百姓安居乐业，国力强盛，为取得霸业奠定了基础。

②文梓：纹理细致的梓木。

③楩（pián）、楠、豫、章：都是有名的贵重木材。章，通“樟”。题凑：下葬时将木材累积在棺外，用来护棺，木头都向内，叫做题

凑。题，头；凑，聚。汉代及汉代以前，王及诸侯多使用“黄肠题凑”。

④太牢：牛、羊、猪各一头，是最高的祭礼。

⑤铜历：大铜锅。历，通“鬲(lì)”，鼎一类的东西。

【译文】

楚庄王有一匹心爱的马因为喂得太肥病死了，庄王想要以大夫的葬礼去葬这匹马。身边的官员们纷纷劝阻，庄王下令说：“再有人敢劝阻葬马这件事的，就是死罪！”优孟听说了这件事，进入殿门之后，就仰天大哭。楚王惊讶地问他为什么这样哭。优孟说：“这匹马，是大王心爱之物，以楚国之大，大王还有什么东西想要而得不到的呢，以大夫的葬礼来葬它，太轻了！请用葬国君的礼节来葬这匹马！”庄王说：“那该怎么葬？”优孟对答说：“请用雕刻着花纹的玉做棺材，用文理细致的梓木做椁，用楩、楠、豫、樟等名贵木料做题凑，派军队挖墓穴，让老人和孩子们背土。齐国、赵国的使者在前面陪侍，韩国、魏国的使者在后面护卫。在庙堂里以太牢为祭品，封万户大的地方作为祭祀它的奉邑。诸侯们听到之后，就都知道大王以人为贱、以马为贵了。”庄王说：“我的过错，竟然一下子到了这个地步了吗？该怎么办才好呢？”优孟说：“请让我替陛下用对待六畜的方式来埋葬它，用土灶作为椁，用铜铸的大鼎作为棺，用姜、枣作调味品，鼎下面架起木柴，用粳米作祭品，用炖煮它的火光作彩衣，埋葬到人的肠胃中去。”庄王于是就把这匹马交给宫中主管膳食的官，并下令不要让天下人知道他贱人贵马的事。

优孟作孙叔敖歌

【题解】

“优孟作孙叔敖歌”也就是“优孟衣冠”典故的根源。“优”，本来是指古代表演乐舞、杂戏的艺人；“优孟”指一个名叫“孟”的艺人。“优孟衣冠”后来转指假扮古人或模仿他人，也指登场演戏。中国古代戏曲的发展大体有两条线索，其中之一就是“优孟衣冠”这类俳优滑稽表演。我们要追述中国戏曲的源头，往往要提及“优孟衣冠”。

优孟虽被司马迁列入《滑稽列传》中，但其聪明睿智和人品都得到孙叔敖的欣赏，所以能以死后事相托。堂堂的楚国令尹（相当于宰相），葬时无棺，死后无财，儿子以背柴为生。孙叔敖不贪，但优孟不能不管。所以他穿上孙叔敖活着时那样的穿戴，模仿孙叔敖的言行举止，竟使楚王等人认为孙叔敖复生，非要拜他为令尹。优孟推辞不就，推辞的理由就是他的“贪官、清官”论。此论至今仍是为官执政者们的难解之题。

孙叔敖病甚[①]，临卒，将无棺椁。令其子曰：“优孟曾许千金贷吾。孟，楚之乐长，与相君相善，虽言千金，实不负也。”卒后数年，庄王置酒为乐，优孟乃言孙君相楚之功，即慷慨高歌，涕泣数行。其歌曰：“贪吏而不可为而可为，廉吏而可为而不可为。贪吏而不可为者，当时有污名；而可为者，子孙以家成。廉吏而可为者，当时有清名；而不可为者，子孙困穷，披褐而负薪。贪吏常苦富，廉吏常苦贫。独不见孙叔敖，廉洁不受钱！”王心感动觉悟，问孟，孟具列对，即求其子而加封焉。子辞："父有命，如楚不忘亡臣社稷功而欲有赏，必于潘园下湿墝埆[②]，人所不贪。"遂封潘乡。

【注释】

①孙叔敖（前630—前539）：春秋时楚国期思（今河南淮滨东南）人，公元前601年，出任楚国令尹（相当于宰相），辅佐楚庄王教化百姓，宽刑缓政，发展经济，政绩很多。又主持兴修了芍陂（今安徽寿县安丰塘），改善了农业生产条件，增强了国力。司马迁在《史记·循吏列传》中把他列为第一人。

②墝埆（qiāo què）：墝，亦作硗，土地坚硬；瘠薄；埆，土地不肥沃。

【译文】

孙叔敖病重，都快死了的时候，还没有棺椁。他嘱咐儿子说："优孟曾许诺借给我千金。他是楚国的乐长，跟国君关系很好，虽说是千金之重，但肯定不会食言的。"孙叔敖死后几年，有一次楚庄王置酒作乐，优孟于是借机表述孙叔敖为楚相时的功劳，当即慷慨高歌，泪流满面。他唱的歌词是："贪官啊，不可做也可做，清官啊，可做也不可做。贪官不可做的原因，是当时名声坏；而可以做的原因，是子孙都积聚了家业。清官可以做的原因，是当时名声好听；不可做的原因，子孙困顿穷苦，穿着破烂衣服，靠背柴为生。贪官往往为富所累，而清官却常常为贫寒所苦。难道没有人看到孙叔敖就是这样吗，廉洁不受钱！"楚王内心很受感动，有所醒悟，询问优孟，优孟把孙叔敖家的情况对他据实全都说了，楚王马上派人去找孙叔敖的儿子，要加封他。孙叔敖的儿子推辞说：

“父亲嘱咐过我，如果楚王没有忘记先父对国家的功劳而要封赏的话，那就务必请把潘园那里沼泽贫瘠的土地封给我，人们谁也不会争抢那个地方。”于是就把潘乡封给了孙叔敖的儿子。

晏子数圉人之罪而谏景公

【题解】

晏子谏景公的故事后世多有仿例，如汉武帝时，有人误杀皇家园林中的鹿，汉武帝想杀掉他，以滑稽著称的东方朔就再次演绎了“晏子谏景公”的故事。东方朔说：“这人死罪有三条：使陛下因为一只鹿杀了人，这是第一条死罪；使天下人都听说这件事，都会认为陛下看重鹿而轻视人，这是第二条死罪；人心不会再为陛下所用，如果匈奴人打过来，那只有让鹿来拿鹿角把他们撞回去了，这是第三条死罪。”汉武帝不吭声了，免除了杀鹿者的罪。东方朔在这里不仅借用了“晏子谏景公”，还引用了“卫懿公好鹤”的典故。前人之事，后世之师，只有晏婴和东方朔这样聪明绝顶、口才善辩的人才能如此善谏。

齐景公有马，其圉人杀之[①]。公怒，援戈将自击之。晏子曰：“此不知其罪而死，臣请为君数之。”公曰：“诺。”晏子举戈临之曰：“汝为吾君养马而杀之，而罪当死；汝使吾君以马故杀圉人，而罪又当死。汝使吾君以马故杀人，闻于四邻诸侯，而罪又当死。”公曰：“夫子释之，勿伤吾仁也。”一曰：景公好弋，使烛雏主鸟而亡之。公怒，欲杀之。晏子曰：“请数之以罪，乃杀之。”公曰：“可。”于是召烛雏数之景公前曰：“汝为吾君主鸟而亡之，是一罪也；使吾君以鸟故杀人，是二

罪也！使诸侯闻之，以吾君重鸟而轻士，是三罪也。”数罪已毕，请杀之。公止曰：“勿杀！”而谢之。

【注释】

①圉（yǔ）：养马。

【译文】

齐景公有一匹马，它的养马人把它养死了。景公非常生气，拿起戈来要亲自杀了他。晏子说：“这样他不知道自己有什么罪就死了，我请求为您去数说他的罪名。”景公说：“可以。”晏子举起戈走到养马人面前说：“你给我们国君养马却使它死了，你的罪该死；你使我们国君因为一匹马的缘故杀死养马人，你的罪又该死；你让我们的国君因为一匹马杀人，被周围的诸侯们听说了，你的罪又该死。”景公说：“您快把他放了吧！不要因杀他而使我陷于不仁。”还有一种说法是：齐景公喜欢养猎鹰，让烛雏管理它，而烛雏却不小心让它飞走了。景公非常生气，要杀了他。晏子说：“请让我数说他的罪名，然后再杀他。”景公说：“可以。”于是他把烛雏叫到景公面前说：“你给我们国君养猎鹰却让它飞了，这是一条罪；你使我们国君为了一只鸟而杀人，这是第二条罪；诸侯们听说这件事，都会认为我们国君重鸟而轻士，这是第三条罪！”罪名数说完之后，就请景公杀了他。景公拦住说：“不要杀了！”还向烛雏表示了歉意。

辩　才

姬妾就刑

【题解】

唐末诗人林宽有这样两句诗："莫言马上得天下，自古英雄皆解诗。"黄巢就是这样一位解诗的英雄，他的《题菊花》云："飒飒西风满院栽，蕊寒香冷蝶难来。他年我若为青帝，报与桃花一处开。"菊花本和孤标傲世的高士、隐者有不解之缘，是文人孤高绝俗精神的一种象征。在黄巢的诗中，又赋予菊花更深的品格。菊花迎风霜开放，显出它的劲节。在飒飒秋风中，菊花带着寒意，散发着幽冷细微的芳香，不像那些在风和日丽的春天开放的百花。然而，不在这寒意中，也就无法知晓菊花的幽芳了。"姬妾就刑"描述的是那些追随黄巢、慷慨赴刑的女子，尤其是那个"居首者"。用黄巢自己的咏菊诗来解读她们，也许更为适宜。正是她们通过慷慨之情显示出菊花那种迎风霜而开放的顽强，使人深深为她们所遭受的命运而愤激不平。

时溥献黄巢首并姬妾[①]，僖宗御大元楼受之[②]，宣问姬妾："汝曹皆勋贵子女，世受国恩，何以从贼？"居首者答

曰:“狂贼凶逆,国家以百万之众失守,宗祧播迁巴蜀③。今陛下以不能拒贼责一女子,置公卿将帅于何地乎?”上不复问,皆戮于市。人争与之酒,其余俱悲恸昏醉,居首者独不饮不泣,至于就刑,神色肃然。

【注释】

①时溥(?—893):唐末割据徐州(今属江苏)的藩帅。彭城(今江苏徐州)人。曾率兵入关镇压黄巢起义军,唐僖宗任命时溥为节度使,并以功受封为王。885年,唐朝派时溥和朱温讨伐宗权叛军,两人发生不和。朱温派兵借道徐州,时溥拒绝拦阻,朱温于是出兵攻打时溥。从此徐州地区战争不息,893年徐州被攻破,时溥自焚而死。黄巢(820—884):曹州冤句(今山东曹县西北)人,唐末农民起义军首领。多次应举考试不中,后来以贩私盐为业。875年起兵反唐,881年,攻入长安,建立大齐政权,884年败亡。

②僖宗:唐懿宗的第五子,本名李俨。唐懿宗病重弥留之际,他在宦官的支持下被立为皇太子,改名李儇(xuān),在懿宗灵柩前即位。

③宗祧(tiāo):即宗庙。祧,远祖之庙。

【译文】

武宁节度使时溥把黄巢的首级和其姬妾献给朝廷,唐僖宗登上大元楼接受献俘,并把黄巢的姬妾们召来问:“你们都是贵族官员的子女,世代受到国恩,为什么要跟从反贼?”居首的姬妾说:“反贼凶暴作乱的时候,国家即使有百万之师也都失守了,甚至连皇室都搬到巴蜀去避难。现在陛下您以不能拒敌的罪名来指责一个弱女子，把那么多公卿将帅置于何地？”唐僖宗不再多问，下令把她们全部处斩于市。围观的人们都争着给她们酒喝，其他姬妾们都是悲恸万分，喝了酒后而醉得昏昏沉沉，只有居首的那位女子不饮酒也不哭泣，直到行刑的时候，神色都是严肃的。

卷三十二人事类一

知人

匡章不叛

【题解】

“求忠臣于孝子之门”，古代人培养自己道德和评价他人一般以是否“忠孝”作为首要标准，只要是孝子，就应是忠臣，就值得人们信赖。从历代忠臣良将来看，大多是如此。虽然战国时期，还没有完全确立这种道德观念，但“君臣父子”的理论道德观已经形成。如匡章任将后不改葬母亲，大多数人认为是不孝，而齐威王和孟子却认为是孝，就是因为，齐威王和孟子都将“臣忠君、子孝父”作为忠孝的根本。在对待父亲与母亲两位尊亲上，孝父是首要的、第一位的。在为母亲改葬这件事上，匡章的理由是：父亲并没有在生前对自己交代过母亲的事情，如果改葬，就等于是欺骗死去的父亲。所以齐威王放心地说：他连死去的父亲都不敢欺骗，又怎么会背叛我这个活着的君王呢？

秦假道韩、魏以攻齐，威王使匡章将而应之[1]。与秦交和而舍，使者数相往来，章变其徽帜以杂秦军。候者言章子入秦[2]，王不应。如此者三，有司请击之。王曰："此不叛寡人明矣，曷为击之！"顷间，言齐兵大胜，秦兵大败。左右问曰："何以知章子之不叛王也？"王曰："章子之母启得罪其父，杀之而埋于马栈之下。吾使章子将也，勉之曰：'夫子全兵而还，必更葬将军之母。'对曰：'臣非不能更葬臣母也。臣之母得罪臣之父，臣之父未命而死。夫不得父命而更葬母，是欺死父也，故不敢。'夫人为子而不欺死父，岂为人臣欺生君哉？"

【注释】

①威王：齐威王（？—前320），战国时齐国国君。田氏，名婴齐。最初喜好淫乐，将国家事务全都委托给大臣，致使朝政荒废，其他诸侯纷纷入侵。"不鸣则已，一鸣惊人"，奋起图治之后，先后任邹忌、田婴为相，田忌为将，孙膑为军师，虚心纳谏，赏罚分明，使国力逐渐强大起来。匡章：又称匡子、章子。除了本文战胜秦军外，公元前314年燕国发生子之之乱，匡章率兵伐燕，五十天就攻下了燕国。齐湣王继位，联合韩、魏、秦攻打楚国的方城，他率军大败楚军于垂沙（今河南唐河西南），杀楚将唐眜。后来联合攻秦时，他一度攻入函谷关。

②候者：侦察人员。

【译文】

秦国借道韩国、魏国来进攻齐国，齐威王任命匡章为将迎战秦军。齐国与秦国两军对峙后都扎下军营，双方的使者频繁往来，匡章趁机就变换了旗帜衣服，混入秦军。齐国的探子回报说匡章跑到秦军那里去了，齐威王没有理会。像这样的报告有好几

次，官员们请求攻打匡章，齐威王说："这人不会背叛我是很明显的，为什么要攻打他？"很快，传来消息，齐军获胜，秦军大败。身边的臣子们问齐威王说："大王怎么会知道匡章不会叛变？"齐威王说："匡章的母亲启曾得罪了他的父亲，他父亲把启杀后埋在马圈下面。我任命匡章为将军的时候，曾经勉励他说：'你率领全军胜利归来的时候，我一定依礼改葬你的母亲。'他回答说：'臣下我不是没有能力改葬自己的母亲。我的母亲因得罪了我的父亲而被杀，我父亲没有留下遗嘱就死了。没有得到父亲的遗命而改葬母亲，这是欺诈死去的父亲，所以不敢。'匡章为人子而不欺死去的父亲，作为人臣又怎么会背叛活着的君主呢？"

卷三十三人事类二

料　事

陶朱公长子重财

【题解】

这个故事见于《史记》和《世说新语》，司马迁的记载很详尽，故事生动而又曲折。范蠡居家则致千金、居官则至卿相，智慧超人。“知子莫如父”，范蠡对长子、三子个性了解很清楚。如果事情按照他的安排去做，肯定能救出二儿子的命。那么，为什么范蠡明知道长子去办很可能会坏事，还要让长子去呢？是因为长子以死要挟，而且他母亲也为长子说情。如果不让他去的话，范蠡马上就会先失去长子，所以只好让他去。在这种情况下，范蠡尽量采取防范措施，再三叮嘱长子把钱交给庄生，完全听庄生安排。范蠡的设想不可谓不周到，安排不可谓不周详，结果却事与愿违。百密仍有一疏，人算不如天算，长子既没有听庄生的话“可疾去，慎勿留”，又惜钱如命，最终使二弟丢了性命。这个故事也是“千金之子，不死于市”的出处。

陶朱公中男杀人①，囚于楚。朱公装黄金千镒，遣少

子往视之。长男曰："家有长子，曰家督，大人不遣，乃遣少弟，是吾不肖。"欲自杀。其母为言朱公，不得已，遣长子为书遗故所善庄生，曰："至则进千金于庄生，听其所为。"长男至楚，发书进金如父言。庄生曰："可疾去，慎勿留。"庄生间入见楚王，言某星宿某，此则害于楚。王曰："奈何？"庄生曰："独以德可以除之。"王乃使使封三钱之府[②]。楚贵人告长男曰："每王且赦，常封三钱之府。昨暮王使使封之。"长男以为赦，弟固当生，重千金虚弃，庄生无所为也。乃复见庄生。庄生惊曰："若未去耶？"长男曰："初为事弟，弟今议自赦，故辞生去。"庄生知其意欲复得其金，曰："若入室取金。"长男即自入室，取金持去。庄子羞为儿子所卖。入见楚王曰："臣出道路，皆言陶之富人朱公子杀人，囚楚。其家多持金钱赂王左右，王非能恤楚国而赦，乃以朱公子故也。"王大怒，令论杀朱公子。明日遂下赦令，长男竟持其弟丧归。其母及邑人尽哀之。朱公笑曰："吾固知必杀其弟也！彼非不爱其弟，是少与我俱见苦，为生难，故重弃财。至如少弟，生而见我富，岂知财所从来！故轻去之，非所吝惜。前欲遣少子，为其能弃财故也，而长者不能，故卒以杀其弟，事之理也，无足悲者。"

【注释】

①陶朱公：指范蠡（前536—前448），字少伯，春秋末期的政治家、军事家和大商人。楚国宛（今河南南阳）人。公元前496年前后到越国，辅助越王勾践二十余年，使勾践卧薪尝胆最终灭吴

复国。范蠡认为勾践只能共患难、不能共富贵，于是乘舟泛海而去。后来到了齐国，父子勤于耕作，家产累积数十万。齐国人听说他的贤能，让他担任齐国的相（相当于宰相）。范蠡辞去相职，定居于陶（今山东定陶），经商获利巨万，人称“陶朱公”，被后世商人尊崇为祖师。

②三钱之府：古代学者认为楚国的“三钱”就是赤、白、黄三种金属货币。现代学者理解成金、银和铜。但近来有学者认为，“三钱”就是三种被称为“钱”的税。“三钱之府”，是负责征收管理这三种“钱”的税务机构。

【译文】

陶朱公范蠡的二儿子杀了人，被囚禁在楚国。范蠡准备了黄金千镒，派小儿子前去探望他。长子说：“家里的长子，称为家督。不派长子去，却派小弟去，这说明我不成材。”想要自杀。他的母亲也为他向范蠡求情，范蠡不得已，只好派长子带书信给他过去的好朋友庄生，对长子说：“到了那里就把这些黄金交给庄生，随便他怎么做。”长子到了楚国后，照他父亲的话送了书信，把黄金交给庄生。庄生说：“请你快点儿离开这里，千万别停留。”庄生找个机会入宫拜见楚王，说某一个星座正处在某个方位，这将会对楚国有害。楚王问：“那可怎么办？”庄生说：“只有施行德政才可以消灾。”楚王于是派人关闭税收机构。楚国有个贵族告诉陶朱公的长子说：“每当楚王将要赦免罪人时，一般都会关闭税收机构。昨天傍晚楚王派人去关闭税收机构了。”范蠡的长子以为遇到大赦，弟弟本来就能生还，这千两黄金岂不是白扔了吗，庄生什么作用都没发挥。于是他又去见庄生。庄生惊讶地问：“你怎么没有离开呢？”范蠡的长子说：“当初是为了弟弟的事来的。如今听说弟弟将要被赦免，所以来向您告辞。”庄生知道他是想要回金子，就说：“你进屋把金子取走吧。”长子随即自己进屋，拿了金子走了。庄生被范蠡的长子所欺弄，恼羞成怒。他入宫见楚王说：“我从路上过，听人们都说陶朱公的儿子杀了人，囚禁在楚国。他们家带来很多黄金来贿赂您左右的近臣，所以大王您并不是因为爱惜楚国的人颁布赦免令的，而是为了陶朱公的儿子。”楚王大怒，就下令依法杀了范蠡的儿子，第二天才下赦免令，范蠡长子最终却带着弟弟的尸体回家。他的母亲和家乡的人都很悲哀。范蠡笑着说：“我原本就知道他一定会害死他弟弟！他并不是不爱他的弟弟，而是因为他从小和我都吃过苦，深知生活的艰难，所以看重钱财。至于小儿子，他一生下来就看到我很富有，哪里知道钱财是怎么来的！所以他能轻易地把它抛弃，不会吝惜。我先前想派小儿子去，就是因为他能够放弃财产的原故，而长子却不能，因此最终害死了他弟弟。这是事物的必然之理，没什么值得悲哀的。”

卷三十四人事类三

早　慧

汉昭帝早慧

【题解】

据说汉昭帝的母亲钩弋夫人怀孕十四个月才生下昭帝，取名为刘弗陵。大臣们都以为尧帝降生，纷纷恭祝武帝。武帝老年得子，非常喜爱，临死前，准备立刘弗陵为太子，为了防止“子幼母壮”、外戚专权的事情发生，所以处死了钩弋夫人。史称刘弗陵“生与众异”，体形高大，他即位时，年仅8岁，但已表现出智慧和远见。公元前80年，大臣上官桀和桑弘羊勾结燕王刘旦，诬陷辅政大臣霍光，被14岁的汉昭帝识破。不久，刘旦等阴谋政变，汉昭帝在霍光辅助下，诛杀了桑弘羊、上官桀，逼刘旦自杀，成功地避免了一场政变。汉昭帝继承汉武帝晚年的富民政策，对内轻徭薄赋、与民休息，对外与匈奴和亲。因此，汉昭帝之世，“百姓充实，四夷宾服”。但天妒英才，汉昭帝还未尽展雄才大略，便病逝于长安，年仅21岁。

汉昭帝时①，上官桀与大将军霍光有隙②，欲害之。乃

诈令人为燕王旦上书[3]，言："光出都肄郎羽林[4]，道上称跸[5]，擅调益幕府校尉[6]，专权自恣，疑有非常。"候伺光出沐日[7]，奏之，桀欲从中下其事，与大臣共执退光。书奏，上不肯下。有诏召大将军，光入，免冠顿首谢。上曰："将军冠，朕知是书诈也，将军无罪。"光曰："陛下何以知之？"上曰："将军之广明，都郎属耳。调校尉以来，未能十日，燕王何以得知之？且将军为非，不须校尉。"时帝年十四，尚书左右皆惊，而上书者果亡。

【注释】

①汉昭帝（前94—前74）：即刘弗陵，汉武帝之子，母亲为赵倢伃。即位时年仅八岁，因汉武帝晚年穷兵黩武，耗尽国力，民生凋敝，所以汉昭帝采取轻徭薄赋、与民休息的政策，多次减免租赋，安抚流民。公元前81年召集郡国贤良文学会议，又与匈奴恢复和亲。在位期间，政治较为安定，社会经济有所恢复。

②上官桀（？—前80）：西汉陇西上邽（今甘肃天水）人，字少叔。年少时作羽林、期门郎。汉昭帝即位后，以左将军之职受汉武帝遗诏辅政；其孙女为汉昭帝皇后，一门显贵。后来因与大将军霍光争权，想谋害霍光，并想废掉汉昭帝，扶立燕王旦，事败后被族诛。

③燕王旦（？—前80）：汉武帝之子，公元前117年被立为燕王。博学经书杂说，喜好星历、数术、倡优和射猎，招揽了很多游士。戾太子刘据死后，上书请求进入京师做太子，被削去三个县的封地。汉武帝死后，汉昭帝即位，他与宗室刘长、刘泽及大臣上官桀、桑弘羊等谋反夺取帝位，失败后自杀。

④都：汇聚。肄：练习。羽林：皇帝的护卫军。长官有羽林中

郎将和羽林郎。

⑤跸(bì):指帝王出行的车驾。

⑥校尉:官名。校尉为部队长。汉武帝为了加强对长安城的防护而设置了步兵、虎贲等八个校尉。校尉官高权重,统领的军队是从地方或少数民族中选募来的常备兵,都属精劲之旅。校,军事编制单位。尉,军官。

⑦出沐:指官吏回家休息,类似于现在的休假。

【译文】

汉昭帝时,上官桀和大将军霍光有矛盾,想要陷害他。于是假冒使者为燕王刘旦送来奏章,说:"霍光出城聚集、操练羽林军时,用的是皇帝出行的车驾,而且擅自增调大将军府的校尉,垄断专权、任意所为,怀疑他将要有反常举动。"上官桀等到霍光回家休假的时候,向昭帝上奏这件事,上官桀想让汉昭帝批复下这件事,再与大臣们共同抓捕霍光、免去他的官职。奏章上报后,昭帝不肯批复。下诏书召大将军进宫,霍光进宫后,摘下头冠来叩头谢罪。汉昭帝说:"将军把头冠戴好,我知道燕王的奏章是伪造的,将军没有罪。"霍光问:"陛下怎么知道奏章是假的?"昭帝说:"将军出城到广明亭,召集郎官部属罢了。从调集校尉到现在,还不到十天时间,燕王怎么能知道这件事呢?况且将军如要做越轨的事,也用不着调用校尉啊。"当时汉昭帝只有十四岁,尚书和其他大臣们都很惊讶他的才智,那个假冒燕王派来送奏章的人果然逃亡了。

干 办

李孚入邺

【题解】

李孚入邺城如入无人之境，其胆大，其心细，其思虑之巧，都令人赞叹。连诡诈多端的曹操也笑着说："他不仅能进得了城，而且还能出得来！"他这一次表现出来的机智和胆略，给曹操留下了深刻印象，所以后来也能被曹操所信任。当时袁尚领冀州牧，李孚为主簿。曹操围攻袁谭，袁谭战死后，李孚逃回冀州城，全城只有投降一条路，但城内趁机抢劫、偷盗比比皆是。李孚于是亲自求见曹操说："现在城中治安不稳，人心不定，应该让城中百姓都信服的人稳定局面，等待您入城接收。"曹操对李孚说："那就麻烦你回城替我做这件事吧。"李孚回城后，果然使城中"各安故业，不得相侵陵"。民心全部安定下来，曹操赞叹，"以孚为良足用也"。

袁尚攻兄谭于平原[①]，留审配守邺城。会曹操围邺，尚欲令配知外动止，与主簿李孚议所遣。孚请自行。尚问当用几人，孚曰："闻邺围甚坚，多人则觉，直将三骑足矣。"乃自选温信者三人[②]，不语所之，敕使具脯粮，不得持兵杖，各给快马，所在止亭传。到梁淇，斫问事杖三十枚③，系马边。着平上帻④。投暮诣邺下，诈称都督⑤，历北围，循表而东，从东围表，又循围而南，诃责守围将士，随轻重行其罚，历操营前，径南过，从南围角西折，当章门，怒守围者，收缚之。因开其围，驰到城下，呼城上人以绳引之，得入。守围者以闻，操笑曰："此非徒得人，方且复得出。"孚事讫，欲还，而顾外围益急，不可复冒，乃阴心计谓配曰："城中谷少，无用老弱为，不如驱出之。"乃夜简得千人，皆使持白幡，从三门并出降，人人持火，孚乃将所从作降人服，随辈夜出。守围将士闻城中悉降，火光照耀，但共观火，不复视围，孚遂突围去。

【注释】

①袁尚（？—207）：东汉汝南汝阳（今河南商水西北）人，字显甫。袁绍的小儿子，最受袁绍宠爱。袁绍死后，被部将拥立为主。在与长兄袁谭的内乱中兵败，逃奔他的二哥袁熙处。因为自己的部将反叛，与袁熙一起投奔辽西的乌桓族人。207 年，被曹操打败，再逃奔辽东太守公孙康。公孙康忌怕曹操，杀袁尚等人献给曹操。

②温信者：代指侍从的人员。

③问事杖：指刑杖。

④平上帻：也称"平巾帻"，魏晋以来武官所戴的一种平顶头巾。

⑤都督：汉朝末年军中执法和办理事务的武官。

干
办

【译文】

袁尚在平原郡攻打他的哥哥袁谭，留下审配防守邺城。正遇

上曹操围攻邺城，袁尚想让审配了解城外的军情，就和主簿李孚商议派谁去。李孚请求亲自去。袁尚问他应当带几个人，李孚说："听说邺城被围得非常严密，去的人太多就容易被发觉。只带三名骑兵就够了。"于是亲自挑选了三个侍从，不告诉他们去哪里，命令他们准备好干粮，不许携带兵器，每个人给一匹快马，到一个地方就住在驿站里。到了梁淇一带，砍制了三十根问事杖，系在马的两边。李孚自己戴上平顶的头巾，傍晚到了邺城，谎称自己是曹军的都督，从城北曹军的包围圈经过，沿着围敌的前沿到了东面，从东面围敌前沿，又沿着围军阵地一直走到南面，一路责骂守围的将士不尽职，并按照他们违纪的轻重进行责罚，从曹操的大帐前经过，直接向南穿过去，从南面围军阵地一角再转向西走，到了章门前，怒气冲冲地斥责守门的人，把他们抓起来治罪。乘机突破曹军包围圈的阵地，一直跑到城墙下，叫城墙上的人用绳子把他们拉上去，得以进到邺城里。守围的人把这事报告给了曹操，曹操笑着说："他不仅能进得了城，而且还能出得来！"李孚办完了事，想回去，看到外面的围军防备更加严密，不能再像上次那样冒充，于是就暗中算计，对审配说："城里粮食少，那些老弱的人没什么用处，不如把他们赶出城去。"于是在夜里挑选了一千多人，都举着白旗，从三个城门同时走出去投降曹军，这些出城投降的人个个都举着火把，李孚便带领自己的侍从也穿上和那些投降百姓一样的衣服，随他们一起乘夜色出城。守围的曹军将士听说城中的人都投降了，火光照耀，全都只顾去观看火把，不再顾及包围的阵地，李孚于是突围出城去了。

卷三十五人事类四

危 疑

寇恂遣子弟随军

【题解】

中国历史上的名臣最怕的是功高盖主，功劳和名声都超过了君主，灾祸就要来了。如乐毅、田单、范蠡等等，遇到明君还可保全性命，若是像越王勾践那样只能共患难、不能共富贵的，要么只能逃之夭夭，要么可能就会家族不保了。“伴君如伴虎”，臣子若不恪守臣节，不时刻想着消除帝王对自己的疑心，就是不会做臣子。按语的例子就充分说明了这一点。

寇恂守河内[①]，光武数策书劳问。董崇说恂曰：“上新即位，四方未定，君以此时据大郡，内得人心，外破苏茂，威震远近，此谗人侧目、怨祸之时也[②]。昔萧何守关中[③]，悟鲍生之言而高帝悦。今君所将皆宗族昆弟也，无乃当以前人为镜戒?”恂然其言，称病不视事，自请从上征。帝曰：“河内未可离也。”固请不听，乃遣兄子寇张、姊子谷崇将突骑，愿为军锋。帝善之，皆以为偏将军。

【按语】按:高帝与萧何同起丰沛,倚之如左右手,君臣之谊可谓笃至,乃疑何之心,蓄之终其身不解也。黄东发曰[④]:"方帝困京索间,非用鲍生计遣子弟诣军,何几族;及自将邯郸,非用召平计,悉家财佐军,何几族;其后自将击黥布,非用说客计,买田宅自污,何几族。相国之善终,三人盖有力焉。"光武推心置腹,乃复不能释然于寇恂,令董崇得窥其微。彼王翦请田宅以自坚,臧霸、李典遣子弟及诸将家属诣邺,其所遇秦皇、魏武固忮刻猜祸之主也[⑤],又无足怪矣。

【注释】

①寇恂(?—36):东汉初上谷昌平(今北京昌平东南)人,字子翼。家族世代为豪门大姓。新莽政权败亡后,因劝太守耿况归附刘秀,被刘秀拜为偏将军。后来任河内太守,行使大将军权力,负责转输军需物资。又曾随从光武帝刘秀征伐陇西,使隗嚣的余党高峻被迫投降。因为他的突出功业,被列为云台二十八将之一。

②侧目:斜着眼睛看人,文中形容憎恨或又怕又愤恨。

③萧何(?—前193):沛(今属江苏沛县)人。早年任秦朝沛县狱吏,秦末辅佐刘邦起兵。攻克咸阳后,他接收了秦丞相、御史府所藏的律令、图书,掌握了全国的山川险要、郡县户口,对取得楚汉战争胜利起了重要作用。楚汉战争时,留守关中,不断为刘邦输送兵源粮饷,使刘邦最终战胜项羽。建立汉朝以后,萧何制定《九章律》,主张"无为",喜好"黄老之术"。死后,谥号"文终侯"。

④黄东发(1213—?):南宋慈溪(今属浙江)人,字东发,学者称于越先生。因为常常犯谏直言,多次被罢官为民。曾参与修订宋宁宗、宋理宗两朝的国史和实录,改革社仓法,禁止民间淫祀。南宋灭亡后,隐居于宝幢山,饿死也不事奉元朝。

⑤忮(zhì)刻:忌恨刻毒;刚愎狠毒。

【译文】

寇恂驻守河内时，光武帝不断写信来慰问。董崇劝寇恂说："皇上刚即位，四方还没有平定，您在这个时候占据了大郡，对内深得人心，向外又击败了苏茂，威望震慑远近，这正是那些喜欢进谗言的人妒忌害怕、想要怨恨祸害你的时候。从前萧何据守关中时，领悟了鲍生的一番劝告，结果使高祖刘邦高兴了。现在您所率领的将领都是您的宗族兄弟，难道不应该借鉴前人的做法吗？"寇恂认为他的意见很有道理，于是称病不能办理事务，主动请求跟随皇帝出征。皇帝说："河内离不开你呀。"寇恂坚决请求皇帝也不同意，于是寇恂派他哥哥的儿子寇张和姐姐的儿子谷崇率领精锐骑兵，请求担任光武帝的先锋。光武帝对他们很好，把他们都委任为偏将军。

【按语译文】按语：汉高祖跟萧何同时在沛县、丰邑起义，他把萧何视作自己的左右手，君臣之间的情谊深厚至极，然而怀疑萧何的想法藏在心中，终生都没有消除过。黄东发说："当汉高祖被项羽围困在京、索两地的时候，如果萧何不采纳鲍生的建议送自己的子弟到汉军中去，他差点儿被灭族；后来高祖带兵打邯郸的时候，如果萧何不采用召平的建议，把家里的财产全部献作军资，他又差点儿被灭族；后来高祖亲征黥布的时候，如果萧何不采用说客的建议，强买田宅毁坏自己的名声，他又差点儿被灭族。萧何能够得以善终，要归功于这三个人。"汉光武帝虽然对寇恂推心置腹，但仍然不能对他完全放心，因此派董崇来察看他。至于王翦请赐田宅来使秦王坚信自己，臧霸、李典派自己的子弟和将领们的家属到邺城去，那是因为他们所跟随的秦始皇、魏武帝确实是忌恨刻毒的君主，这就更不足为奇了。

卷三十七边塞类一

安边

李允则守雄州

【题解】

李允则调任沧州以后，看到此地非常缺水，军民都无心守卫，于是他立即着手“滤浮阳湖、葺营垒，官舍间穿井”，从而安定了民心。时隔不久，辽兵果然侵犯。李允则带兵坚守城池，不但用水不缺，还以冰为炮，打退了辽兵的进攻。真宗亲自召见他说：原以为你修屋凿井是骚扰百姓，现在才知道你有远见卓识，善于备战啊！于是让他负责河北东路十九个州的军事，并通告河北各路将领，凡重大军事行动，必须经过李允则准许后才能施行。宋辽双方虽罢战讲和，但大宋北部边患仍连年不断，所以李允则在雄州仍不放松戒备，“治城垒不辍”。宋真宗怕违背和约引起冲突，责问修城之事，允则回答说：“初通好，不即宽治，恐他日颓圮，因此废守，边患不可测也。”真宗不再过问。为了既不引起辽方猜疑，又能加强战备，他先在城北建了东岳寺，用百两黄金做成供器，又暗暗把金银供器撤去，扬言是被北面来的盗贼偷去。以保护寺庙为由，挖壕筑墙，把东岳寺和瓮城围了进来，并修建月堤，城外满栽树木，以防御辽国的骑兵。同时，寓战备于生产，采取各种措施，平时生产，战时又可作防御，把战备巧妙地掩饰于生产、生活之中。

李允则知雄州[1]，城北有旧瓮城，允则欲合大城为一。先建东岳祠[2]，出黄金百两为供器，道以鼓吹，居人争献金银。久之，密自撤去，声言“盗自北至”，遂下令捕盗，移文北界。乃兴版筑[3]，扬言以护祠，而卒就关城浚濠起月堤，自此瓮城之人悉内城中。岁修禊事[4]，召界河战棹为竞渡，纵北人游观，潜寓水战。州北旧多设陷马坑，城下起楼为斥堠，望十里，自罢兵后，人莫敢登。允则曰：“南北既讲和矣，安用此为？”命撤楼夷坑，为诸军蔬园，浚井疏洫，列畦陇。筑短垣，纵横其中，植以荆棘，而其地益阻隘。因治坊巷，徙浮图北原上，州民旦夕登，望三十里。下令安抚司，所治境有隙地，悉种榆。久之，榆满塞下。顾谓僚佐曰：“此步兵之地，不利骑战，岂独资屋材耶！”

王君玉《谈苑》曰：“允则守雄州，匈奴不敢南牧，朝廷无北顾之忧。一日，出库钱千缗，复敛民间钱起浮图。即时飞谤至京师，监司亦屡有奏劾。真宗悉封付允则，遣中人密谕之。允则谓使者曰：‘某非留心释氏[5]，实为边地起望楼耳。’盖是时北鄙方议寝兵，罢斥堠，允则不欲显其为备故也。”

【注释】

①李允则（953—1028）：北宋并州盂县（今属山西）人，字垂

范，年少时就以多才略而闻名。宋真宗时，曾在潭州任官，废除了那里五代时期所遗留下来的苛捐杂税，并鼓励农民耕垦山田。后来调任沧州，任镇定高阳关三路行营兵马都监，因功又掌管雄、镇、潞各州军务。在河北守边二十余年，整修城墙堡垒，开挖沟渠堑壕，修建了大量防御设施，并关注和了解敌情，使契丹人不敢轻易入侵。

②东岳祠：即东岳庙，祭祀泰山神。

③版筑：筑土墙，即在夹版中填入泥土，用杵夯实。

④禊(xì)：古代于春、秋两季在水边举行的一种祭礼。

⑤释氏：释迦牟尼，代指佛教。

【译文】

李允则主管雄州时，雄州城北有一座旧的瓮城，李允则想把它和大城联成一体。他先在城北修建了一座东岳庙，取出黄金百两制作庙中的供品，落成时一路上吹吹打打，居民们也都争相献出金银捐送香火。过了很长时间，李允则暗中撤去所有金银供品，扬言说是“有盗贼从北方过来偷走了”，于是下令捕捉盗贼，并向契丹国递送了协捕公文。于是大兴土木、版筑城墙，扬言是为了保护东岳庙，最后沿着雄州的城关开掘壕沟，以挖出的土构筑月堤，从此以后瓮城中的人全都纳入到大城之中了。每年三月初三“修禊”的时候，召令驻扎在宋辽界河中的战船展开竞渡比赛，任凭北方的契丹人游览观看，实际上是寓训练水战于竞赛之中。雄州城的北面从前挖了很多的陷马坑，城下还建造了观察敌情的瞭望楼，从上面可以瞭望到周围十里范围，自从停战以后，没有一个人敢登上去。李允则说：“南北既然已经讲和了，还要这个瞭望楼干什么？”他下令拆除瞭望楼、填平陷马坑，把这些地方变成各守军的菜园，在这里挖水井，疏通沟渠，整理成畦陇。又修筑矮墙，将这些菜园纵横分割，栽满荆棘灌木，使得这个地方更加狭隘阻塞。借机整治居民的坊巷，把僧塔搬到城北的高原上修建，雄州城的人每天都可以登塔游玩，可以看见周围三十里范围内的情况。李允则下令安抚司，辖境内所有空闲土地，全都种上榆树。时间一长，边境满是榆树。李允则对僚佐们说："这是步兵作战之地，不利于辽国的骑兵作战，我这样做难道只是为了盖房子的材料吗！"

王君玉在《谈苑》中说："李允则守卫雄州的时候，契丹人不敢南侵，朝廷也没有北顾之忧。有一天，李允则取出官库的一千缗钱，另外又聚敛了不少民间的钱财修建佛塔。当时就有各种诽谤传到京师，监司也屡屡向朝廷上疏弹劾。宋真宗将这些疏奏全都封好交给李允则，并派遣宦官秘密地向他告谕此事。李允则对使者说：'我本意不是修建佛塔，实际上是在边境建造一座瞭望楼啊。'大概当时北方正在商议罢兵议和，撤除原来的瞭望楼后，李允则又不想故意显露出备敌的用意啊。"

范纯仁三"粗"答神宗

【题解】

范纯仁是范仲淹之子，待人平易，他曾经说："但以责人之心责己，恕己之心恕人，不患不到圣贤地位。"因为反对王安石变法，被贬为河中府知府，又任成都府路转运使。后因对下属官吏有粗心失察之过，降为和州知府。看来，他的三"粗"答神宗是老习惯了。范纯仁为人正派，政治见解与司马光同属保守派。他虽然反对王安石变法，但认为也有可取之处。然而司马光不听劝谏，完

全废除了新法。范纯仁和苏东坡等人相当惆怅地叹息："奈何又一位拗相公。"范纯仁总结自己："吾生平所学，得之忠恕二字，一生用之不尽。"他的粗心失察和三"粗"答神宗大概都是其"忠恕"之用吧。

范忠宣公自陕西转运副使召还[①]，神宗问曰[②]："卿在陕西久主漕輓，必精意边事，城郭、甲兵、粮储何如？"对曰："城郭粗完[③]，甲兵粗修，粮储粗备。"上愕然曰："卿才如此，朕所倚赖，而职事皆言粗，何也？"对曰："粗者，未精之辞，如是足矣。臣愿陛下无深留意于边事，恐边臣观望，要功生事[④]，结衅夷狄，残害生灵，耗竭财用，縻费爵赏，不惟为今日目前之患，又将贻他日意外之忧。"

【注释】

①范忠宣公：指范纯仁（1027—1101），北宋苏州吴县（今江苏苏州）人，字尧夫，范仲淹之子，皇祐年间进士。任襄城县令时，劝民蚕桑，勤于政事。宋神宗时，升任同知谏院，因反对王安石变法，被贬为成都路转运使。他以新法不便实施为由，告诫所属州县不得遵行。宋哲宗继位后，能够为王安石变法秉公直言，反对司马光恢复旧法。

②神宗：即宋神宗（1048—1085），北宋皇帝赵顼。在位期间，任命王安石为参知政事，改组官僚机构，整顿吏治，实施变法。曾有熙河开边、梅山之役、元丰改制等举措；与西夏有灵州之战、永乐城之战，但都大败，以后只好采取防守态势。

③粗：略微。

④要功：邀功，求取功勋。

【译文】

范纯仁从陕西转运副使的职位上被召还京师，宋神宗问他："你在陕西主持漕运事务很长时间了，必然精心留意边关事务，那里的城郭、甲兵、粮储情况怎么样？"范纯仁回答说："那里的城郭粗略修缮完整，军事装备粗略齐全，粮食储备粗略充足。"宋神宗惊愕地说："你的才能这么高，所以我才依赖重用你，而你做什么事以'粗'字应付我，为什么呢？"范纯仁回答说："所谓'粗'，就是说它还没有达到'精'的地步，像这样的'粗'也足够了。我只是希望陛下不要过度关心边疆事务，是担心守边的臣子中会有人察言观色，为了获取功名故意挑起事端，与夷狄结下仇怨，残害生灵，耗尽国家的财政用度，浪费奖赏封爵，这不只是今天目前的祸患，恐怕会遗祸无穷啊。"

刘大夏藏旧籍

【题解】

刘大夏藏旧籍，在历史文献上有两个事例，一是成化年间，他当时任兵部郎中，大臣汪直想劝谏朝廷攻取老挝。这是劳民伤财、不切实际的迂腐意见，但满朝君臣大都赞同，于是刘大夏便将永乐年间平定安南战役的有关档案资料藏匿起来，使朝廷无法具体筹划和部署，攻取老挝也就不了了之了。第二就是本文中的刘大夏藏旧籍。万表《灼艾余集》、严从简《殊域周咨录》都记载了刘大夏藏匿郑和下西洋的档案，而顾起元的《客座赘语》则说刘大夏焚毁了郑和下西洋的档案。究竟是藏匿还是焚毁，至今仍然是个谜。无论是藏是焚，都体现了其爱国护民之心。

国朝成化间，朝廷颇好宝玩，中贵希旨，言“永乐中，尝遣三保太监郑和出使西洋[1]，所获珍宝无算”。上然之，诏索和出使水程。兵部尚书项忠命吏于库中检旧籍，车驾郎中刘大夏故匿其籍。吏检之不得，数被捶，大夏秘不言。会台谏论止其事[2]，项呼吏问曰：“库中案卷宁能失去？”大夏从旁对曰：“三保下西洋，所费钱粮数十万，军民死者万计，纵得珍宝而回，于国家何益？此一时弊政，大臣所当切谏者也。案虽存，亦当毁之，以拔其根，尚足追究其有无哉！”项竦然降位曰：“公阴德不细，此位不久当属公矣。”一云：有中官献定交南策[3]，以中旨索永乐中调军数。刘忠宣公故匿其籍，使者旁午，吏数被捶，若弗闻者。徐以利害告尚书余公子俊，力言沮之，事遂寝。

【按语】按：正德时，近幸言西域胡僧能知三生[4]，土人谓之“活佛”，遂传旨：“查永乐、宣德间，邓成、侯显奉使例。”遣太监刘允往乌思藏赍送番贡等物[5]，馈赐巨万，内库黄金为之一空。所经县驿，供亿不可胜计，卒为番人所袭夺，狼狈而归。使当时复有一刘忠宣，岂至是哉！

【注释】

①郑和(1375—1433)：明朝时云南昆阳(今晋宁)人，本姓马，小字三保，回族。曾祖、祖父都到过伊斯兰教圣地麦加，因而年幼时就对外洋情况有所了解。明初入宫为宦官，追随燕王朱棣起兵，赐姓郑，升为内官监太监。1405年后奉命通使，七下西洋。

②台谏：台官指御史大夫、御史中丞、侍御史、殿中侍御史、监察御史，主要职责为纠察弹劾官员的不法行为，是监督官吏的官

员;谏官指谏议大夫、拾遗、补阙、司谏、正言,主要职责是侍从帝王并时时提出劝谏,是讽谏君主的官员。

③交南:越南北部、老挝和中国广西部分地区。

④三生:指前生、今生、来生,或说人的过去、现在和未来。

⑤乌思藏:元代设在今西藏地区的政区。明代设置“乌思藏卫”,洪武七年(1374),升“乌思藏卫”为“乌思藏行都指挥使司”。后来又升“行都指挥使司”为“都指挥使司”,下设若干行都指挥使司、万户府、千户所、百户所等。

【译文】

明宪宗成化年间,皇帝非常喜好宝物古玩,太监想奉承讨好皇帝,对皇帝说:“明成祖永乐年间,曾经派遣三保太监郑和出使西洋,获得了无数珍宝。”明宪宗认为这话有道理,就下诏索要郑和下西洋时的航海记录。兵部尚书项忠命令属吏在档案库中检索旧时记载,车驾郎中刘大夏却故意将这些记载藏匿起来。那些官吏们没有查到,多次受到责罚鞭打,刘大夏依然秘而不宣。正好台谏官员们提出反对意见而停止了此事,项忠把那些官吏叫来斥问:“档案库中的案卷怎么能丢失呢?”刘大夏在旁边回答说:“当初三保太监下西洋时,钱粮数额费用高达数十万,军民死去的计有万人之多,纵然是带回来珍宝,但对国家又有什么益处呢?其实这是当时的一大弊政,大臣们应当直言谏阻。即使这些案卷还存在,也应当销毁,以去除祸根,还值得去追究这些档案到底有没有吗!”项忠听后肃然起敬离开座位说:“先生您的阴德不小,我这个位置不久以后就应当属于您了。”另一种说法:有名太监向皇帝献平定交南的策略,于是皇帝下旨索要永乐年间调动军队数额的档案。刘大夏故意将这些档案藏起来,使者来回催要多次,主

管档案的官吏屡遭鞭打，刘大夏就像没听到一样。随后慢慢地将其中的利害关系告诉了户部尚书余子俊，极力上疏制止这件事，这件事才最终停止了。

【按语译文】按语：明武宗正德年间，太监向皇帝说：有一个西域的胡僧能够知道人的三生之事，当地土人称之为“活佛”，于是皇上传旨：“查阅永乐、宣德年间，邓成、侯显奉命出使的旧例。”按例派遣太监刘允前往乌思藏赠送番邦各种物品，馈赠赏赐的数量非常巨大，以致皇宫内库的黄金为之一空。刘允所经之处的县驿，供应之物也不可胜计，但最后却被番人将这批财物袭击抢劫了，刘允等人狼狈逃回。假如当时也有一个刘大夏，怎么会弄到这种地步呢！

卷三十八边塞类二

驭　夷

傅介子刺楼兰王

【题解】

班超投笔从戎时感叹说："大丈夫无它志略，犹当效傅介子、张骞立功异域，以取封侯，安能久事笔研间乎？"张骞为人们所熟知，但现代人很少知道傅介子是谁。其实傅介子的传奇经历在古代一直为人所欣赏，唐代大诗人李白赞颂他："愿作腰下剑，直为斩楼兰。"愿意作傅介子腰中剑，表现了诗人想赴身疆场、为国杀敌的雄心壮志；王昌龄的《从军行七首（其四）》中"不破楼兰终不还"借用傅介子斩楼兰王的典故，表现了不获全胜决不收兵的豪迈气概。傅介子带着楼兰国王的首级回到京城，满朝的公卿、将军们都佩服傅介子勇敢、机智，为维护汉王朝的天威，立下了大功。傅介子以百人入楼兰，取番王首级如拾草芥，没有过人的胆略和高超的智谋是办不到的，所以为世人推崇。

汉傅介子使大宛还[①]，谓霍光曰[②]："楼兰、龟兹数反复[③]，不诛，无所惩艾[④]。介子过龟兹时，其王近就，人易得也，愿往刺之，以威示诸国。”光曰：“龟兹道远，且验之于楼兰。”于是白遣之。介子赍金帛扬言以赐外国为名，至楼兰。王意不亲介子。介子阳引去，至其西界，使译谓曰：“汉使者持黄金锦绣行赐诸国，王不来受，我去之西国矣。”即出金币以示译。译还报王，王贪汉物，来见使者。介子与坐饮，陈物示之。饮酒醉，介子谓王曰：“天子使我私报王。”王起，随介子入帐中，壮士二人从后刺之，左右皆散走，介子告谕以“王负汉罪，天子遣我来诛王，当更立前太子质汉者。汉兵方至，毋敢动，动，灭国矣”。遂持王头还诣阙⑤，议者咸嘉其功。

【注释】

①傅介子（？—前65）：西汉北地义渠（今甘肃宁县西北）人。昭帝元凤年间，以骏马监之职出使大宛，奉诏责斥楼兰、龟兹两国杀害汉朝使者的罪行，并在龟兹国斩杀了匈奴使者。后由大将军霍光奏请，傅介子与随行士兵都携带宝物，扬言奉命赏赐各国，成功刺杀楼兰王，重树汉朝的威严。大宛（yuān）：古代中亚国名，位于帕米尔高原西部，锡尔河的上、中游，相当于现在的乌兹别克斯坦费尔干纳盆地。汉武帝时，张骞通西域，曾到达大宛。据他归国后说，当时大宛国有大小城邑七十多个，人口有几十万，是一个农牧业兴盛的国家，产稻、麦、葡萄、苜蓿，尤以出汗血马著称。大宛西北邻康居国，西南邻大月氏、大夏，东北临乌孙，东行经帕米尔的特洛克山口可到达疏勒，在当时东西交通上占有相当重要的位置。

②霍光（？—前68）：西汉河东平阳（今山西临汾西南）人，字子孟，是霍去病的异母兄弟。汉武帝临终时，任大司马大将军，与

金日磾、上官桀、桑弘羊同受遗诏，辅佐少主。汉昭帝即位后，与上官桀、桑弘羊争夺权势，诛杀上官桀等后，把持了朝政。前后执政二十多年，注意轻徭薄赋，与民休息，百姓生活较为安定。

③楼兰：古西域国名。汉朝初年，楼兰王定都扜泥城（今新疆若羌，一说今新疆尉犁东罗布泊西北孔雀河北岸）。百姓随畜牧逐水草而居，出产玉。前77年，汉朝扶立尉屠耆为王，改国名为鄯善，迁都伊循城（今新疆若羌东米兰）。后属西域都护管辖。

④惩艾（yì）：也作"惩乂"，或"惩刈"，即惩治，也可理解为吸取过去教训，以前为戒。

⑤阙：宫殿，帝王居地的泛称。

【译文】

西汉的傅介子从大宛国出使回来后，对霍光说："楼兰国、龟兹国多次对汉朝反复降叛，不诛伐他们，就无法起到惩戒警示作用。我路过龟兹国时，发现龟兹国的国王容易接近，这个人容易抓到，我愿意前去刺杀他，以向西域诸国显示汉朝的威严。"霍光说："龟兹国道路太遥远了，还是以楼兰国验证我们的国威吧。"于是向朝廷报告派遣傅介子。傅介子带着金银绢帛对外扬言说要赠送给外国，以此名义来到了楼兰国。楼兰王本意不愿亲近会见傅介子。傅介子佯装要离开楼兰国，到了楼兰国的西部边界时，派翻译人员回去告诉说："汉朝使者带着黄金锦绣等财物来赏赐给诸国，楼兰王不愿来接受，我就到西边国家去了。"随即取出金币给翻译人员看。这些翻译人员回去后报告给楼兰王，楼兰王贪图汉朝的财物，前来会见汉朝使者。傅介子与楼兰王坐下来饮酒，将财物陈列开来给楼兰王看。楼兰王喝醉了酒，傅介子对楼兰王说："大汉天子让我私下里和你说些事情。"楼兰王站起身来，

跟随傅介子进入营帐之中，突然有两名壮士从背后刺穿楼兰王，旁边的人全都吓得四散而逃，傅介子告谕他们说："楼兰王有辜负汉朝的大罪，大汉天子派我来诛杀他，汉朝将改立曾经到长安做人质的太子为新国王。汉朝的大军就要到达了，你们不要轻举妄动，如果敢动，就灭掉楼兰国。"带着楼兰王的人头返回京城，朝臣们都嘉奖他的功劳。

班超火烧匈奴使

【题解】

班超通过"火烧匈奴使"，威震西域各国，众多国家纷纷和汉朝签订同盟，很多小国也表示和汉朝永久友好。此后，班超以他的机智和勇敢，克服重重困难，联络了西域的几十个国家，使汉朝的社会经济保持了相对的稳定，也促进了西域同内地的经济文化交流。另外，班超不仅圆满地完成了使命，而且在重新开通丝绸之路中功绩卓著，曾派甘英出使大秦（罗马帝国），至条支（今伊拉克）遇西海（今波斯湾）而返，这是汉代中国官员沿丝路西行最远的人。人们后来把班超投笔于地、出征西域的典故称为"投笔从戎"，用来比喻弃文从武，有志报国。

东汉班超为假司马①，与从事郭恂使西域②。鄯善王广礼敬甚备③，后忽更疏懈。超谓官属曰："此必有北虏使来，狐疑未知所从故也。"乃召侍胡，诈之曰："匈奴使来数日，今安在乎？"侍胡惶恐具服。超乃闭侍胡，会其吏士与共饮，因激怒之曰："卿曹与我俱在绝域，今虏使到裁数日，而广礼敬即废，如令鄯善收吾属送匈奴，骸骨长为虎狼食矣，当奈何?”官属皆曰：“死生从司马。”超曰：“不入虎穴，焉得虎子！当今之计，独有因夜以火攻虏使，彼不知我多少，必大震怖，可殄尽也。灭此虏，则鄯善破胆，功成事立矣。”众曰：“当于从事议之。”超曰：“吉凶决于今日，从事文俗吏，闻此必恐而谋泄，死无所名，非壮士也。”众曰：“善。”初夜，将吏士往奔虏营，会天大风，超令十人持鼓伏虏舍后，约曰：“见火然，皆鸣鼓大呼。”余人悉持弓弩夹门而伏。超顺风纵火，前后鼓噪，虏众惊乱；斩其使及从士三十余级，余众悉烧死。明日告恂，恂大惊，既而色动。超知其意，举手谢曰：“掾虽不行，超何心独擅之乎!”于是召鄯善王，以虏使首示之，一国震怖。超晓告抚慰，遂纳子为质。

【注释】

①假司马：官名。汉朝的官名凡加“假”，都是副职的意思，假司马即相当于副司马。

②从事：官名。西汉元帝时置，为各州属官。郭恂：东汉人，公元 73 年，担任奉车都尉窦固的从事，奉命与班超出使西域，后为西域副校尉。

③鄯善：西域国名，本名楼兰，汉昭帝元凤四年（前 77）改名。都城位于打泥城（今新疆若羌）。辖境相当于今新疆罗布泊及孔雀河下游至阿尔金山山脉北麓之地。东汉初，臣属北匈奴。班超出使西域后，归属于汉，与于阗国为丝绸之路南道的两大强国。

【译文】

东汉时的班超任假司马，与从事官郭恂出使西域。鄯善国的国王广对他们非常尊敬，几天后忽然变得非常疏远冷落。班超对下属官吏说："这一定是有匈奴使臣来到这里，鄯善国王狐疑不决，不知道该与谁结盟的缘故。"于是就将侍候自己的鄯善国人召来，诈骗他说："匈奴的使臣已经来了几天了，如今他们在什么地方？"那个前来侍候的鄯善国人惶恐害怕，就全部交代了情况。班超于是将他关闭起来，招集自己的将士一起饮酒，并借机激怒他们说："你们与我一起来到西域这极其遥远的地方，现在匈奴的使者来到这里才几天，鄯善国王广对我们礼节尊敬就全没有了，如今鄯善国王要把我们抓起来送给匈奴人，那么我们的尸骨就要被喂虎和狼了，应该怎么办？"这些官吏下属同声说道："是生是死全都听从您的安排。"班超说："不入虎穴，焉得虎子！当今之计，只有乘着夜色火烧匈奴使者，他们不知道我们有多少人马，必然会非常害怕，我们就可以将他们消灭干净了。如果杀了匈奴人，那么鄯善国人就会吓破胆，我们就能大功告成了。"众人说道："应当和从事官郭恂商议一下。"班超说："是福是祸就在今天，郭恂是一名文官俗吏，听到这件事肯定会害怕而泄露我们的计谋，那样我们就会死得没有价值，根本就称不上是壮士了。"众人说道："好。"夜色刚刚降临，班超就率领将士奔往匈奴使者的营帐，恰巧天上刮起了大风，班超命令十个人带着鼓埋伏在匈奴使者的营帐后面，与他们约定好："看见火起，就都一边击鼓一边大声叫喊。"其余的人全都带着弓箭埋伏在大门的两旁。班超顺着风势点起了大火，营帐前后埋伏的人趁火起击鼓呐喊，匈奴人全都乱作一团；班超率领将士斩杀了匈奴使者及随从军士三十余人，其余的匈奴人也全被大火烧死了。第二天班超告诉郭恂这件事，郭恂非常惊恐,但随后脸色不断变化。班超了解他的心意,就举起手来对郭恂发誓说道:“您虽然没有直接参加行动,但是班超我怎么会独占功劳呢!”于是召来鄯善国王,将匈奴使者的首级给他看,鄯善国举国震惊。班超发布通告并抚慰他们,鄯善王于是将自己的儿子交给班超作为人质以示臣服。

裴行俭平二蕃

【题解】

在裴行俭平二蕃之前,他曾在西域任官十多年,当时西域相对平静,裴行俭发展当地经济,注意民族和睦,为当地做了很多实事,“西域诸国多慕义归附”。因此后来他升任为安西都护,成为一方封疆大吏。676年,吐蕃背叛盟约,不断侵扰唐朝西部。李敬玄率军在青海战役中惨败,裴行俭于危难之中受命出任洮州道左军总管,后又改任秦州右军总管。这是他首次任武职,率兵出征。裴行俭年少时曾跟随大将军苏定方学习兵法,后来领兵出征东、西突厥,善于料敌决胜。他诚恳待人,获得士兵爱戴,所以多次获胜。679年,西突厥进逼安西,裴行俭奉诏假借送波斯王子回国,路过他曾经任官十几年的西州,各部落熟识的酋长、首领闻讯都来迎接。因此他能募得万骑,以畋猎为名,计俘西突厥都支,将吏们为此在碎叶城为他立碑纪功。朝中没想到如此顺利,等裴行俭回京之后,唐高宗为他庆功,并给予高度的奖评:“行俭提孤军,深入万里,兵不血刃而叛党擒夷,可谓文武兼备矣,其兼授二职。”于是官拜礼部尚书兼检校右卫大将军,文武双职。

西突厥阿史那都支及李遮匐与吐蕃连和①，侵逼安西，朝廷欲讨之。裴行俭曰："吐蕃叛涣方炽，敬玄失律②，审礼丧元③，安可更为西方生事？今波斯王死，其子质京师，有如遣使立之，路出二蕃，若权以制事，可不劳而成也。"帝因诏行俭册送波斯王。至西州，诸蕃郊迎，行俭召其豪长，因扬言："天时太热，宜且驻军，须秋乃发。"都支觇知之，遂不设备。行俭徐召四镇酋长，伪为约畋，曰："吾念此乐，未尝忘也，孰能从吾猎乎？"诸胡子弟愿从者万人。乃阴勒部伍，倍道而进，去都支帐十余里。先遣所亲往问："都支安否？"仍使人趣召之。都支卒闻军至，不知所出，乃率其子弟五百余人来谒，遂禽之。行俭令传契箭④，召诸部豪长，悉来请命。约齐袭遮匐，获遮匐使者。释之，俾前往谕其主，并言都支已禽状。遮匐亦降。果不劳而定。

【注释】

①阿史那都支(？—679)：一称阿史那匐延都支，或都支。唐朝时西突厥处木昆部首领。原本隶属于兴昔亡可汗阿史那弥射。662年，唐朝官员诛杀弥射，致使阿史那都支与各部反唐，自立为十姓可汗，依附吐蕃，攻打庭州。671年假意归唐，679年，裴行俭借护送波斯王子泥涅师回国之名，设计将他擒获。

②敬玄：即李敬玄(615—682)，唐朝亳州谯(今安徽亳州)人。高宗为东宫太子时，经推荐入崇贤馆侍读。历任弘文馆学士、太子右庶子，曾监修国史，后来获罪被贬为衡州刺史。

③审礼：即刘审礼，唐朝贞观年间人，曾任工部尚书检校左卫

大将军，跟随副中书令李敬元讨伐吐蕃，兵败被擒，死于吐蕃。

④契箭：作符契用的箭，相当于凭信或兵符。

【译文】

西突厥首领阿史那都支以及李遮匐与吐蕃国联合，侵犯唐朝的安西地区，朝廷想要征讨它们。裴行俭说："吐蕃人反叛的势头正强，李敬玄战时违反军纪，刘审礼丧命，怎么可以再在西方发动战事呢？如今波斯的国王死了，他的儿子在我们京城中做人质，如果要派出使臣到波斯立他为王的话，路上会经过突厥、吐蕃，假如能授给使臣见机行事的权力，可以不必动用军队而解决问题。"唐高宗就颁布诏令命裴行俭册立并护送波斯新王。到了西部地区后，诸多蕃国前来迎接，裴行俭召集他们的首领，散布言论说："天气太热，应当暂时驻扎在这里，等到秋凉时才出发去波斯。"阿史那都支打听到这个消息后，也就不再设防了。裴行俭不紧不慢地召来当地的酋长，假装约定和他们一起去狩猎，他说："我很怀念这项乐趣，至今未曾忘记，谁能与我一起去狩猎呢？"那些胡人的子弟愿意跟着去狩猎的有上万人。于是裴行俭暗中整顿这支队伍，快速行进到离阿史那都支营帐十余里的地方。先派遣与阿史那都支较为熟悉的人前去问候："都支近日安康吗？"接着又派人催促阿史那都支快点来。阿史那都支仓猝之间听说裴行俭率领大军到了，不知该怎么办，就率领着他的子弟五百多人前来拜谒，裴行俭就把他擒获了。裴行俭下令发出阿史那都支的契箭，召集各个部落的酋长，全都前来替阿史那都支请求保全性命。裴行俭就约他们一起去袭击李遮匐，半路上抓获了李遮匐派往阿史那都支的使者。裴行俭释放了使者，让他回去劝谕李遮匐，并告诉他阿史那都支已被擒获的情况。李遮匐也投降了。果然不用劳师远征而平定了叛乱。

郭子仪挺身说回纥

【题解】

郭子仪从小爱读兵书，练习武功，长大后身材魁梧，体魄健壮。二十岁时，曾犯过军纪，按律处斩，在押赴刑场的途中被诗人李白发现。李白见他相貌非凡，凛然不惧的样子，认定此人将来会成为国家的栋梁之才，于是为他担保救了他一命。郭子仪果然不负所望。他的事迹非常多，本文是其中之一。公元765年八月，仆固怀恩勾引吐蕃、回纥、吐谷浑以及山贼等三十万人，直取长安。代宗急召郭子仪驻守长安北面的泾阳城。郭子仪仅有一万多人，被敌重重包围。敌众我寡，足智多谋的郭子仪决定智取。早在平定安史之乱时，郭子仪曾经带领过借来的回纥兵，与他们建立了深厚的情谊，在回纥人中威信很高，回纥人一向尊称他为郭令公。如果能争取到回纥和唐军联合，一起攻打吐蕃，就能获得胜利，否则，京城的安危不堪设想。所以，郭子仪决定亲自到回纥军营。也只有他能入回纥大军，立此奇功。

仆固怀恩诱回纥、吐蕃入寇①，京师大震，急召郭子仪屯泾阳②，军才万人。回纥、吐蕃合兵围泾阳，子仪命诸将严设守备而不战。已而二虏争长，分营而居。子仪使李光赞往说回纥，欲与共击吐蕃。回纥不信，曰："郭公果在此，可得见乎？"光赞还报，子仪请挺身往说之，遂与数骑开门出，使人传呼曰："令公来！"回纥大惊，大帅药葛罗执弓注矢立于阵前。子仪免胄释甲投枪而进，诸酋长相顾曰:"是也。"皆下马罗拜。子仪亦下马,前执药葛罗手让之曰:"汝回纥有大功于唐,唐报汝亦不薄,奈何负约深入吾地,弃前功,结后怨,背恩德而助叛臣乎?且怀恩叛君弃母,于汝何有?今吾挺身而来,听汝执我而杀之,我之将士必致死与汝战矣。"药葛罗曰:"怀恩欺我,言天可汗已宴驾,令公亦捐馆[3],中国无主,我是以来。今皆不然,怀恩又为天所杀,我曹岂肯与令公战乎!"子仪因说之曰:"吐蕃无道,乘我国有乱,吞噬我边鄙,焚荡我畿甸,所掠之财,不可胜载。马牛杂畜,弥漫在野,此天以赐汝也。全师而继好,破敌以取富,于汝计孰便?"药葛罗曰:"吾为怀恩所误,负公诚深,请为公尽力击吐蕃以谢过。"子仪因取酒与其酋长共饮,竟与约而还。吐蕃疑之,夜引兵遁去。药葛罗帅众追吐蕃,子仪使白元光帅精骑与俱,大破之。

【注释】

①仆固怀恩(?—765):唐朝时铁勒族仆骨部人。安史之乱时,任朔方左武锋使,骁勇果敢,曾跟随郭子仪在振武军(今内蒙古和林格尔西北)及其以东地区连败叛军高秀岩、薛忠义等部。756年,随郭子仪赴灵武(今宁夏灵武西北),保卫唐肃宗。757年,因率回纥兵参加收复两京有功,封丰国公。762年,歼灭叛军史朝义部八万余人。763年,因不满朝臣对自己的猜忌,起兵反唐,并联合回纥、吐蕃军队想夺占长安,在进军途中暴亡。

②郭子仪(697—781):唐代著名的军事家,华州郑县(今陕西华县)人。武举出身,安史之乱时任朔方节度使,在河北打败史思

明。曾率回纥兵收复洛阳、长安两京，功居平乱之首。唐代宗时，叛将仆固怀恩勾引吐蕃、回纥进犯关中地区，郭子仪结盟回纥，打败了吐蕃。他戎马一生，屡建奇功，享有崇高的威望和声誉。

③捐馆：死亡，比较委婉的说法。

【译文】

仆固怀恩诱骗回纥、吐蕃入侵唐朝，京师震恐，朝廷紧急召令郭子仪防守长安城北面的泾阳，守军才一万人。回纥、吐蕃合兵围住泾阳城，郭子仪只是命令诸将严加守备而不出战。仆固怀恩死后，回纥与吐蕃因为争夺首领位置发生不和，于是分兵扎营。郭子仪就派遣李光赞前往游说回纥，想与回纥联合共同攻打吐蕃军队。回纥人不相信，说："郭令公果真在这里的话，可不可以让我们见一见呢？"李光赞返回城中向郭子仪说明情况，郭子仪决定亲身前往回纥军营进行游说，就只带几个人骑马开城门出来，到营前让人喊道："郭令公来了！"回纥人非常惊恐，回纥的主帅药葛罗拉弓搭箭立在阵前。郭子仪解下盔甲、扔下枪，走上前去，回纥人的各位酋长相互看看说："真是郭令公啊！"全都下马围过来下拜。郭子仪也下了战马，上前拉住药葛罗的手责备他说："你们回纥人有大功于唐，我们对你们的回报也很丰厚，为什么要违背盟约深入到我们的内地？抛弃了以前的功劳，结下后世的怨仇，背弃恩德，帮助叛臣呢？况且仆固怀恩是个背叛君主、遗弃母亲的小人，对你们有什么益处呢？今天我挺身来到你们的阵营中，任凭你们抓住我把我杀掉，我的将士必定与你们决一死战。"药葛罗说："是仆固怀恩骗了我们，他说你们的皇帝已经去世了，令公您也去世了，中国现在没有君主，我因此才来的。如今看来全不是这样，仆固怀恩自己也已被上天所杀，我们怎么肯与令公您交战呢!”郭子仪乘机劝说他们:“吐蕃没有道义,趁我国有变乱,吞噬我国的边境,焚毁我国的内地郡县,所掠夺的财物,车辆都装不下了。如今马牛杂畜,荒野上到处都是,这是上天赏赐给你们的啊。保全你的军队与我朝继续通好,击破敌人取得他们的财富,对于你们来说哪一样更有利?”药葛罗说:“我被仆固怀恩害了,实在太辜负您了,请允许我为令公您全力攻打吐蕃以表示歉意。”郭子仪于是取出酒来与回纥的酋长们共同欢饮,最后立下盟约才返回城中。吐蕃人起了疑心,夜里就带领军队逃走了。药葛罗率众追击吐蕃,郭子仪也派遣了朔方兵马使白元光率领精锐骑兵与回纥会合,大败吐蕃军。

吕端善养李继迁母

【题解】

李继迁造反,建立西夏国。因此,北宋的西部边境常有外患。后来抓住了李继迁的母亲,宋太宗想把她处死,由此引发了“吕端善养李继迁母”之议。太宗被吕端的深谋远虑所折服,就采纳了吕端的意见,将李继迁的母亲安置在延州,专人侍候,直到病死。李继迁死后,他的儿子李德明念在宋朝对待他奶奶的情分上,就归顺了宋朝,被任命为侍郎兼兵部尚书,并最终依吕端之计,使西夏归附宋朝。

宋李继迁扰西鄙[①],保安军奏获其母[②],太宗欲诛之,召寇准与之谋[③]。准退,经宰相幕次,吕端邀至幕中,曰:“上召君何为?”准告之故,端曰:“君何以处之?”准曰:“欲斩于保安军北门之外以戒凶逆。”端曰:“必若此,非计之

得也。”即入奏曰：“昔项羽欲烹太公，汉高祖曰：‘愿分我一杯羹。’夫举大事者，不顾其亲，况继迁胡夷悖逆之人哉！陛下今日杀之，继迁明日可擒乎？若其不然，徒结冤仇，愈坚其叛心耳。”上曰：“然则如何？”端曰：“宜置于延州，使善视之，以招来继迁，虽不即降，终可以系其心，而母生死之命在我也。”上拊髀称善，曰：“微卿，几误大事！”其后母终于延州。继迁死，子竟纳款请命，端之力也。

【注释】

①李继迁(963—1004)：西夏王朝的奠基者，银州(今陕西榆林南)人。祖先为鲜卑族拓跋氏，唐朝时因参与镇压黄巢起义，被赐姓为李。李继迁为北宋银州防御使李光俨之子，据史书记载，他“生而有齿”，幼年时即以勇敢果断、“擅骑射，饶智数”而闻名。

②保安军：宋太宗太平兴国二年(977)置保安军，寓永保安宁之意。1130年保安地归于金，金废保安军置县，后又升为州。1269年元降保安州为保安县。明、清、民国仍沿旧制。1936年为纪念民族英雄刘志丹将军而命名为志丹县。

③寇准(961—1023)：北宋政治家，字平仲，华州下邽(今陕西渭南)人。初任大理评事，由于政绩显著，升任大名府成安军。刚直不阿，敢于向皇帝犯颜直谏。1004年，辽军大举进攻，寇准坚决反对南迁，力主抵抗，并促使宋真宗亲临督战，迫使辽订立澶渊之盟。

【译文】

宋朝时，李继迁侵扰大宋西部边界，保安军奏报朝廷捕获了李继迁的母亲，宋太宗想诛杀她，就召来寇准与他商量。寇准退朝时，经过宰相府门前，吕端就邀请他到幕府中，问道："皇上召您是为了什么事啊？"寇准就把受召的缘故告诉了吕端，吕端问道："您想怎么样处理呢？"寇准说："想在保安军的北门外将她斩首用以警告李继迁。"吕端说："如果真这样做，恐怕适得其反啊。"随即入朝禀奏皇帝："从前，项羽要把刘邦的父亲烹煮，汉高祖刘邦对他说：'希望你也能分给我一杯肉羹。'凡是要成就一番大事的人，往往不会顾虑他的亲人，何况李继迁本来就是一个胡夷出身、悖逆无常的人啊！陛下今日杀了他的母亲，李继迁明日能抓得到吗？假如不能的话，那就只能结下冤仇，更加坚固他叛逆的决心了。"宋太宗说："既然这样，那该怎么办呢？"吕端说："应该将李继迁的母亲安置在延州，派人好好地照料着，以此招抚李继迁归顺，即使他不会马上投降，终究也是可以牵着他的心，而他母亲的生死完全掌握在我们手中。"宋太宗拍着大腿连声称好，对吕端说："如果不是你，几乎误了大事！"后来李继迁的母亲死在了延州。李继迁死后，他的儿子最终向宋朝进贡请求归附，这都是吕端的功劳啊。

种世衡冒雪守信

【题解】

北宋时，为抵御西夏，种世衡新建青涧城，并开营田、通商贾，结好四周羌族。每当西夏来袭，羌民即先通报，所以每战有备。1042年初任环州时，种世衡踏三尺深雪，至牛家族首领奴讹帐下抚问，奴讹感服，率部族听命。种世衡将其编为弓箭手，协助宋军守御。这一年秋，西夏军大举攻宋，种世衡率军出援，羌族兵从者数千人。同时，巧施离间计，除掉西夏王的心腹大将野利旺荣、遇

乞兄弟，立下了赫赫战功。范仲淹誉之为“国之劳臣”。孙甫说：“今陕西兵官，惟种世衡、狄青、王信材勇，可战可受。”沈括评价说：“平夏之功，世衡计谋居多，当时人未甚知之。”欧阳修说：“臣伏见兵兴以来，所得边将，惟狄青、种世衡二人，其忠勇材武，不可与张亢、滕宗谅一例待之。”种世衡多权谋，善用计。《智囊全集》与《梦溪笔谈》记有：种世衡银子当靶、种世衡智除敌将、种世衡巧运大梁等等。种世衡祖孙三代皆有将才，号称“种家军”。《水浒全传》中提到过老种经略相公和小种经略相公，是种世衡的子孙，鲁智深、杨志等都在经略相公手下任过职，金钱豹子汤隆也以在老种经略相公手下打造过军器为荣。

属羌多怀二心，密与元昊通，范文正公以种世衡素得属羌心，奏徙知环州以镇抚之。有牛奴讹素倔强，未尝出见州官，闻世衡至，乃来郊迎。世衡与约，明日当至其帐慰劳部落。是夕，雪深三尺，左右曰：“奴讹凶诈难信，且道远，不可行。”世衡曰：“吾方以信结诸胡，可失期耶！”遂冒雪往。既至，奴讹尚寝，世衡蹴起之，奴讹大惊，曰：“吾世居此山，汉官无敢至者，公了不疑我耶！”帅部落罗拜，皆感激心服。一云：世衡佯醉，卧其帐中，奴讹与其妻环侍，不敢离左右。既醒，谓曰：“我醉卧此，尔何不杀我？”奴讹泣曰：“是何言耶！惟有一死，可报吾父尔①。”自是属羌无不悦服。

【注释】

①吾父：是指牛奴讹对种世衡感恩戴德，尊为父辈，并不是指

他自己的亲生父亲。

【译文】

羌族各部对宋朝多怀有二心，暗中与西夏国的李元昊通好，范仲淹以种世衡一向得羌族的人心为由，奏请调任种世衡赴环州镇守安抚他们。羌族各部中有一个叫牛奴讹的首领向来倔强，从来没有出山拜见过州官，他听说是种世衡到此任知州了，这才来到郊外迎接。种世衡与他约定，第二天就到他的营帐去慰问他的部落。这天晚上，雪下有三尺深，种世衡身边的人说："牛奴讹这个人凶恶奸诈，难以取信，况且道路又远，您不能去。"种世衡说："我正想以信义来结交诸胡各部，怎么能言而无信呢！"就冒雪前往。等到那里以后，牛奴讹还在睡觉，种世衡轻轻把他踢醒，牛奴讹非常惊奇，说："我家世代居住在这座山里，汉族官员从来就没有敢到这里来的，您真是一点也没有怀疑我啊！"就率领他的部众向种世衡下拜，都很感激并心悦诚服。另一种说法：种世衡佯装喝醉了酒，睡倒在牛奴讹的营帐中，牛奴讹和他的妻子服侍在旁边，不敢离开一步。种世衡醒来以后，对牛奴讹说："我喝醉酒睡在你这里，你为什么不把我杀了呢？"牛奴讹激动得流泪说道："这是什么话！我只有一死，才可报答我的父亲您啊。"从此以后，羌族各部无不心悦诚服。

卷四十工作类二

河 渠

苏公堤

【题解】

苏轼喜爱游览西湖，不仅白天游览，有时夜里也常去。“予尝夜起登合江楼，或与客游丰湖（即惠州西湖），入栖禅寺，叩罗浮道院，登逍遥堂，逮晓乃归。”苏轼不仅游览西湖，还为西湖做出过重要贡献。为了解决两岸交通，东坡上奏朝廷在西村与西山之间筑堤建桥，还动员弟媳史氏捐出“黄金钱数千助施”。苏轼主持的这次工程规模空前，他拆毁湖中私围的葑田，全湖进行了深挖，把挖掘出来的大量淤泥在湖中偏西处筑成了一条沟通南北的长堤，即后来的苏公堤。又在全湖最深处即今湖心亭建立三座石塔，后来演变成“三潭印月”。1096 年堤桥落成，东坡写诗记述此事，并与百姓共同庆祝：“父老喜云集，箪壶无空携。三日饮不散，杀尽西村鸡。”可以说，是苏轼最早称丰湖为西湖。南宋后，西湖逐渐取代了原来的丰湖名称。西湖因苏轼而出名，历代文化名人对西湖的影响，都不能与之相比。清代学者黄安澜在《西湖苏迹》中说：“西湖山水之美，藉（东坡）品题而愈盛。”

苏轼知杭州[①]，杭近海，水泉咸苦。唐刺史李泌始引西湖水作六井，白居易复浚西湖，放水入运河，自河入田，所溉千顷。自唐及钱氏[②]，岁辄开治，至宋废而不理，湖中葑积为田[③]，而水无几矣。轼间至湖上，周视良久，曰："今欲去葑田，将安所置之？湖南北三十里，环湖往来，终日不达，若取葑田积为长堤以通南北，则葑田去而行者便矣。又吴人种菱，春辄芟除，不遗寸草，葑田若去，募人种菱，收其利以备修湖可也。"乃取救荒之法，得钱数万贯、粮数万石，复请于朝，得百僧度牒以募役者。堤成，杭人名曰"苏公堤"。

【注释】

①苏轼（1037—1101）：字子瞻，号"东坡居士"，世人称其为"苏东坡"，眉州（今四川眉山）人。北宋著名文学家、诗人，唐宋八大家之一，豪放派代表。其诗、词、赋、散文都有极高成就，而且善于书法和绘画，是中国文学艺术史上罕见的全才：其散文与欧阳修并称欧苏；诗与黄庭坚并称苏黄；词与辛弃疾并称苏辛；书法名列"苏、黄、米、蔡"北宋四大书法家之一；其画则开创了湖州画派。

②钱氏：指钱镠（liú），唐朝末年，曾经参与镇压黄巢起义军。893 年任镇海军节度使，896 年占据苏南和两浙（浙东、浙西）一带后，形成割据势力。907 年，受封为吴越王，定都钱塘。

③葑（fēng）：葑田，长满菰根的水田；有的是在沼泽上，以木作架，上铺泥土，作为种植水生植物的农田。

【译文】

苏轼曾担任杭州知州，杭州临近大海，当地的水又咸又苦。唐朝时杭州刺史李泌开始引西湖水挖了六口井，白居易在此任职时又重新疏浚了西湖，放西湖水注入运河，从运河中引水入田，灌溉面积达千顷。从唐朝一直延续到五代时的钱氏吴越政权，每年都要开河治理，到宋朝时荒废而无人治理，当地人在西湖中葑田农作，而水几乎没有了。苏轼偶然机会来到湖上，环视观察很久，说："如今要除去这些葑田，将怎样治理它呢？西湖南北长达三十里，要环绕西湖一周，一天的时间都不够，如果能取来葑田的淤泥堆积成一条长堤连通南北，那么葑田被除去了，行人也便利了。另外，吴地的百姓善于种菱，春天时就能收割干净，不留下一寸杂草，假如除去了葑田，招募人来种菱，卖菱的钱可以用作修湖的经费。"于是他采取了救荒的方式，得到了数万贯钱、数万石粮，然后再向朝廷奏报请示，得到一百名僧人以度牒四处募集服役的人。堤成之后，杭州人将其称为"苏公堤"。

郭守敬与通惠河

【题解】

郭守敬的祖父郭荣"通五经，精于算数水利"，郭守敬除受祖父言传身教外，还拜当时天文、地理专家刘秉忠为老师。郭守敬32岁时，刘秉忠好友张文谦将郭守敬推荐给元世祖。元世祖召见郭守敬，郭守敬面陈华北水利的六项建议，元世祖感叹说："任事者如此，人不为素餐矣。"郭守敬修通惠河，在下游河道上建闸十一处共二十四座，严格节制水量，实现顺利通航。元代船只可沿通惠河直驶入大都城内积水潭，漕运量最高约二百余万石。至此，北起大都（今北京）、南至杭州，由通惠河及白河、御河（隋代的永济渠北段）、会通河、济州河、里运河（即以前的邗沟）、江南运河等水道组成的全长一千七百多公里的京杭大运河（元代称重新开通的大运河为京杭大运河，以别于隋朝开凿的南北大运河）全线贯通。京杭大运河的开通，具有划时代的历史意义。它把原来张开如折扇状的南北大运河，改造成为直线型的京杭大运河，大大方便了南北之间的交通运输，开创了南北经济、文化交流的新时代。

元郭守敬习水利[①]，巧思绝人，陈水利十有一事，其一：大都运粮河不用一亩泉旧源，别引北山白浮泉，水西折而南，经瓮山泊，自西水门入城，环汇于积水潭；复东折而南，出南水门，合入旧运粮河。每十里置一闸，北至通州，凡为闸七。距闸里许，上重置斗门，互为提阏，以通舟止水。帝喜曰："当速行之。"命丞相以下，皆亲操畚闸倡工[②]，待守敬指授而后行事。置闸之处，往往于地中偶值旧时砖木，时人为之感服。船既通行，公私省便，名曰"通惠河"。

【注释】

①郭守敬（1231—1316）：元朝时著名的天文学家、数学家、水利专家，字若思，顺德邢台（今河北邢台）人。担任都水监期间，主持开通了从大都（今北京）至通州的运河。他编制的《授时历》，通行了三百六十多年。

②畚（běn）：古代用草绳编成的容器，也有用竹编成的，也就是现在的簸箕。

【译文】

元朝人郭守敬熟悉水利工程，构思之巧妙无人能比，他向朝廷陈述了十一件水利事业，其中的一件是：大都的运粮河不用一亩泉的这个旧源头，可以另外引北山白浮泉的泉水，使泉水向西再折向南，流经瓮山泊，从西水门入城，成环状注入积水潭；然后再由东折向南，从南水门流出，汇合并入旧的运粮河。这条水道每隔十里设置一座水闸，向北直至通州，共有七座水闸。距离水闸一里左右的地方，再设置一座闸门，与水闸配合通过提放闸板，以达到通行舟船控制水流的目的。元世祖高兴地说："应当速速办理此事。"于是命令自丞相以下所有官员，都要亲自拿着畚箕到水闸上去带头劳动，等郭守敬交代好他们之后再分别进行。在那些要建立水闸的地方，往往都会在地下发现以前修闸所用的砖木，当时人对郭守敬的闸址选择感到十分佩服。这条河修成后船只通行无阻，官府和民间都感到十分便利，因此人们将其称作"通惠河"。

器　仗

沈括分辨战车与民车

【题解】

沈括博学多闻，于天文、地理、典制、律历、音乐、医药等无所不通。在北虏入寇取民车以为战备一事中，尽管有臣下谏阻，但宋神宗都不理会。沈括没有从爱民、护民或其他大道理上讲述，而是凭借自己的才学，从神宗自以为是的“北虏多马，惟车可以当之”切入，将古代的战车和民间百姓使用的“太平车”做了充分的对比，得出了太平车不能用作兵车的结论，自然而然地就劝阻了宋神宗。博学多闻的价值和作用由此可窥一斑。

熙宁时，北虏将入寇，遣中贵取西河民车以为战备，言不便者，俱不省。时沈括为记注[①]。一日，立御侧，上顾曰：“卿知籍车之事乎？”括曰：“未知车将何用？”上曰：“北虏以多马，故胜，惟车可以当之。”括曰：“车战之利，见于历世。巫臣教吴子以车战[②]，遂霸中国；李靖用偏箱鹿角车[③]，以擒颉利[④]。但古人所谓轻车者，兵车也，五御折旋，利于轻速。今之民间辎车，重大椎朴，以牛挽之，日不能三十里，少雨雪则跬步不前，俗谓之'太平车'，可施于无事之日，恐兵间不可用也。"上喜曰："无人如此说。"遂罢。

【注释】

①沈括(1031—1095)：北宋杭州钱塘(今浙江杭州)人，字存中。嘉祐年间进士。曾参与王安石变法，1074年任河北西路察访使，关注边防事务，改革弊政几十项。1075年出使辽国，敢于当面揭露辽国的侵略阴谋。记注：即记注官，是日讲起居注官的简称，主要负责记录皇帝日常活动，并担任顾问。

②巫臣：春秋时楚国人，字子灵。曾经劝阻楚庄王赏赐子重，又阻挠子反迎娶夏姬，所以得罪了子重、子反。公元前589年，奉命出使齐国时，乘机携带夏姬逃亡晋国。子重、子反杀了他的族人，分了他的家财。公元前584年，巫臣向晋景公建议联吴抗楚，并为此出使吴国，又传授了车战之法，楚国从此腹背受敌，疲于奔命。吴子：即吴起(？—前381)，战国时卫国左氏(今山东定陶西)人。曾经师从曾子，后来转学兵法。在鲁国时，为求担任将军而杀了妻子，致使鲁国君主反而起了疑心。到魏国后，魏文侯因为他善于用兵，委以重任。魏武侯时遭排挤，又来到楚国，开始在楚国变法。著有《吴起》40篇。

③李靖(571—649)：唐朝时京兆三原(今陕西三原东北)人，本名药师，文武全才，唐朝著名将领。隋朝末年追随李世民平定王世充势力，又赴桂州，招抚岭南，攻取九十六州之地；平定江南；北击东突厥，擒获颉利可汗。

④颉利(？—634)：东突厥首领，为启民可汗第三子。620年，

他的哥哥处罗可汗死后，继位为颉利可汗，娶后母（隋朝的义成公主）为妻。颉利连年侵犯唐朝边境，致使内部矛盾逐渐尖锐。627年，其东部的奚、霫部落归附唐朝，漠北的薛延陀、回纥等铁勒十余部也相继归唐，又逢草原大雪、羊马冻死，势力衰弱。630年，大败于阴山，被唐将李靖等擒获。

【译文】

宋神宗熙宁年间，北方的胡虏要来侵犯边境，朝廷派遣太监征调西河地区百姓的车辆以便备战，有很多大臣认为此举不当，但神宗皇帝都不予理睬。当时沈括担任着记注官。一天，沈括在宋神宗身旁侍候，宋神宗看着他说："你知道征集民间车辆的事吗？"沈括回答说："不知道征调这些车辆有什么用处？"宋神宗说："北虏凭借着他们战马优势，所以能战胜我们，只有用车才能抵挡他们。"沈括说："以车作战的好处，见于历代记载。当年巫臣传授吴王掌握车战的方法，后来吴王就称霸中原；唐朝的李靖采用了偏箱鹿角车，凭此擒获了胡虏颉利可汗。但是古人所说的轻车，指的是战车，操作时旋转灵活，便利之处在于它们又轻又快。现在征调的民间车子，又重又大，粗糙笨拙，只能用牛拉着行走，一天走不了三十里路，稍稍下雨下雪就陷住不能前行，俗语称它为'太平车'，只能在太平无事的日子里有用处，真正到战场上是一点用也没有啊。"宋神宗听后高兴地说："没有一个人这么说啊。"于是就停止了此事。

曾铣与地雷战

【题解】

“曾铣与地雷战”大概是中国冷兵器为主的战争时代最早的地雷战记载。虽然名为“地雷”，实际并不是真的埋藏于土里。如曾铣先是做连环雷，需敌人好奇拾取，以手抚摩时才爆，若是天热酷阳，大概会自爆伤人。而“山公”吹火发雷更是玄妙，不可想象。曾铣的地雷战既无益于军事全局，也未对后世军事科技有何促进。此事可增一趣智笑谈。

曾公铣总制三边[①]，每与虏战，必以地雷击之。雷形如瓜，具五色，实火药及铁蒺藜，贯以药线，三五相结，以数千百颗置地上。虏至，拾以为戏，以手抚摩，手汗则不火自燃，万火齐发，遭之无不靡者。此法授之洪都术士。久之，虏望见地雷即骇散不敢近。公复教狙骑马吹火以发地雷。教狙之法：聚狙数百，教之骑马，狙不习散去，则立杀十余狙以恐之[②]，狙皆骑马矣。教之吹火，狙不复习，则又立杀十余狙，狙皆吹火矣。度其可用，一马载十地雷，蒙之以布，三狙共乘一马，一以策马，一以顾望，一以吹火。百十成群，纵之前队。虏见众狙乘马，皆趋视，呼曰：“山公！山公！”狙即吹火发雷，击杀无算，虏以为神。

【注释】

①曾公铣：即曾铣（？—1548），明扬州江都（今江苏扬州）人，

字子重，号石塘，嘉靖时期进士。平定过辽阳、广宁、抚顺兵变，后来任兵部侍郎，总督陕西三边军务，主管收复河套的作战。因为得罪了奸臣严嵩，被杀害。

②狙(jū)：猕猴。

【译文】

明朝的曾铣担任陕西三边总督时，每次与胡虏作战，都要用地雷来攻击他们。地雷的形状有如瓜果，具有五种不同的颜色，里面填满了火药和铁蒺藜，再用火药引线连接，三到五个连成一体，把几千个这样的地雷摆放在地上。胡虏来了，看见地雷后不知是什么东西，纷纷拾起来放在手上玩，不停地用手抚摸摩擦，等到手发热出汗时地雷就用不着点火而自己点燃，顿时万火齐发，碰到的人没有不死伤的。这种方法是一个不知名的洪都术士传授的。时间一长，胡虏再看见地雷就吓得不敢前来了。曾铣又训练猕猴学会骑马吹火来发射地雷。训练猕猴的方法是：先饲养数百只猕猴，训练它们如何骑马，这些猕猴不肯学还要逃散，曾铣就立刻杀死十几只猕猴以警示其他猕猴，于是猕猴全都学会了骑马。训练猕猴吹火时，猕猴又不肯学，曾铣就又杀了十几只猕猴，猕猴们就都学会了吹火。曾铣估计这些猕猴可以派上用场了，就用一匹马装载着十颗地雷，用布蒙上，由三只猕猴共骑一匹马，一只负责驾驭马匹，一只专门负责观察情况，一只专门负责吹火。将百十成群的猕猴放在队伍的前面。那些胡虏看见众多的猕猴骑在马上，全都赶来观看，大声叫喊："山公！山公！"猕猴就吹火发雷，杀伤无数，胡虏们以为有神暗助。

卷四十一杂组类

杂　事

孙膑赛马

【题解】

在田忌的几次赛马中，使用都是同样的马匹，由于孙膑改变了排列组合，致使田忌胜两场输一场，赢了齐威王，改变了以往屡赛屡败的局面。这个生动的故事表明：客观事物内部排列组合不同，往往会引起量的变化(原来是三败，现在是一败两胜)，进而导致质变。还是原来的马，只是调换了一下出场顺序，就可以转败为胜。孙膑帮助田忌反败为胜的根本原因是孙膑采取了正确的策略。孙膑的最佳组合使我们看到力量重新配置和整合的重要性，力量配置和整合得当就可以做到事半功倍。

齐田忌数与诸公子驰逐重射，孙子见其马足不甚相远，马有上、中、下辈，谓田忌曰："君第重射，臣能令君胜。"田忌信之，与王及诸公子逐射千金。及临质，孙子曰："今以君之下驷与彼上驷[1]，取君上驷与彼中驷，取君中驷与彼下驷。"既驰三辈毕，田忌一不胜而再胜，卒得王千金。

【按语】按:《梦溪笑谈》云:四人分曹共围棋者,有术可令必胜。以我曹不能者立于彼曹能者之上,令但求急先,攻其必应,则彼曹能者为其所制,不暇恤局。常以我曹能者当彼不能者,此虞卿斗马术也。其术祖孙子,亦兵法之余智。唐太宗常用此制胜。

【注释】

①驷(sì):古代同驾一辆车的四匹马,或套着四匹马的车。

【译文】

齐国的田忌经常与诸公子举行重金赛马,孙膑发现田忌的马与对手的马在脚力上相差并不大,马都分为上、中、下三等,他对田忌说:"您只管多下赌金,我能让您获得胜利。"田忌很相信孙膑的话,就与齐王和诸公子以千金为质进行赛马。等到下质金比赛时,孙膑说:"现在用您的下等马和他们的上等马比,用您的上等马和他们的中等马比,用您的中等马和他们的下等马比。"等到三个等级的马都比完,田忌输了一场而赢了二场,终于赢得了齐王千金之质。

【按语译文】按语:沈括在《梦溪笔谈》里面说:四个人分组共同进行围棋比赛,有一种策略可以让一方肯定获胜。这就是以我方棋艺最差的人与对方中棋艺最高的人对弈,让他只管急攻猛打下快棋,攻击对方必须应付的地方,那么对方棋艺最高的人就会被我方棋艺最差的人所掣肘,没有时间考虑全局问题。然后再以我方棋艺高的人对付对方棋艺差的人,这是战国时期赵国的虞卿用在赛马中的一种方法。这种方法效法于孙膑,也是兵法中的一种小技巧。唐太宗常常采用这种策略获得胜利。

孝子认弟

【题解】

这个故事见于周密的《齐东野语》和潘永因的《宋稗类钞》。故事主要说明的是：这个“孝子”不仅仅懂得为孝之道，而且他机智灵敏，见识、气度更是常人所不能及，能够迅速做出反应，否则，那些为非作歹、惹是生非的不法之徒就会得逞，这个家从此会永无宁日，甚至会遭受牢狱之苦、家破人亡。他能够迅速做出判断，并采取正确做法，使这些坏人枉费心机，最终既保全了家业，又博得了孝义的美名，真是一举而数得。

吴兴富翁莫氏，暮年忽有婢作娠，翁惧其妪妒，亟嫁之。已而得男，翁岁时给钱米缯絮不绝，其夫以鬻粉羹为业。子十许岁，莫翁告殂[①]，里巷群不逞遂指为奇货[②]，造婢家谓之曰：“汝子，莫氏也，其田园屋业，汝子皆有分，盍归取之？不听，则讼之可也。”其夫妇曰：“奈贫无资何？”曰：“我辈当贷汝。”即为作数百千文约，且曰：“我为汝经营，事济则归我。”然实无一钱，止为作衰服被其子使往[③]，戒曰：“汝至灵帏大恸且拜，拜讫可亟出，人问汝谨勿应，我辈当俟汝于某家，即告官可也。”其子受教，入其家哭且拜，一家骇然。妪骂，欲驱逐之。莫长子亟前曰：“不可，是将破吾家。”遂抱持之曰：“汝非花楼桥卖羹之子乎？”曰：“然。”遂引拜其母曰：“此汝母也，吾乃汝长兄也，汝当拜。”又遍指其家人曰：“此汝长嫂，此汝次兄若嫂，汝皆当拜。此汝侄，汝当受其拜。”既毕，告去，曰：“汝，吾弟，当在此执丧，安得去？”即命去故衣易新衣，使与诸兄弟同寝处。又呼其所生，谕以月廪岁衣，如翁在日，亦欣然而退。群小聚委巷，俟之久不至，既而物色之，相视大沮，计略不得施。他日，投牒持券诉其子负贷钱，莫妪及其子备陈首尾，太守唐彖叹服曰：“其子可谓孝义矣！”于是尽以群小置狱，杖脊编置焉[4]。

【注释】

①告殂(cú)：死亡的委婉说法。

②群不逞：指故意为非作歹、犯法作乱、专干坏事的人。不逞，不得意，欲望得不到满足，这里转指不法之徒。

③衰服：丧服。亲属远近以丧葬时的“五服”划分，其中包括齐缞、斩缞等等，这里没有确指何种丧服。

④编置：指古代官吏被贬谪到边远地区，编户安置，受地方官员的管束。在这里代指发配充军。

【译文】

吴兴有位富翁姓莫，晚年时忽然有个婢女怀孕了，富翁惧怕妻子妒忌，就急忙将她出嫁了。不久那个婢女生了一个男孩，富翁一年四季不间断地供给他们钱米布帛，婢女的丈夫以卖粉羹为业。孩子十几岁的时候，莫翁去世了，当地一些无赖之徒就认为这个孩子奇货可居，跑到婢女的家中对她说：“你的儿子，是莫家的，他的田园房屋等家业，你的儿子都有份儿，为什么不去要回来呢？如果他们不听，就到衙门去告他们啊。”婢女夫妇俩说：“我们家很贫穷，没有钱去打官司，怎么办呢？”这些奸诈小人们说：“我们把钱借给你们。”随即做好了数量为百千文钱的借据，并且说道：“我们帮助你家办理这件事，等事成之后可要归还我们钱啊。”然而他们其实没有拿出一文钱来，只是制作了一件丧服让那个孩子穿上，指使他前往莫家，并教唆他说：“你到了灵前要大哭，并跪拜一番，拜完就立刻出来，有人问你，你千万记住不要回答，我们就在某处人家等你，然后就到衙门去告他们。”那个孩子受了教唆后，就走进莫家里又哭又拜，莫家人全都对此感到无比惊骇。富翁老妻斥骂他，正想把这个孩子赶出去，莫家长子赶紧走上前来说：“不能这么做，这样做将会毁灭我们家。”于是抱住那个孩子不让他走脱，询问说：“你不是居住在花楼桥附近那个卖羹人的儿子吗?”孩子说：“是啊。”于是莫家长子领着那个孩子向莫翁老妻跪拜并告诉他：“这是你的母亲，我是你的长兄，你应当跪拜行礼。”接着又一个个指着家中的人告诉他说：“这是你的长嫂，这是你的二哥、二嫂，你都应当拜见行礼。这是你的侄儿，你应当接受他对你的拜见。”等见面礼毕，孩子想告辞离去，长子说：“你，是我的弟弟，应当在这里守丧，怎么可以离开呢?”随即命人脱去他的旧丧服换上新丧服，让他和诸位兄弟一同吃睡。又招来他的生母，告诉她今后每月的钱粮衣物，全都像莫氏富翁活着时那样接济他们，那个孩子的生母也高兴地离开了。那群无赖之徒聚在街巷里，等了很久也不见那个孩子来，后来到莫家打听到实情，只好相互干瞪眼，非常沮丧，他们的诡计没有得逞。后来，这些无赖之徒手持借贷契约，向衙门告状说那个孩子欠了他们的钱，莫翁老妻和长子将事情的首尾经过详细陈述了一遍，太守唐豢非常感叹地说：“莫家长子可以称得上符合孝义之道啊!”于是就将那些无赖全都抓进牢狱，并处以杖脊、发配充军。